影子出没

成刚　著

中国出版集团有限公司
China Publishing Group Co., Ltd.
现代出版社

1

刘春半年前到了乐知商务酒店干维修，这天傍晚快下班时，他正在工具间里刷手机，对讲机里保洁阿姨说3楼有个房间马桶堵了，让他去通。刘春带了工具赶去，很快解决了问题。洗手那工夫，手机响，他用两根手指捏出来看，是马彪。刘春怔了一下，脑门上堆起几道褶子，随手把手机扔到洗手台上，继续洗手。

洗手液涂满双手每一处，他很仔细地来回搓。

手机还在响，刘春瞟了一眼，在即将自动断开的瞬间，还是湿着手抓过来，接通了电话。

马彪让他赶紧去药店，买点碘酒、绷带、止痛药什么的给他送过去。

马彪声音有点不对劲，软绵绵地没力气，加上他要的这些东西，刘春猜他受了伤，还不轻。他眉头舒展开来，隐约有些小愉快，答应一声便挂断了电话。

下班后，刘春并不着急去药店，先在对面巷子里吃了碗面，这才慢慢溜达到一家药店。买齐了马彪要的东西，再去公交站。公交车停下，刘春起身到了车门边，忽然又折回去等下一辆。

反正有的是时间，就让马彪多等会儿。

公交车兜了个大圈子，把刘春带到了老城区的菜市街。菜市街要拆迁的传闻，隔两年就冒出来一次，而现在仍然是老样子。街上的原住民所剩无几，出租屋众多。刘春到了马彪租住的房门口，敲了好半天，马彪才开了门。马彪果然受了伤，半边脸肿了，鼻梁塌了，脑门上有道口子，血不停地渗出来。转身回屋时，还瘸着腿，手捂着小肚子，看着挺痛苦。

“可算来了，够慢的。”马彪说话没了火气，只剩下抱怨，“赶紧的，给我倒杯水吃药，再帮我抹点药，包扎一下。”

马彪身子软绵绵地瘫倒在沙发上，抱着小肚子，脑门上满是汗，一把抹去，很快再渗出来。他强撑着吃了止痛药，刘春给他处理伤口的时候，马彪一直哼哼叽叽个没完。最后，马彪说：“不行了，我得去医院。”

马彪是个社会人，揍人和被人揍是家常便饭，但让人揍得这么狠却是稀罕事。刘春想，谁下手这么狠，简直——太棒了。如果下手再狠点，直接把马彪打死，那就更棒了。

马彪见刘春站那儿不动弹，开口骂：“小鳖崽子，再不快点，老子就要疼死了。”

刘春还站那儿不动。

马彪继续骂骂咧咧：“过几天伤好了，看我不弄死你……”

刘春忽然笑了。

马彪愣住，后面骂人的话就变成了哼哼。

第二天，天还没亮，楼上一对小夫妻出门，看见楼梯上躺着个人，以为这人喝多了酒，上前查看才发现可能死了，于是赶忙报了警。西城派出所的民警最先到达现场，确定人死了之后，马上联系了分局刑侦队。警察封锁了这个楼栋，忙活了一上午，才把尸体装车带走。

受害人身上多处挫裂伤，他杀的可能性很大。分局领导很重视，专门去刑侦大队了解情况。死者马彪，36岁，未婚，本市东林县驼峰乡大竹乡村人，有过多次犯罪前科，偷鸡摸狗打架斗殴的事不少，2004年因团伙抢劫，被判10年有期徒刑，又因为表现良好，提前一年，即2013年出狱。后来他到市区，当年年底在菜市街租了现在的房子。因其跟楼上楼下的邻居并无来往，所以无人知晓他来海州后的经历。

案情看起来并不复杂，马彪满身伤痕，显然生前遭到过殴打，法医那边也证实了死因系脾脏破裂引发失血导致死亡。脾脏受到外力冲击破裂，刚开始缓慢出血，伤者一般不会太重视，但过段时间，会发展成为急性出血，出现失血性休克症状。如果救治不及时，便可能引发死亡。由此可以推断，马彪遭殴打后自行回到出租屋，到了半夜，感觉实在不行了，打算出门求救，刚出门就陷入昏迷，又因为无人发现得不到救治，最后死在楼道里。

警察走访周边群众，巷口一家杂货店的老板告知，曾在案发前一天下午5点30分左右，看到马彪打车回到菜市街。马彪被人揍成了猪头，到哪儿都挺显眼，老板当时还叫了店里另两个人一起看，那俩人随后也证实了这一情况。马彪下车后，一瘸一拐向着出租屋方向步行而去，此后再没出现过。

法医那边还有线索，马彪生前受到的诸多体表伤，大多被简单处理过，其中有几处，明显不是自己能解决的。屋内一个印有药店名称的塑料袋内，发现了酒精棉、碘酒、绷带、红花油等物品，还有一张药店打印的收据，收据上的时间，为案发前一天晚上7点10分。那时候马彪已经受伤回到出租屋，由此可以推断马彪受伤后，至少曾与一个人碰过面，那人买了药给马彪送过来。

警方立刻派人去药店，调取监控，查找购药人。

马彪的手机遗留在案发现场，最后一通电话时间是昨天下午5点50分，通话人名字挺特别——“小鳖崽子”。警方立刻联系这个小鳖崽子，电话接通后，对方爽快地承认昨晚下班后，买了急救药品去菜市街帮马彪处理伤口的事，还说他的名字叫刘春。

刘春非常配合调查，下午刚过2点，就如约来到了分局刑侦队。这是个身子单薄、肤色白得有些病态的年轻人，衣着朴素，见人先在脸上挤出一个生硬的笑，带着几分拘谨和腼腆。

接待刘春的是刑警邵勇，虽然年纪不大，生就一张娃娃脸，实际上他已在刑侦队待了6年，算是名老刑侦了。他先让刘春详细说一下昨晚的事，刘春就把去菜市街找马彪的过程如实说了。

“……马彪让我帮着买药，我就猜到他又跟人打架了，还受了伤。但看到他的样子，还是吓了一跳。这回，马彪让人揍得挺惨。”刘春说。

“这回？”邵勇很快抓住重点，“马彪经常让人修理？”

刘春点头，又赶紧补充道：“也不是每回都让人揍，有时候也揍人。”

邵勇听明白了，这马彪就是个混社会的，平时接触的都是些社会闲散人员，这些人凑一块儿，出什么事都不奇怪。

接下来，邵勇问起刘春和马彪的关系。

“我们一个村的，我先来海州打工，两年前他来找我。那会儿他刚坐完牢出来，不想回村，就来海州混。我知道马彪不是好人，不想跟他有来往，但那回他要了我的电话，后来隔上一段时间就来找我。”

看刘春黯淡下来的眼神，邵勇就知道马彪找他准没好事。

“马彪找我，不是借钱，就是让我请他吃饭……”

邵勇同情地看着他，知道他这几年肯定没少受委屈。

“你昨晚几点离开的马彪出租屋？”邵勇岔开话题。

“处理完伤口，没待几分钟，就走了。”刘春想了想，“差不多8点30分，从巷子里出来拐上马路的时候，有两个人吵架，我还站边上瞧了会儿热闹。”

“帮马彪处理完伤口，就没想着带他去医院？”

“想过。”刘春老老实实回答，“但马彪不去，还说这点伤对他来说不算什么，扛一扛就过去了。他这样说，我就没再坚持，当然，就算我坚持也没用。”

刘春显然说谎了，马彪曾主动提出来要去医院，但最终还是死在了出租屋里。

那时，他还对着马彪露出诡异的笑。

邵勇显然不想在这事上深究下去，现在关键问题，是弄清楚谁揍的马彪。他让刘春好好想想，马彪有没有提过揍他的人。

刘春一点都没犹豫，脱口而出：“金三，揍马彪的人是金三……马彪昨天亲口跟我说，等他养好了伤，一定要报仇，要弄死金三。”

金三，西城著名的街混子，初中没毕业就在社会上游荡，年少时打架斗殴出了点小名，打伤人蹲了几年监狱，出来不思悔改，这些年仍然没少干偷鸡摸狗的营生。两年前，他开了家棋牌室，交给老婆打理，自己带了一帮人，跟着几个有钱老板混。他混得究竟怎么样不知道，反正出门脖子上挂着极粗的金链子，走路晃膀子，挺拉风。

金三当天晚上被带到了刑侦队，没几下子全交代了。案发前一天下午，他带了几个人，在一家麻将馆外头堵到马彪，把他塞车里带去了玉带河边的小树林，根本没给马彪说话的机会，下狠手把人揍个半死。问他跟马彪多大的仇，金三还特别委屈。马彪常去他老婆的棋牌室玩麻将，一来二往，不知怎么跟他老婆勾搭到了一起。他那老婆也不是正经人，生活作风本来就不好，这些年没少背叛金三，只是没让金三抓到实锤。偏偏这回马彪做了坏事还四处炫耀，半斤酒下肚就把跟金三老婆那点事全说了。金三老婆肠子都悔青了，这世上两条腿的男人多了，怎么偏偏让她撞上这么个该千刀万剐的货。西城地方小，消息最后还是传到了金三耳朵里，金三气得两眼冒绿光，要不做点什么，他都觉得对不起马彪。

“我就是想打他一顿出出气，没想打爆他的脾子，更没想把他打死……”金三再三解释。

马彪的案子就这么结了。案情简单明了，马彪睡了金三老婆，金三带人揍了马彪，马彪脾脏破裂，死在出租屋里。当然，结案前，刑侦队这边还做了大量取证工作，几个亲耳听到马彪吹嘘睡了金三老婆的人，跟着金三一块儿揍马彪的人，还有金三老婆，这些人全都证实了金三没说假话。最后，金三以过失致人死亡罪被批准逮捕。

马彪意外死亡这案子不复杂，在刑侦队这些年侦办的案子里，根本不算什么，所以，事后也没人会记起那个叫刘春的年轻人。几天之后，邵勇开车经过桃园路，看到路边乐知商务酒店的招牌，忽然想起那个身子单薄、肤色苍白的年轻人。

刘春来刑侦队那天，邵勇本来还有个问题，没来得及说。他想问问刘春，为什么在马彪的通讯录里，他的名字是“小鳖崽子”。

这算题外话，跟案情无关，问不问都无所谓。刑侦队的活儿挺多，他还有新案子要忙。所以，车子很快驶过乐知商务酒店，也就驶过了他脑子里的刘春。

半年前，刘春手里终于攒了点钱，第一件事就是退了在西城的出租屋，搬到了南边的百盛花园。百盛花园也就是个普通小区，不见得有多好，房租也比西区高出许多，但刘春还是执意要搬，就连马彪都劝不住他。

马彪其实心里比谁都清楚，刘春搬家，就是想躲他。

躲得了吗，海州市一共就那么大点地方，开车俩小时就能绕市区转一圈。什么西区南区，不过一脚油门的事。事实上刘春也没指望搬个家就能躲开马彪，但搬到百盛花园，能离菜市街远点，离马彪远点——这就够了。

时间回到马彪死亡那晚，刘春离开菜市街回百盛花园。坐在公交车上，他神情木讷，目光始终落在窗外，看稀疏的灯火变得璀璨，看那些面无表情的行人匆忙行走。他的身子绷得很紧，落在膝上的右手还有些轻微颤抖。

到小区门口时，他想起家里的方便面吃完了，进便利店买了包大食袋，想了想，又拿了些蔬菜、火腿肠和鸡蛋。他现在一点都不饿，但回家后就开始煮面，还把蔬菜、火腿肠加到面里，出锅之前，又打了俩鸡蛋。开始吃面时，他的眼泪流出来，用了一堆纸巾，泪还止不住。后来，他索性不去管它，任泪水肆意纵横。就算流泪，也要坚持把面吃完。面吃完，汤都不能剩下一点。

刘春还想做点什么，于是他开始收拾房间。也就是在这一天，他再也不能忍受房间里有一点杂乱。他把各种小物件归纳到一处再分类整理，所有的衣服扔到床上一件件叠整齐，拿抹布擦完桌子再擦地板，这一通忙活，直到下半夜才消停。

他站在窗边，用块洁白的毛巾擦拭窗台上一株栀子花盆栽的叶子。夏天，栀子花已经过了花期，叶子却极茂盛。刘春擦得非常仔细，每一片都不错过。

最后，他躺在床上，仍然睡不着。他想到下班前坐在马桶上刷新闻，说的是有个中学生和同学打架，当晚回家突然昏迷，送到医院后就死了。医生说，那中学生的脾脏破裂。脾脏在哪儿呢，当时他还在自己的小肚子上按了好一会儿。后来，站在神情痛苦的马彪面前，看他也捂着小肚子，就想，马彪的脾脏会不会也被打坏了呢？想着想着，他忽然就笑了。马彪已经让人打成这样了，如果脾脏真爆了，也不是什么奇怪的事。

更让他奇怪的是，这么些年，他头回在马彪眼中看到了些畏缩。马彪㞞的时候也挺多的，却从来没在他面前㞞过。因此，刘春那晚就算睡着了，也要在梦里想，马彪在害怕什么呢？

2

2002年，大竹乡村，刘春12岁，村里人都管他叫春娃。

大竹乡村就是个普通的村子，依山，山不高，傍水，就是个小水库，人口不多，田也不多，大多是山地。村口有条公路，交通不算发达，但也算不上闭塞。村里的壮劳力多半外出打工，老人、孩子留在家里守着田地，耕种便多少有些敷衍。春娃跟爷爷住村里，父母几年前去了南方城市，每年只在春节回来一趟。爷爷老了，身子骨儿还算硬朗，知道种不了田，但还是把房后几分地里的菜园子拾掇得郁郁葱葱。

村里的孩子上学，要去十多千米外的乡上小学，有能耐念到高中，就得到县城。春娃上4年级，成绩一般，没想过要上高中。他跟村里其他孩子一样，早已规划好了未来。再过几年，满18岁，就去南方打工。南方在孩子们想象里就是个城市，遍布高楼大厦，到处都是穿着花花绿绿衣裳的人，在那里，只要你肯干活，就能赚到钱，就能过上好日子。春娃眼巴巴地数日子，18岁还很遥远，他只能守着爷爷，老老实实过眼前的生活。

这年夏天，同村的孩子说邻村外地人开的罐头厂又开工了。邻村罐头厂建了两年，只在每年夏天开工，生产黄桃罐头，说是出口卖给俄罗斯人。山里孩子不馋桃子，只想喝罐头里的汁。那天晚上，春娃跟同村的几个孩子结伴，去邻村偷罐头。

七八个孩子，四五辆自行车，在村口的公路上疾驰，一路大呼小叫，倒也快活。

他们到了邻村，翻过罐头厂外墙，往仓库去。罐头厂他们不是第一次深夜造访，还得手过两回，算是轻车熟路。但他们没料到今年厂子里多了两条狗，还是块头特别大的狼狗。狼狗向他们扑过来，吓得他们四处逃窜。狗叫声惊动了看厂子的人，几个彪形大汉拎着棍子冲出来，跟狗一道撵这帮熊孩子。

春娃运气好，狗和人都没找上他。他翻出厂子，找了个隐蔽的草窝躲起来，希望跟失散的同伴会合。很快，他眼睁睁看着同伴们四下里散开，很快消失在夜色里，却没法招呼他们等等他。他不敢动弹，狗就在外面，还有彪形大汉。有条狗朝他这边看了看，尿意涌上来，他赶紧把手伸裤裆里死死抓住，把尿意憋回去……

后来，他走在回村的公路上，一个人。他的同伴丢下他跑了，也可能大家跑散了，谁也没找着谁。这样想，他心里就好受了些。两个村子隔得不算远，七八里地，春娃耷拉着脑袋，没精打采往前去。身后一道强光射过来，还有喇叭声。春娃回身，明晃晃的光，刺眼睛，什么也看不见，却能知道那是辆车，开得还挺快。他赶紧跳到一边，小车如风般从身边飞过。春娃吓出一身冷汗来，想骂两嗓子，可车已经没影了。

春娃也没当回事，继续往前走，这回没走多远，又看到了那辆车，还有车边的一堆人。

村口这条公路，隔老远才有盏路灯，有些灯泡坏了，灯就瞎着，黑乎乎的。那辆小车的前大灯亮着，散射的微光下，他依稀看到有人在打架，便赶紧闪到路边，猫着腰往前凑几步。这回春娃看清了，根本不是打架，两个还是三个人，正拿脚踹蜷在地上的一个人。车子另一边，有个身材壮硕的男人跟个女人拉拉扯扯，看意思是想把她带到路边麦田里。更远些的地方站着个胖乎乎的小个子，看不清模样，像个小孩。

春娃年纪虽小，却不傻，眼睛眨巴几下，就想明白前面发生了什么事。

车上那俩人，碰上劫道的了。劫道那帮人，不仅要劫财，肯定还想劫那女人。

春娃小心脏扑通扑通跳，这种事可不容易撞上，撞上了，他就想再凑近点，看得更清楚些，这样，明天去学校就能吹上一通了。但真要往前凑，他又有点怕，可不能让那帮劫道的发现了，瞧他们揍人那架势，肯定心狠手辣。春娃正犹豫，前面那女人忽然挣脱了男人，飞快向他这边跑。那男人自然不肯罢休，跟在后面追过来。

春娃傻了，不知道该怎么应对这突发的变故。

他蹲在路边，借着黑暗，完全可以确保那边的人看不见他。但如果有人打身边过，肯定一眼就能瞧见他。尿意又涌上来，这回，他连抓的心都没了，脑袋里一片蒙。

女人先看到了他，一嗓子尖叫直冲云霄。她是真吓坏了，谁冷不丁看到路边黑暗里蹲着个小孩都得炸毛。尖叫声里，女人丝毫未停，继续往前逃。春娃也被尖叫声吓傻了，等他回过神来，面前已经站着一个人，巨大的黑影瞬间罩住了他。

后来，春娃想，没有光，哪来的影子呢？也许因为月亮，或者星星，可无论春娃再怎么回想，都记不起来那晚天空什么样。如果有月亮，或者星星，又怎么会那么黑呢？

但那晚，他还是看清了面前那人黑暗中的脸。

长头发，宽脸盘，巨大的蒜头鼻子，满脸疙瘩痘，这不就是村里那个著名村痞马彪吗？

没错，千真万确，真的是马彪。

马彪当然也认出了缩成一团的春娃，有些惊愕，他根本想不到会在这里撞上这个熊孩子。他恶狠狠地瞪了眼春娃，又扭头看了看逃窜的女人，瞬间也有些两难。他下意识抬起胳膊，做了个要打人的动作。

春娃立刻叫了一嗓子，然后一个青蛙跳，蹦到了路边坡下面，头朝下摔了个狗吃屎。他顾不上疼，爬起来撒开脚丫子就开溜，不停往前跑，跑过水渠，跑进麦田。他不敢回头，更不敢看马彪有没有追过来。

跑出去很远，实在跑不动了，他才停下，弯腰喘息。慢慢回头，身后的麦田空旷无垠，延伸到远处的黑暗中。没有马彪，没有人。

他还是害怕，恐惧从骨头缝里不停往外冒。直到许多年之后，他才想明白，他那晚的恐惧，其实源于预感到了此后十余年间他充满苦难的生活。

第二天，在学校，他没敢跟人提昨晚撞见马彪的事，小伙伴们眉飞色舞向人讲述昨晚夜闯罐头厂的经历，他也毫无兴致，没精打采坐在一边。一整天，他都特别紧张，上课时眼睛老往窗户外头瞟，老师讲课一句都没听进去。好容易一天熬过去，终于到了放学时间，他在教室磨蹭了好一会儿，等同学走得差不多了，这才背起书包小心翼翼离开教室。

担心的事还是发生了。刚出校门，他就看到马彪笑眯眯地跨坐在一辆摩托车上。

春娃扭头就走，心里又在“砰砰”打鼓。

“小孩，小孩。”马彪在后面叫。

春娃佯装没听见，继续走。

摩托车跟过来，马彪的声音听起来挺亲切：“小孩，跑什么呀，我这等你半天了。”

春娃只能停下，心里慌得一批，怔怔地不知道该说什么。

“你是叫春娃吧，咱们昨晚刚见过，怎么，装不认识？”

春娃腿肚子有点软。

马彪一条胳膊搭他肩膀上：“是不是特别不想看到我？瞧你这小脸，都白了。”

“我没说。”春娃声音嗫嚅在喉咙里，“昨晚的事，我谁都没说。”

马彪怔一下，随即笑了：“瞧你就跟别的小孩不一样，懂事。不错，真不错，哥喜欢。”

马彪胳膊用力，把他搂得更紧了些，那只手摸出50块钱来：“拿着，哥给你的见面礼。先花着，不够再跟哥说，哥这还有。”

春娃立刻使劲摇头：“我不要。”

“嫌少？嫌少再给你添一张。”

“我不要钱。”春娃身子往边上退，下意识想摆脱那条胳膊。

“刚夸过你懂事，这就开始不听话了？”

搭在春娃肩膀上那条胳膊，忽然变成从后面勒住他的脖子，稍微使点力，春娃就疼得咧了嘴。马彪的笑脸没了，露出恶狠狠的表情："小鳖崽子，让你拿着就拿着，别不识抬举。"

春娃腿肚子开始哆嗦，但还是不敢伸手拿钱。他再傻，也知道这钱烫手。

马彪不耐烦了，直接把钱塞他兜里。

"别磨叽了，钱进了你口袋，就算你收了钱。收了钱，咱们就是一家人了。"

春娃能感觉这是个套，但还没太明白。

"知道这钱哪来的？昨晚开车那㞞货的，别看他开了辆小车，穿得人模狗样，可身上也没多少钱，就几百块。"马彪脑袋凑过来，压低了声音说，"这钱到你口袋，昨晚的事，你就也有份儿了。如果你敢说出去，我们就一口咬定，你跟我们一起干的。"

春娃连连摇头："我没干，我也不会说，你放心……"

"我没不放心，你就只看到了我，没看到我那几个哥们儿。就算警察把我抓了，我那些哥们儿还在外头，我跟他们说了，只要我出事，就让他们来找你。"

"我保证不跟警察说。"春娃更慌了，"我谁都不说。"

马彪满意地点点头："行，那我就放心了。"

胳膊收回去，脖子终于轻松了。春娃看马彪想走，忽然做了件他自己都想不到的事。

"昨晚的事，我保证不跟别人说，你的钱，我不要。"说话间，他飞快从兜里取出钱，往马彪手里一塞，转身就跑。

他不想跟马彪扯上什么关系，更不想成为他的同伙，所以，一定不能要他的钱，否则真就说不清了。他已经保证不会把昨晚的事告诉别人，他希望马彪能就此放过他。

跑出去挺远了，回头看，身后人来人往，没有马彪。春娃终于放下心来，虽然心里还打着鼓，却有种劫后重生的喜悦。

这喜悦还没来得及细细品味，就变成了噩梦。

春娃背着书包，走在公路上，回大竹乡村。后面有摩托声，他赶紧回头，看到稍远处果真有辆摩托车疾驶而来。虽然隔得远，春娃还是看清了骑车人正是马彪。

“春娃，春娃！”马彪大声叫他的名字。

春娃不知所措，脑袋里又一片蒙。难道马彪还想把钱再给他？

他想得没错，只是没想到这回马彪换了种给法。摩托车快到他跟前时，不仅没有减速，马达的轰轰声反而更响了。春娃意识到不对劲，想跑，已经晚了。

摩托车到他跟前，没有停，骑车的马彪伸出胳膊，胳膊撞上春娃，力道特别大，春娃叫一声，整个身子都向后倒飞出去，落地后，便不动了。

醒过来，天已经黑了，春娃发现自己被丢到了路边的坡道下面，还被一丛草挡着，公路上偶尔驶过的车，走过的人，都不会发现他。脑袋疼，胳膊疼，还有不知哪儿疼，反正好像骨架子散了，全身都疼。他强撑着爬起来，活动下腿脚，幸好除了疼没别的毛病。

重新回到公路上的春娃想，这算是马彪给他的警告吧。

然后，他就在兜里发现了那50块钱。春娃小眉头皱起来，忽然把那张纸币揉成一团，狠狠摔出去。向前走了几步，停下，犹豫了一下，慢慢转身，折回来，弯腰低头四处找。终于找到那张纸币，展开、抚平，折成很小的一块，又塞回了兜里。

钱得留着，以后找机会还给马彪。

14年后，菜市街出租屋。打算离开的刘春走到门边，回头看了眼瘫软在沙发上的马彪，忽然想起什么，又折回来，慢慢从兜里掏出叠成豆腐块的50块钱，展开、抚平，将它塞到马彪的手里。这回，马彪没有拒绝。

他已经不能拒绝刘春做任何事了。

3

此后，春娃心事重重，还有点神经质。学校里，他不再参与小伙伴们的嬉闹，对以前热衷的各种爬墙上树掏鸟蛋的顽皮事也没了兴趣。课间或者自由活动时间，他会趴在桌上，眼神涣散，忧心忡忡。上课时，外头走廊有人影闪过，他会立刻绷紧了身子，还伴随着些许的尿意。接下来这一星期，虽然没再见到马彪，但他相信跟马彪的事还没完，马彪肯定不会这么轻易放过他。

脑子里成天乱糟糟的，一会儿想被劫那俩人最后怎么样了，一会儿又想他们报警没有，警察会不会到村里来。如果警察找到了他，该不该跟警察说实话。他没看清马彪那几个同伙，如果马彪被警察抓了，那些同伙会不会来找他报复？

每天傍晚放学回村，他都会四处张望，看有没有穿制服的人。既盼着警察来，又怕警察真的来。那几天的春娃，当真无比纠结。

没等到警察抓马彪，却先等来了爸爸的消息。

课间时，有个跟春娃关系不错的小伙伴，嘴巴凑他耳边说：“王五嚼舌根，说你坏话。”

春娃开始没当回事，背后说坏话这种小事，现在进不到他心里。但他还是随口问：“他说什么了？”

小伙伴更神秘了，嘴巴近得都快咬到他耳朵：“王五说，你爸让公安给逮起来了。”

春娃一拍桌子站起来，眼睛瞪圆了，大声道：“他瞎说……”

这两年，他对爸爸的印象已略显模糊，但不管怎么样，爸爸仍然是春娃心里巍然屹立不倒的精神支柱。

他怒气冲冲地去找王五。

王五满不在乎，当着那么些同学，大大咧咧地说：“我没造谣，你爸真被公安抓了。我爸跟你爸在南方同一家电缆厂打工，昨天给家寄信了，说你爸偷厂里的电缆，被厂里保安当场抓了，直接扭送到派出所……”

春娃脑袋瓜子嗡嗡响，他不信王五的话，却拿不出反驳的证据。小孩子遇上这种情况，能做的就是耍赖。春娃向着王五冲过去，嘴里嘶叫着“你瞎说”，很快便跟王五扭打在一起。农村娃打架，常有的事，班里同学围着他们嗷嗷叫，还替他们加油助威……

那场架，双方谁也没讨着好。春娃虽然身子单薄，也没多少打架经验，但那天不知道吃了菠菜还是打了鸡血，异常勇猛。王五块头上绝对占优，只不过一开打，瞧着春娃发疯那样，心里有些怯了。王五咽不下这口气，打不赢瘦猴似的春娃是他的耻辱。于是，他放学后找了几个帮手，在春娃回家的路上打埋伏。

这些日子春娃总是独来独往，正好被堵个正着。一帮熊孩子呼啦冲上来，把他围在当中，王五管他叫小偷的儿子，那帮坏小子也跟着一块儿起哄。春娃又气又恼又没办法，只能拿仇恨的目光瞪着王五。

王五到他跟前，小巴掌扇他后脑勺：“看什么看，不服？”

当然不服，只是现在他们人多，不敢说。春娃目光四处闪，已经开始琢磨往哪儿逃。

像是看出他的心思，王五又一巴掌扇他脸上去：“不服正好，今天打到你服……”

熊孩子们扑上来，三两下就把春娃打倒在地。这是春娃第一次被人群殴，却能自发地双手抱头蜷起身子。小家伙们年纪不大，手底下力气却不小，没多会儿，春娃就有点撑不住了。就在这时，他听到了熟悉的摩托车轰鸣声。

本来，他把脑袋捂得死死的，这会儿立刻摆动双手，挡住落下来的拳脚，还抬起头，脸全露出来，朝着摩托车响的方向。

没错，正是那个他又恨又怕，闻着味儿都想躲十里的马彪。跟马彪一起的还有辆摩托车，骑车的男青年是个卷毛，车后座上带着个小胖墩，瞧年纪跟春娃差不多大。春娃立刻想起来，这小孩就是那晚打劫现场看到的小矮胖子。

不管承不承认，春娃心里生出些希望。他还决定，只要马彪救了他，就算警察哪天真找上他，他也绝对不说那晚的事。

两辆摩托车停下，春娃心里燃起团小火苗。马彪和卷毛单腿点地撑着车，饶有兴味地往这边看。春娃非常确定马彪看到了他，俩人的目光在空气中相遇，那团小火苗就燃得更旺了些。

可马彪只是停在路边瞧热闹，什么也没做。王五那帮小鬼刚开始还有点忌惮这两个面目凶恶的人，随后看到他们没有半点干涉阻止的意思，于是揍得更卖力了些。

小火苗扑腾几下就熄了，春娃再次把脑袋抱住，但眼神还是透过缝隙狠狠盯着马彪。马彪迎着他的目光，从头到尾都在盯着他看，表情带些戏谑，好像在等待什么。春娃很快就明白了马彪的心思，他这是在等他主动开口求救吧。

只要他开口，马彪立马就会赶跑这帮坏小子，还能让学校里再没人敢欺负他。

春娃很想叫，声音到了嘴边又硬生生咽回去。他终于收回目光，只管把脑袋抱得更紧些。这时候，那些拳脚落处，好像也没那么疼了。

摩托车的轰鸣声渐渐远去，终于消失不见。春娃特别满意自己的表现，不觉间竟生出些莫名的力量。他嘶吼一声，翻滚几下，待得拳脚稍缓，居然能爬起身，弯腰低头，抱住身边一个坏小子，直冲几步，从路边坡道上滚下去。

那小子不知被吓傻了，还是撞了哪儿疼，哇哇叫。其他坏小子没料到会发生这种事，愣一下，然后又齐齐冲下坡道，再次把春娃围在了中间……

天黑透时，爷爷看到鼻青脸肿的春娃回家，知道他跟人打架了。他挺疼这大孙子，立马拉着他，嚷嚷着问谁把他打成这样，要去找人家长理论。春娃不想说打架的事，问爷爷，真的吗，爸爸让公安给抓了？爷爷老了，脑袋经常糊涂，这回愣愣盯着春娃好一会儿，才反应过来这事的严重性。爷爷回屋不知从哪翻出张小纸片，掉头就往外走，出院子，疾步奔向村委会的方向。

小纸片上记着几个电话号码，有爸爸妈妈打工那厂子的，也有跟爸妈同在一个城市的老乡的。这些号码，也许能联系上爸妈，也许不能。春娃本想跟过去，但想想，心里有些怯，还是回屋等爷爷的消息。

等了挺长时间，爷爷回来了，耷拉着脑袋，神情沮丧，春娃的心也跟着沉了下来。那晚，爷爷没说爸爸的事，春娃也没问。他躺在床上，睡不着，脑袋里藏着很多事，好多面孔轮番跳出来，最后定格时，变成了马彪……

第二天去学校，春娃的青眼圈和肿鼻梁，自然又引来许多嘲笑。有人问，他不想说，也不在乎。王五数次在他面前晃着膀子耀武扬威来回走，嘴里还念叨着“小偷家的崽”“贼娃子”什么的，他转头，不看、不听，或者直接趴到桌上，闭眼。看不见，就能当这些人、这些事，不存在。

又过了两天，一早到学校，小伙伴跑过来说，昨晚王五让车撞了。

春娃眼睛一亮，骂了声“活该”，又问：“真的？”

小伙伴保证千真万确，说这事他们村人全知道。昨晚，王五天黑后出门溜达，不知哪来的摩托车，从后面冲上来把他撞翻在地。撞人后，摩托车没停，直接跑了。王五抱着腿在地上打滚惨叫，惊动了村里人。闹明白发生什么事后，他那个又抠又泼的奶奶坐地上哭天抢地，骂哪个挨千刀的货撞了她的大孙子。

“村卫生所的大夫说，王五腿断了，得送县医院去……”小伙伴说。

摩托车。

春娃眼神黯淡下来，想到了那天马彪车停在路边，带些戏谑的眼神。他安慰自己，也许，只是个巧合，这世界上又不只有马彪一个人骑摩托车。

但他还是想当面问问马彪，是不是他撞断了王五的腿。

放学后，从学校出来，他会四处张望。走在回村的公路上，耳朵竖起来，希望能听到熟悉的摩托车轰油门声。回到村里，他也不着急回家，四处慢慢溜达，假装无意经过马彪常去的几个地方。该死的马彪居然消失了，一连好几天都见不着人。越是见不着人，春娃心里越像猴爪挠似的憋得慌。

这天放学，春娃在外面的街上见到小胖——就是坐在卷毛摩托车后面的那个小男孩。小胖刚从一家炸串子的路边店出来，两手各抓一大把串子，边走边往嘴里塞。打劫那晚小胖在现场，还能坐在卷毛摩托车后面，肯定跟马彪、卷毛他们关系不一般。春娃在后面跟了好一会儿，还是没决定到底要不要过去问问他。

小胖停在一个街口，坐在小商店的台阶上，专心吃肉串。春娃踱过去，来回三趟，终于站到了小胖面前。小胖抬头看他，目光略显呆滞。

“这两天，见过马彪吗？”春娃问。

小胖投来疑惑的眼神：“马彪是谁，不认识。”

春娃想，这人是不是傻，又或者他并不知道马彪的名字。于是，春娃跟他解释，那天他坐卷毛的摩托车，跟他们在一块儿的人，就是马彪。说了一大通，比画了好半天，小胖才明白过来：“那不大骡子吗，原来大骡子叫马彪呀。”

春娃和他一样的反应，原来马彪的绰号叫大骡子。

“对，就是大骡子，这两天见着他了吗？”春娃问。

“天天见。”小胖嘴里填得满满的，说话含混不清，“昨晚还见着了。”

春娃一时语塞，他总不能让小胖告诉马彪，他想见他吧。看春娃不说话，小胖忽然分了几根肉串递到春娃面前：“请你吃。”

春娃愣一下，小胖接着道：“那天，我看到他们打你了。那么多人打一个，不要脸。”

就这一句话，立马拉近了俩人的距离，春娃觉得这小胖虽然看起来有点憨，实际上挺明事理的。同时，他对小胖又多了些好奇，不知道他是怎么跟马彪、卷毛他们混一块儿的。

他还是接过串子，坐到小胖边上。串子冷了，但味道还行。

“你找大骡子，有事？”小胖说，“要不要我晚上跟他说一声？”

想了想，春娃还是摇头：“算了。”

突然间，他想明白了。见到马彪能做什么？无非是想从他那里得到一个答案，那答案重要吗？现在根本没人把王五被撞跟他扯上关系，他又何必要做贼心虚呢？马彪那样的人，他应该离得远远的，这辈子都见不到才好。这样想，春娃心里瞬间轻松了许多。

“没事了，我就随便问问。对了，你怎么跟大骡子、卷毛他们混一块儿的？”春娃问。

小胖想说话，忽然一下子噎住了，咳嗽几嗓子，刚恢复，就看到卷毛骑着摩托车，停在了马路边。卷毛冲小胖招招手，小胖赶紧屁颠颠过去——他坐在路边显然就是在等卷毛。俩人不知道说了什么，卷毛拿眼往这边瞟，还不轻不重地扇了小胖两巴掌。然后，小胖娴熟地爬到摩托车后座上，摩托车离开时，他还回头冲春娃笑了笑，肥嘟嘟的小手摆了两下。

这小胖子，有点意思。

晚上，春娃洗洗准备睡了，还是睡不着，各种念头纷至沓来。好容易有了点睡意，忽然听到“笃笃笃”敲窗户声。那点睡意立马散了，起身拉开窗帘，打开窗户，便看到了马彪。

“听说今天你跟小胖打听我了。”马彪笑眯眯地说。

春娃很紧张，使劲摇头。

马彪“嘁”一声：“打听了又不敢承认，屄货。”

春娃不吱声，心里那个悔呀，下午就不该找小胖子搭话。

“穿衣服，跟我走。”马彪嘴里叼上根烟，点火，一口浓烟喷过来，看窗户里的春娃还没动，眼睛立马又瞪起来，“聋了，听不见我说话？非得逼我进去把你薅出来？”

春娃没辙，相信马彪真能进他们家。爷爷在西屋，惊了他就不好了。

春娃只能穿上衣服，蹑手蹑脚出门。

马彪也不跟他废话，直接往前走，春娃想问他这么晚找他出来有什么事，可话到嘴边又咽回去。走不多远，就看到摩托车停在路边，马彪跨上去，侧身拍拍后座，示意春娃坐上来。春娃犹豫，不动，马彪立马又不耐烦了，骂：“小鳖崽子，还要我请呀！”

春娃坐到摩托车后座上时，很自然地想到了小胖。

小胖应该也是这样，坐上了卷毛的摩托车吧。

马彪不说去哪儿，也不说要干什么，一脚油门，轰鸣声中，摩托车疾驶而去。

4

摩托车停在路边小树林里，马彪领着春娃，深一脚浅一脚摸黑进村。村子叫韩礼村，离大竹乡村十多千米。春娃心里犯嘀咕，猜到今晚准没好事。他故意放慢速度，没走几步就落后面，马彪回身骂“死鸭子都比你快”，上来抓住他胳膊，拉着他往前去。

“你这要带我去哪儿？”春娃忍不住问。

“别管那么多，我就问你，那天揍你那小子，怎么样了？”马彪道。

“真是你干的？”虽然在意料之中，春娃还是很吃惊。

“我说过，往后咱们就是自己人，我不能眼睁睁看着你让人欺负吧。”马彪道，“为你这点破事，警察还找我了。”

“警察？”春娃又吃了一惊，“警察找你，没问别的事？”

马彪一巴掌扇他后脑勺上：“还能问啥事。你想问那俩人吧，他们不敢报警……”

马彪这晚挺有耐心，话也多。他告诉春娃，那晚劫的俩人，不是两口子，也没在谈对象，就是到荒郊野外找乐子。这种事最怕别人知道，就算让人劫了，也只能哑巴吃黄连憋在心里。

“那女的呢，你没对她怎么样吧？”春娃好奇。

马彪巴掌又扇过来：“这就不是你该问的事。”

再说到王五那边，让人撞了，肯定得报警，这属于交通肇事逃逸。乡派出所的民警，把附近几个村子的摩托车全过了一遍，列出几个重点怀疑对象，这里头就包括马彪。但王五被撞那晚，马彪在乡里小酒馆喝酒，一帮人可以替他做证，包括小酒馆的老板。

“王五到底是不是你撞的？”春娃糊涂了。

马彪没回答，拿鼻孔眼往外喷气：“脑壳让屎糊了……”

跟马彪的交流基本到此结束，春娃脑子转得快，在问出那句话时，已经想明白了这里头的原委。不知道该沮丧还是庆幸，他低声嘀咕：“我可没让你去撞人……”

终于到了地方，马彪领着春娃，猫腰慢慢潜到一截废弃的矮墙后头，春娃也终于知道马彪大半夜领他到这来做什么了。

马彪指着前面一户人家道：“待会儿，你跟我进去，取件东西。”

春娃惊呆了，脱口而出：“偷东西！”

又一巴掌扇过来，马彪骂：“嚷嚷什么，怕人不知道你是小偷家的崽吧。”

春娃喘粗气，手脚开始变得冰凉。看来，村里人全都知道了他爸在南方城市干的事，但马彪这话仍然让他无比愤怒。他大声道：“我不是小偷家的崽，我爸也没偷人东西……”

马彪直接上来捂住他的嘴，还紧张地四处看：“小鳖崽子你想死呀。”

春娃拼命挣扎，但马彪劲大，胳膊勒着他身子，巴掌捂住他口鼻，连呼吸都困难。挣扎了一会儿，春娃差点背过气去。

“再敢咋呼，我弄死你。”马彪骂，终于松了手。

春娃咳嗽，赶紧捂住嘴。

“听话，走吧。”马彪语气变了，手又搭在他肩膀上。这相当于打完巴掌再塞个枣。

春娃愣一下，摇头，无比坚定：“我不去。”

马彪又瞪眼：“信不信我现在就弄死你。”

春娃直接躺地上去：“你弄死我我也不去。”

马彪气急，一脚踹他身上，来回兜了几个圈子，一时还真拿这熊孩子没办法。春娃心里早就有了决定，今晚说什么也不能听马彪的。跟他进了那户人家，他就成了贼，要是被人知道，当真就是老鼠的儿子会打洞了。他还知道马彪不会就这么放过他，但就算他再狠，又能怎么样，反正不敢真的把人弄死。为这点事就弄死人，那这些年，他得弄死多少人。大不了让他打一顿，只要能摆脱他，打一顿就打一顿吧。

马彪蹲他边上，换了副表情：“听话，完事后想要什么，哥都给你买。”

“我不要，我就不想去做贼……”春娃软硬不吃。

马彪“咣咣”又是俩耳光，气得牙根都痒痒。但这会儿，还真不是教训这熊孩子的时候。马彪蹲一边去，点了根烟，不知在想什么。春娃坐起来，可怜巴巴地道：“放我走吧，我保证，不跟人说你的事。要有人问，我就说不认识你。”

“想走，没那么容易。”马彪掐灭了烟头，拿脚踩，“我倒有个主意……”

马彪的主意就是，他进到那户人家取东西，春娃在外头替他放风。春娃眨巴几下眼睛，闹不明白，放什么风？村子里，天黑过后，外面就没多少人了，更别说半夜。

“自己选，跟我一块儿进去，还是替我放风？”马彪说。

“放风。”这回春娃没再坚持。马彪既然退一步，他也不想再惹怒他。

马彪又恶狠狠地威胁他：“再敢耍花样，回头弄死你。”

又是“弄死你”，这头大骡子就不知道说点别的？

他俩这边分完工，马彪四下里张望，又侧着耳朵听一会儿，这才弯下腰，踮着脚尖往那户人家去。

农村的房子基本上分两种，要么有了钱盖小楼，要么就是老式的三间堂屋外加一个院子。马彪今晚的目标就是那种带院子的堂屋，院门形同虚设，堂屋大门里面肯定拴上了，但这难不倒马彪。春娃在矮墙边，紧张地探头朝那边看，眼睁睁看着没多会儿，马彪就进到了堂屋里。

春娃手心脚心里都是汗，他没去偷东西，比偷东西还紧张。他已经想明白今晚其实就是马彪给他挖的坑，进不进屋根本不重要，跟马彪一块儿来了韩礼村，还替他把风，那他就是马彪的同伙。这事要被人发现，不偷东西他也是贼。

他立刻想到南方城市里的爸爸，忽然莫名悲愤起来。无论如何，他都不能成为贼，贼的同伙也不行。春娃的决心无比强大，强大到足以忽略马彪的凶狠。

他蹲下身，从地上摸到几颗石子，铆足了劲，朝着那户人家砸过去。

玻璃破碎声过后，窗口亮起灯光，老太婆撕心裂肺的哭号和尖叫响彻夜空，然后是撞翻东西的啪嚓哐啷声……它们都在身后发生，砸出石子后，春娃便背向那户人家，拔足狂奔。

他跑得踉踉跄跄，脚下几次绊了杂物，差点摔倒。

他不辨方向，一头栽倒在水沟里。带着满身污泥爬上岸，累了，迈不开腿，仰面朝天躺在岸边，忽然发现，今晚的月牙居然是黄色的。

黄色的月光下，春娃哭了。

马彪吃了哑巴亏，必定不会放过他。春娃要开始应对马彪接下来的报复行动，这里头最重要的，就是不能落马彪手里。

村里、学校、乡里，人多，马彪应该会避开这些地方动手，剩下的就是大竹乡村到乡里的十几千米公路。也就是说，春娃得避开公路。这好办，公路两边就是农田，现在快到麦收时节，田里都是齐膝高的麦子。春娃可以从两侧的麦田去学校，而且，麦田空旷，来个人大老远就能看见，如果看到马彪，也能及时逃跑。

早上出村，也有讲究，时间必须提前，还不能走村里那条大道。反正村里小道多，怎么都能绕出村。下午放学也不能走学校正门，可以从操场边翻墙出去。不怕马彪在那里堵，乡派出所就在边上不远处。

春娃年纪虽小，也知既然制订了计划，就得严格执行。就这样过了几天，没出什么事，但可以确定，马彪已经在四处堵他了。穿行在公路边的麦田时，他能看到公路上几辆摩托车来回兜圈子，同学也说这两天校门口老有社会人晃悠。有天清晨，春娃甚至看到马彪一直守在村口。

幸好提前制订了计划，否则，现在春娃一定被揍成猪头。

这几天虽然侥幸没出事，春娃还是非常焦虑。这样成天躲着马彪打游击，肯定不是办法。人都有打盹的时候，哪天稍有疏忽，就得落马彪手里。

虽然已经有了预感，春娃还是没想到，马彪来得会这么快。

周末，不用上学。加上这几天精神过度紧张，春娃前天夜里睡得沉了些。蒙眬之际，似乎听到些窸窣声，他下意识睁开眼，天已经亮了，透过窗户折射进来的阳光还很明亮。

床前站着一个小男孩，居然是小胖。

春娃揉揉眼睛，确信自己没看错，真的是小胖。小胖这回手里抓着个卤猪蹄子啃，看到春娃醒了，小虾皮眼里瞬间露出些同情来。

“你，你怎么在这？”春娃下意识问，预感到事情不妙。

小胖没说话，却转身，慢慢走到窗边，拉开窗帘，推开窗户。春娃只穿着小裤衩从床上蹦起来，冲上去想阻拦，晚了。窗户打开，他就看到院子里站着两个人，正是马彪和卷毛。

春娃吓坏了，飞快冲到爷爷那屋，爷爷不在。他这才想起来，爷爷每天上午，都会去村委会门口跟一帮老头玩纸牌。爷爷心疼大孙子上学辛苦，周末早上都不叫他，让他睡到自然醒。爷爷去玩牌，只把门带上，任何人都可以轻易推门进来。马彪就趁这工夫杀过来，让小胖先进屋查看情况，确定屋里只有春娃一个人，他和卷毛这才从容进屋。

完了，终于还是落入了马彪魔爪。

马彪站到春娃面前时，春娃身子都凉了，尿意涌上来，使劲憋，还是渗出来一点。马彪面相倒挺友善，胳膊又伸过来搭在他的肩膀上："瞧不出来，屁大点年纪，肚里花驴屎蛋还挺多。哥就想找你说点事，你却跟我玩捉迷藏。行了，游戏结束，走吧……"

春娃不想走，可那会儿脑袋是蒙的，也不知怎么就跟着他们出门，没走通往村口那条大道，绕小路往村后去。村后是山，有条土路，直通到半山的防火道。土路边，春娃见到了马彪的另两个同伙，一个光头，戴眼镜，斯文里透着凶狠，另一个大块头，小半边脸坑坑洼洼的，不是让火烧就是让开水烫过——那晚劫道的人里肯定有他俩。摩托车就在边上，这四人团伙，带着春娃和小胖，一路颠簸着，到了半山一排荒废的石头屋子前。

石头屋是以前知青住的地方，村里人都管这叫知青点。石头房子想倒不容易，几十年后仍顽强屹立，外墙覆满了爬山虎的叶子。门窗严重残破变形，有几间顶塌了，房内长出了草。石头屋前面是片开阔的山地，不知哪个年月让人种上了茶，后来又放弃不再管理，茶林野蛮疯长，枝叶茂盛。茶林边上，就是老龙潭，实际上是个两亩多的水塘，上下都有活水，水质清澈。

后来春娃才知道，马彪一伙把这里当成了他们的窝点，他们管这叫根据地。

来到贼窝，马彪终于可以撒着欢儿折磨春娃了。

他先告诉春娃，那晚去韩礼村，是提前得到消息，那户人家在外打工的儿子给家里汇了笔钱，老太太下午刚去乡里储蓄点把钱取回来。春娃坏了他的事，等于让他丢了一大笔钱，这笔账，得算。

春娃知道无论如何这顿揍都跑不了了。当马彪脱了衣服，光着膀子站他面前时，他吓哭了，央求马彪放过他："我不敢了，再不敢了，求求你别打我……”

马彪胳膊抡起来，还没落下，春娃就尿了。

四人团伙哈哈笑，戴眼镜的光头说：“瞧把人娃给吓得，大骡子你太缺德了。”

马彪咧着嘴乐：“我这就吓唬吓唬他……”

春娃刚吁了口气，马彪反手一个大耳光扇他脸上去。春娃直接被扇晕了，金梭和银梭眼前乱蹿，身子笔直地摔地上去。懵懂中，他听到马彪接着骂：“小鳖崽子，我弄死你。”

马彪下手真狠，在这荒山野岭，他再无所顾忌。地上抱头叫唤的这个熊孩子就是匹野马，他要做征服野马的人。春娃本能地抱头蜷着身子，看上去成了小小的一团，没多会儿，就不动了，连呻吟声都没了。

戴眼镜的光头赶紧上前拉住马彪：“别打了，把人打死，咱们都得完。”

马彪还不解气：“这熊娃花花肠子多，一次就得把他打怕了。”

戴眼镜的光头笑：“打两下意思意思行了，今天时间还早，咱们慢慢玩……”

不知道过了多久，春娃胳膊肘撑起身子，身子到处都疼，活动下腿脚，还都能动，看来马彪嘴上叫得凶，手上其实还算有分寸。这时，他听到了摩托车发动机轰油门声，接着看到卷毛骑着车，停到了他跟前。他还没明白这是要干什么，马彪已经狞笑着摁住了他脑袋。

摩托车排气管冒黑烟，春娃的脑袋被摁到了排气管口，马彪抓着他头发让他抬起头，脸正对着排气管。黑烟里全是炭，熏得春娃五脏六腑都沸腾起来，翻江倒海。挣扎根本没用，他哪拧得过马彪，直到哇的一声吐了，马彪和卷毛才嫌弃地丢下他跑到了一边。

这还没完，熏完没多久，四人团伙就带着春娃去了老龙潭。扒光衣服，直接把他扔到水塘里。春娃会水，水性还不错，马彪和卷毛便也脱了衣服下到水里。春娃吓坏了，四处游，四处躲，没多会儿，还是被俩人抓到，俩人抓着春娃脑袋就往水里摁，一次又一次，一次又一次。直到春娃身子彻底软了，这才把他捞上岸……

这一通折腾下来，春娃直接蜕了层皮，他真的觉得自己快要死了。很快到了中午，马彪拉他到一间屋里，警告他："哪都别去，就在这等我回来。"马彪出门，很快又折回来，"听话，这事咱就算过去了。回来要见不到你，你就等死吧。"

外面又传来摩托车声，卷毛还在大声叫小胖。春娃蜷着身子蹲在墙角，恐惧地侧着耳朵听，盯着门口的方向看。马彪他们要走了，走了，希望他们永远别再回来。门边响起急促的脚步声，小胖露出脸来。他没进屋，扔过来两样东西，转身跑了。

终于安静下来，春娃又听了会儿，这才确定马彪他们真的走了。他紧绷的身子放松下来，却发现双腿还在抖，用手压住，还是止不住。春娃挣扎着起身，小心翼翼走到门边，探头朝外看，没人。知了和鸟在唱，轻风拂过山冈，夏日的山林，静谧祥和。春娃忽然又哭了，他捂住嘴，不让自己发出声音，眼泪却大珠小珠一个劲往下落，根本停不下来。

想到马彪临走前的警告，春娃还是冲出了石头屋，拔足向着防火道的方向奔去。

他跑得跌跌撞撞，腿软，身子虚，摔倒了好几次，爬起来，接着跑。春娃脑子里只有一个念头，逃离知青点，逃离石头房子，就能结束今天的噩梦。翻过一个小山包，已经能看到山脚下的村子，春娃忽然一个急刹，停住。呆呆站了好一会儿，他又哭了。

春娃就在哭声里，慢慢转身，往回走，回知青点，回石头房子。

5

马彪他们好像忘了春娃，直到天黑了很长时间，才回到知青点。春娃在石头屋里，从日头当空守到疏星残月，从害怕他们回来，到希望他们能早点出现。那整个下午，春娃都处于游离状态，脑袋里各种念头各种画面纷至沓来，最后，竟恍惚间不知身处何时，身在何地。天黑下来后，整个山林陷入无边黑暗，石头屋里更是黑得阴森，春娃踱到门边，眼巴巴仰望着门前的那一点星光。夜晚山林里似乎隐藏着许多陌生的东西，它们潜伏在你周围，盯着你，靠近你，伺机在猝不及防的时刻，吞噬你。

这一整天，春娃滴水没进，加上被折磨了一上午，身子极度虚弱。他不知道马彪还会不会回来，什么时候回来，也许，自己就要死在这半山的石头屋里了。忽然间，他想到了小胖临走前丢进来的东西，摸黑在屋里找，很快抓在手里，居然是瓶水和一袋面包。春娃狼吞虎咽，吃了一半就撑了，还是硬逼着自己吃完。吃了东西，就能熬过今晚，就不会死了。吃面包时，他偶尔会想到小胖，难道小胖早就知道他会在这石头屋里待很长时间，又或者，这也是他曾经历过的？

可是，马彪他们为什么老跟孩子过不去呢？难道折磨小孩，能让他们快乐？

这晚马彪终于还是来了，只跟卷毛两个人。春娃蹲在墙边，手电筒光柱照过来，他的身子又在瑟瑟发抖。出乎意料，马彪和卷毛完全改了性子，不仅好言宽慰，还给春娃带来了新衣服和一堆吃的。

“早听话，哪用受这些罪。”马彪显然对春娃坚守知青点非常满意。

换衣服前，马彪带春娃去了老龙潭，扔给他条毛巾，让他把脸擦干净，洗洗身子，完了再换新衣服。春娃乖乖照做，特别温顺。完事回到石头房子，应急灯照得屋内亮如白昼。马彪让春娃赶紧吃东西，吃饱了下山。春娃明明已经撑了，但不想让他们知道小胖留下面包的事，只能硬往肚子里塞。马彪和卷毛都挺满意春娃的态度，俩人相视之间，还有些隐蔽的小眼神，春娃看到了，扭过头佯装不见。

坐在摩托车后面，车灯如箭，刺破山林的黑暗。山道颠簸，春娃下意识抱住马彪，立刻缩手，又再试探着抱住。终于到了山下，车子疾驶在公路上，破风而行。春娃已经不再关心马彪要带他去哪里，死过一回，才知道活着比什么都重要。他甚至希望摩托车一直不停地驶下去，车子不停，后面的事就不会来。

印象里，那晚车子驶了好久，停下时，春娃根本不知这是哪儿。眼前是个丁字路口，荒僻无人，路灯昏黄的光影在夜色里朦胧，依稀可见前方不远处，路面躺着一个人，像是小胖。小胖为什么躺在地上，一动不动的样子，难道……春娃死水般的心里忽然泛起波澜。

马彪示意他到小胖那边去，春娃稍犹豫，还是慢慢往前。身后摩托车声又响，他下意识回头，马彪和卷毛居然丢下他，溜了。丁字路口现在只剩下春娃和不远处倒地不动的小胖。

这什么情况，春娃脑袋里一片蒙，还有种说不出来的恐惧。目光再次落到小胖身上，想了想，还是小心翼翼地向那边走去。

蹲到小胖边上，伸手推了推，小胖不动。摸他胳膊，温热，试他的鼻息，有气，春娃心放下一半，另一半还悬着。小胖没死，可他为什么一动不动，还躺在路中间？

不死心，晃小胖肩膀，还连声叫："小胖，醒醒，小胖，醒醒……"

小胖忽然睁开一只眼，吓了春娃一跳。再看时，眼又闭上。春娃再使劲推他，这回，小胖眯着眼伸出一根手指，放到嘴边做了个噤声的手势。

春娃闭了嘴，虽然还不知道怎么回事，却隐约有了些不祥的预感。

像是印证他心中所想，前方一道光柱袭来，随后，有辆小车驶近。春娃想拉小胖往路边去，小胖仍是一动不动，闭着眼装死。就这么一耽搁，车子到了跟前，停下，车上下来个中年男人，快步走到春娃和小胖边上，问发生了什么事。

春娃已经说不出话，身子僵了。小胖仍然一动不动，这会儿还能沉得住气，显然不是头回遇到这种情况。中年人看上去很焦急，一迭声地问："怎么了这是，受伤了，还是犯了病？"

几道光柱刺过来，又是嘈杂的摩托车轰鸣声。中年男人还没反应过来，已经被四辆摩托车围住。地上的小胖一骨碌爬起来，径自走到车子前，脑袋毫不犹豫地撞向发动机盖。小胖撞一下，摸摸脑袋，再撞，直到出了血，这才慢悠悠闪到一边。

中年男人立刻明白过来，但还有些糊涂。他今晚遇上的，是碰瓷，还是抢劫呢？

戴眼镜的光头叫陈军，绰号小神仙，就是他想出了劫道的这些花样。马彪他们起初觉得麻烦，都说直接冲上去硬劫，简单粗暴，效果也差不多，何必搞这么复杂。陈军颇费了番口舌，才说服了他们。劫道也得有脑子，要想劫得稳、劫得久，得换位思考，多从被劫人的角度想问题。深更半夜，荒郊野外，换你开车，见到一个或几个人跳出来拦车，你敢停？就算车停下，万一碰上不要命的货，要钱不要命，跟你硬刚，劫道变成流血事件，事儿就大了。最麻烦的是这边劫完那边人就报警，公安介入，他们几个也就离死不远了。

劫道终究是件高危工作，但陈军显然不是想劝他们几个打消这念头。

“如果有个孩子，那就不一样了。”陈军说。

见到拦路的是孩子，戒备心就小，多数人会停车，这时候他们围过去，跟开车人照面，鉴别这个目标人物到底能不能劫。陈军心思缜密，擅长察言观色，看目标的模样表情以及遇事反应，基本上就能第一时间得出结论。马彪三人等他发出指令，目标不合适，接走孩子马上撤退，目标合适，再继续下面的流程。

劫人不能劫得太狠，可以让他肉疼，但不能伤及筋骨。最重要的是，翻出他的身份证，没身份证的话驾驶证也行，要认真地在小本上记下家庭住址以及其他重要信息，威胁如果报警，就会报复他的家人。至于小胖撞破脑袋那种骚操作是后来添加上的，陈军认为那会扰乱目标人物心智，让他产生就算报警也说不清道不明的感觉。最后，即使东窗事发进了局子，碰瓷敲诈和劫道的性质，也不一样。

当然，有种情况可以往狠了劫，就是那些偷情出轨找刺激的人，他们巴不得破财消灾。破的那点财，跟他们的秘密相比，根本算不上什么。

陈军这一整套劫道理论，很快让马彪等三人佩服得五体投地。事实上，他们在陈军的带领下，这两年劫得挺顺利，从没出过事。

这一晚，春娃目睹了这个抢劫团伙作案的全过程，中年男人毫无抵抗地乖乖交出身上所有钱财，还点头哈腰保证绝不报警。马彪等人心满意足地带着春娃和小胖从容离开。前面路口，四辆摩托车分散开来，各回各家。春娃也跟着马彪，回到了大竹乡村。

马彪在村口丢下春娃，临走时不忘搂着他的脖子，提醒他："今晚的事，你也有份。啥也别想，回去睡觉。乖乖听话，往后咱们就是自己人了。"

看着马彪消失在夜色里，春娃这才长吁了口气，拖着异常沉重的双腿，回家。

还没到家门口，爷爷就从院子里冲了出来，手里拐杖照着春娃屁股抡过去，嘴里还大声骂："鳖崽子，还知道回来，咋不死外头去……"

像村里很多留守的老年人一样，爷爷已经管不住日益变高变大的春娃了。在他眼里，春娃这是出去野了一整天，直到半夜才回来，但有什么关系呢，只要回来，他就能放心了。唠叨还是免不了要有，特别是回屋看到春娃脸上的伤，又气又疼，又是一通没完没了的絮叨。怪他太不听话，怪他又跟人打架，还说到他那不争气的爸，老实巴交了一辈子，怎么临了成了贼。爷爷越说越激动，呼吸忽然急促起来，身子也开始晃。春娃赶紧上前扶住，老爷子大力推开他，踉跄着回屋，重重关上房门。以前听爷爷唠叨，春娃会烦，还会顶几句，今晚耳朵顺，心里还特别虚，爷爷的唠叨听得他想哭。他很想把这些日子经历的事都跟爷爷说，可是，爷爷老了，能照顾自己就算不错了，他已经不能庇护任何人，包括他疼爱的大孙子。

回屋，他直接躺到床上去。这一天经历了这么多，春娃以为肯定又要睡不着了，实际上躺下没多会儿，他就沉沉睡去，却在梦里，重新被困在知青点的石头房子里。房子像是有道无形的门，让人左冲右突，折腾得筋疲力尽，都不能出门半步。

夜来了，黑暗吞噬了整个石头房子，春娃发出撕心裂肺的叫声……

日子一天天过去，春娃每天还背着书包，去十多千米外的乡里上学。看起来，他跟别的孩子没什么不同，除了有些沉默寡言，眼神也变得飘忽不定。

这时候，春娃爸在南方城市被抓的消息坐实，事情比刚开始传说的还要严重。乡派出所民警联系了村委会，村里又通知了爷爷。春娃爸在过去一年多时间里，不间断地盗取厂里的电缆线，加一块儿数额巨大，已经构成了盗窃罪，正在拘留所里等待法院判决。爷爷好一会儿才缓过神来，什么都没说，离开村委会时，身子都开始晃。消息很快就在村里传开，村里众多闲得只剩下嘴的人，免不了背后嚼舌头，就算听不见，也能想象到。爷爷也就在这时，不再去村委会门口的小广场上玩牌，甚至懒得出门。

春娃那边也差不多，每个学校都有为数不少的坏小子，无风都要掀起三尺浪，何况身边有了春娃这么个“贼娃子”。坏小子们会围着春娃起哄，使些恶作剧，春娃从不接招，不气恼，不反抗，坏小子们渐觉无趣，慢慢也就散了。更多的学生则被家长告诫要离春娃远点，春娃无所谓，这些日子，他已经习惯了独来独往。

每天放学后，春娃独自回家。有时候小胖会在学校外面等他，领着他去吃烤串，或者麻辣烫。这时候春娃已经知道，小胖其实年纪不小了，他只是得了种长不大的病，永远看起来像个10多岁的小孩。而且，他的脑子显然不好，马彪他们都说他是傻的。

傻人有傻福，小胖活得特别简单，有吃有喝就不想别的，更不会想跟着马彪、卷毛他们做的那些事。春娃有时会羡慕他没心没肺，有时又觉得他烦。但他现在就只剩下小胖了，朋友算不上，至少有个伴。烦的时候，春娃会想小胖请他吃肉串，想他在石头房子里丢下的矿泉水和面包，于是，傻乎乎的小胖，也就顺眼多了。

“你说，大骡子他们会被公安抓吗？”春娃曾试探地问过小胖。

小胖嘴里嚼着吃的，顾不上说话，只是摇了摇头。

“为什么？”春娃问。

“他们认识公安。”小胖嘴里终于腾出点空，“我看过他们跟公安吃饭。”

小胖其实分不清楚公安、保安、城管这些制服，卷毛跟他说是公安，他就信了。

春娃闭了嘴，看着小胖吃。过了好一会儿，他才又问：“咱们呢，咱们怎么办？你就打算跟着他们这样混一辈子？”

小胖满不在乎：“过几年，我就长大了。长大了，去南方城市打工，找爸爸……”

春娃的爸爸呢？在牢里。春娃想，我可不能去牢里找爸爸。

没有了爸爸，还有妈妈，春娃妈呢？春娃妈消失了。去年春节回家，春娃就看出来她跟爸爸怄气，都很少说话。春娃爸出事后，就没了她的消息。关于春娃妈的风言风语更多，春娃固执地坚信，妈妈一定还在南方城市里打工赚钱，等到春节，就会回来。

马彪隔上些日子就会来找他，一般都是晚上10点多钟，爷爷睡了，春娃悄悄出门，坐上马彪的摩托车。春娃不像小胖那么听话，隔上段时间，就会搞点事。他会在目标车辆出现时，突然撒开脚丫子开溜。马彪把他抓回来，一顿拳脚打得他不能动弹，再把他丢到路中间去。打一顿能管好长时间，接下来几次，他都会顺从地完成任务。但就在马彪以为他此后会乖乖听话时，他又会突然犯病，再次迎来一顿暴打。如此反复。

这年冬天，春娃约了小胖，在乡里杂货店，买了条帆布口袋，又趁着村里人家盖房子，偷了点沙，最后去村后的山上，找个僻静地方，把装了沙的帆布袋挂在树上。这样，他们就有了一个沙袋。周末，春娃独自上山，有时候也会带上小胖，练习打沙袋。小胖懒，打几下就躺倒不动了，春娃却能一次打上好长时间。刚开始，拳头打破了皮，疼，后来变成了老茧，就不疼了。

很快，春节了。这年春节，春娃妈没有回来。

春娃的梦里，不知何时会有些模糊的影子出没。它们像人，又像是什么别的动物，环伺在他周围，好像随时都能扑过来，将他吞噬。可实际上，每次看到那些影子，它们都在徘徊，并不靠近他。

尿意涌来，春娃蓦然惊醒，发现自己尿床了。

6

2004年夏天，市区几名驴友，结伴去鹏鸪山知青点扎营，在附近的老龙潭发现一具未成年人尸体，随即报了案。死者身份很快被确认，驼峰乡六道口村人，名叫王小明，户籍资料上显示其为1983年出生，今年21岁，但因为身患垂体性侏儒症，所以看起来还跟个10多岁小孩似的。王小明因为溺水死亡，死亡时间不超过24小时。另外，死者身上发现多处陈年旧伤，并不算严重，但旧伤形成时间跨度大，说明死者生前曾受到过长期虐待。

老龙潭不远处的石头房子周边，有大量生活垃圾。据附近村里人讲，这些年，经常能见到背着大包的城里人来知青点过夜，这些生活垃圾应该就是他们留下的。事实上，知青点在海州市喜欢玩户外的驴友间颇有些知名度，是理想的户外扎营场所。

警察在六道口村了解到了王小明的情况。王小明的父母长期在外打工，他跟着年迈的奶奶生活。奶奶行动不便，已经丧失了劳动能力，脑子也不太灵光，照顾自己都成问题，根本无法约束管教王小明。王小明智力稍有缺陷，只念到小学3年级便辍学离开了学校。据村里人说，最近几年王小明经常不在村里，隔上十天半个月才会回来一趟。一个智力有缺陷的侏儒症患者独自在外，靠什么生活，谁在照顾他，自然就成了调查方向。

王海鹏是驼峰乡派出所民警，案发后被领导派去保护现场，并配合县里刑侦队的同志，进行些走访调查工作。第一眼看到尸体，他就觉得眼熟，在乡里肯定见过这个“小孩”。于是他拿着王小明的照片，在乡里四处打听，很快确定王小明经常在乡里活动，还常去一家烤串店。烤串店老板对这“小胖孩”印象深刻，说他特别能吃，家里应该也挺有钱，每回来都会点上一大堆。最后老板又提供了一个重要信息，还有个年纪差不多的小孩，常跟王小明一块儿过来。

因为那个小孩来店时，随身带着书包，王海鹏确定了那小孩来自乡中心小学。于是他带着烤串店老板去学校，一间教室一间教室找过去。烤串店老板有些脸盲，加上一堆小孩聚一块儿，看上去都差不多。费了好些工夫，最后总算找到了跟王小明去烤串店的那孩子。

刑侦队那边也有收获，有村民曾看到王小明在村口搭乘过摩托车，还不止一回。隔得远，没人看清骑车人长什么样，但他那一头卷毛令人印象深刻。继续走访村民后他们了解到，几个游手好闲的年轻人说那卷毛是中云村的，真名叫陈二兵，是乡里有名的大痞子。

刑侦队立刻去中云村，半道上接到王海鹏的消息，卷毛陈二兵有重大作案嫌疑。陈二兵这天正在家里睡觉，还没反应过来，就被破门而入的警察抓个正着。他们立刻在车上进行了突击审讯，陈二兵装傻，警察甩出马彪、陈军和黄四宝三个名字，他蔫了，交代了跟这三人一块儿半夜实施抢劫的犯罪行为。问起王小明，陈二兵一脸茫然，听说王小明死了，又是一脸震惊，看起来不像是装的。

警方随后立刻对马彪、陈军和黄四宝展开抓捕工作，马彪和黄四宝都在家中被抓获，陈军听到风声逃了，也没逃出多远，在市区一家小旅馆里躲了两天后被抓。四人交代了共同实施的3起抢劫，口供出奇地一致。但警方拿出的材料里，却详细记录了他们这两年实施的每一次抢劫，达50多次，具体到每一次的时间地点，包括抢劫对象是男是女及车牌号码。四人傻眼了，想不认罪都不行。

再给他们看王小明和刘春的照片，他们承认利用小孩拦停过路车辆实施抢劫的事。办案刑警问既然有了王小明，为什么还要再找一个刘春。马彪说主要是刘春发现了他们抢劫，怕他说出去，所以拉他下水。后来陈军出主意，多一个孩子备用，反正没什么坏处。

事实证明，他们这是搬起石头砸了自己的脚。

说到王小明之死，四人都不承认跟自己有关。警方问他们发现王小明尸体的前一天都干了什么，他们回忆说去了鹧鸪山上的知青点。每次抢劫过后，第二天下午他们都会去知青点的石头房子，总结前一天的战果，再分赃。

就在那一天，卷毛陈二兵对小胖王小明实施了殴打。

事情是这样的，前一晚他们抢得挺顺利，被抢的人非常配合，把兜里的钱全给了他们，还热情地打开后备厢，里面有些烟酒，让他们捎上。烟是好烟，酒是名酒。马彪他们当然不会客气，但出来劫道，谁都不会带大包，烟酒这些玩意儿又挺占地方。最后，还是黄四宝，也就是坑洼脸，不知从哪摸出个化纤袋来，烟酒把袋子塞得满满当当，口扎上，他们就商量怎么带回去。马彪他们四人开的全是那种架子车，要把化纤袋放车后架子上，得找绳扎。这黑灯瞎火的上哪找绳去。最后他们决定，让坐在卷毛车后座的小胖把袋子扛肩上。终究是抢劫现场，谁都不想多待，于是就这么决定了，四人照例在前方路口分头散去。

然后就是第二天下午，一帮人去了知青点。看到卷毛跟小胖空手来，马彪和黄四宝就问烟呢酒呢，不会想吃独食吧。卷毛抬手就给小胖一巴掌，说没了，让小胖给整丢了。

赶紧问怎么回事。卷毛说昨晚小胖在车后座上居然睡着了，到地方停车，才发现袋子上破了个大洞，里头东西全没了。马彪和黄四宝都说不可能，肯定卷毛想吃独食编出来这故事。好端端的化纤袋怎么会破个洞，还是大洞，又不是纸扎的。卷毛也很郁闷，知道说不明白，转头就去打小胖，都怪他，他要不睡着，丢东西肯定能发现。

这事很快就过去了，马彪和黄四宝也不会真为一点烟酒跟卷毛较真。后来就是陈军来了，大家把昨晚劫的钱分了，完事准备各回各家。偏偏这时陈军忽然想起昨晚的烟酒来，马彪和黄四宝半开玩笑说让卷毛独吞了。卷毛非常郁闷，继续拿小胖撒气。这回出手重了点，小胖跑，他就跟后面追。转眼间，就转到了房子后头，看不见人，却能听到卷毛的叫骂声。

马彪等人哈哈笑，陈军和黄四宝也不等卷毛，直接骑车走了。马彪等了会儿，还不见卷毛回来，没了耐心，就带了春娃，也走了。

至于后来卷毛和小胖又发生了什么，小胖怎么会溺死在老龙潭里，这些人全不知情。

据卷毛的交代，那天直到老龙潭边他才追上小胖，本来心里就窝着火，又追得上气不接下气，火更大了。不由分说上去就是一顿拳打脚踢。小胖可能被揍急眼了，居然能一把推开他，直接跳进了老龙潭。

小胖皮厚，脂肪也多，这些年没少挨揍，就算下手重点，他也扛得住。而且小胖会游泳，水性还不错，以前没少在老龙潭里玩水，所以卷毛根本不担心。他让小胖上来，小胖不听他的，还得意地踩着水来回游。卷毛拣几个小石子砸，没砸中，水里的小胖更得意了。卷毛火大，骂骂咧咧丢下小胖，回石头房子，骑车走了。

“你丢下王小明独自离开知青点老龙潭，不担心出意外？”警察问他。

“能出什么意外？”卷毛哭丧着脸，“那地方，小胖太熟了，闭着眼睛都能下山。就算不下山，石头房子里有吃的，在那里过一晚，也没问题……”

“你就没想过会出意外？”警察再问，“比方说突然腿抽筋什么的。”

这回，卷毛怔怔地说不出话来。

结合其他人的供词，警方判断陈二兵没说假话，殴打小胖是真，要说他把小胖打死，没动机，也没这必要。小胖死因系溺亡，应该是在躲避卷毛殴打跳进老龙潭后发生意外。而且，如果卷毛真的打死了人，也不可能老实待在家里睡觉，等着警察上门来抓。

王小明意外溺亡，让警方端掉了长期盘踞在周边乡镇实施抢劫的犯罪团伙，并发现这团伙存在长期虐待未成年儿童的犯罪行为，算是意外收获。

案件侦破过程中，提供关键性证据的，是案件中遭受虐待的另一名未成年人。他向警方提交的练习簿上，详细记录了马彪团伙实施抢劫的资料，根据其中的车牌号，警方逐一核实无误。他被迫参与的抢劫行为，完全是在遭胁迫的情况下发生，他提供的遭受虐打的信息，也与马彪等人的供词一致。结案后，县局领导专门对这个孩子的情况，做出妥善安置的批示，特别强调，对外不要透露这孩子的身份信息，以免案件影响到他的日常生活。

乡中心小学，正是上课时间，老师在台上讲课，忽然听到些哭声。很快，他就发现班里有个叫春娃的学生，泪如雨下。看得出来，他在竭力忍着，但抽泣声还是很快吸引了班里其他同学。所有人的目光都落在他身上，谁都不知道发生了什么事。

老师小心翼翼地到他身边，低声细语问他怎么了，哪儿不舒服，还是发生了什么事。春娃不说话，使劲摇头，泪水溅开来，打湿了桌面。

这天没等到放学，春娃就离开了学校。他奔跑在回村的公路上，泪水仍然止不住地流。

没有了马彪，他应该开心才对。但没有了马彪，也没有了小胖。小胖死了，他再也不会傻乎乎地在学校门口等他，跟他一起去吃烤串，一起去山上打沙包了。

这天春娃逃学，没有回村，而是去了村后的山上。僻静的树林里，他不停地击打沙袋，很快出了汗，他脱去了全身的衣服，只穿条短裤，他拼尽了全身力气，就像那沙袋是马彪，是卷毛，又或者是别的什么让他痛恨的人。手骨那儿破了皮，血渗出来，钻心地疼。他忍着，继续挥动拳头，直到身体里最后一丝力气耗尽，直到他已经支撑不住自己的身子。倒下，脑袋贴着地面。

春娃看到有层浓重的雾气，贴着地面快速滚动，所有经过的地方，都被暮色笼罩。

暮色后面是小胖，如同往昔般冲着他笑，还跟他挥手作别。

再见，小胖。永别了，小胖。

7

2014年夏天，刘春开始在乐知商务酒店干维修。算起来，他初中毕业后便来市区打工，这已经是在海州的第六个年头。这时候的刘春，看起来瘦巴巴的，皮肤白净，跟人说话时目光下垂，自带几分腼腆。大家都说刘春性格好，做事勤快，不管谁找他帮忙，就算跟他的工作无关，他也会随叫随到，干净利落地帮你把事做了。

乐知商务酒店是连锁，品牌不大，花里胡哨的事一大堆。什么中秋节卖月饼，端午节卖粽子，朋友圈发广告还得规定点赞数，反正隔上段时间就要折磨员工一回。这天下午，刘春和店里几个不当班的小姑娘服务员，去火车站发小卡片。新来的店长新官上任三把火，誓要让店里的业绩迈上新台阶。她也没什么特别的办法，打广告太费钱，那就发小卡片。那些小姑娘服务员显然不太乐意，大热天，谁都想屋里待着，站太阳地儿，不仅辛苦，还有晒黑的风险。店长怕她们偷懒，规定了每过半小时，就得发些现场照片来。

服务员小姑娘们坐在广场边一家餐馆里蹭空调，每人手上还拿着根雪糕，七嘴八舌跟餐馆老板抱怨店长变态，别的本事没有，就知道折腾员工。餐馆老板是个年轻小伙，看得出来挺开心，能有帮姑娘陪着聊天打发时间。

外面就是火车站广场，隔着餐馆玻璃门，隐约看到刘春站在出站口，混在一帮大妈中间，给出站旅客发小卡片。

餐馆老板说：“你们那同事不错，这都快俩小时了，要不要让他也来吹吹空调？”

小姑娘们也夸刘春勤快，说他是农村来的娃，能吃苦。还说他老家那村子，特别穷，打小从会走路起，就得跟着父母下地干农活，就这样，还隔三岔五饿肚子。农村娃，苦习惯了，晒半天太阳，根本不当回事。大家现在都在等他发完小卡片，早点回店里交差。

“待会儿买根雪糕奖励他吧。”有个叫小香的服务员轻描淡写地说。

后来，刘春吃着雪糕，挺开心。小姑娘们簇拥着他往广场外面走，还有人上来一左一右挽着他的胳膊，刘春身子就僵了，走路都别扭。小姑娘们哈哈笑，说让他在这群姑娘里挑一个带回家当媳妇。刘春已经习惯她们没事撩他玩，每次还是会红了脸，有些不知所措。

回到店里，没进门就听见里头有人嚷嚷，服务台前面还围了一圈人。

服务行业干上几天，特别是酒店、旅店这些地方，会遇上各种奇葩人奇葩事。没身份证硬要住，一间房挤进去八个人，喝醉了酒在前台撒酒疯儿，把房间折腾得像个垃圾场，外面丢了东西回来赖酒店还要报警，动不动就投诉……忍辱负重是酒店从业者最基本的美好品质，可有时候，就算再老实的人，也忍不住要炸毛。

这天吼的是个保洁阿姨，她在楼上整理房间，对讲机让她到前台来一趟。有个外地客人，嚷嚷着丢了根金链子，酒店不赔，就要报警。前台调监控，这人一早离开房间后，只有保洁阿姨进过房间，他便一口咬定是保洁阿姨偷走了金链子。保洁阿姨否认，上午确实进过房间，正常保洁需要，她在房间里根本没看到什么金链子。客人气势汹汹，张口闭口都是偷，保洁阿姨委屈死了，耷拉着脑袋可怜巴巴站那儿发呆。前台再三让客人确定一早出门，金链子是否真的留在房内，并主动让他报警。客人刚开始三番五次说要报警，真让他报警，又不乐意了，坚持金链子就是保洁阿姨偷的，让她交出来，好说歹说都没用。客人嗓门大，脾气又暴，说话还特别难听。围观的客人也都指指点点，听话音，多数人信了那客人的话，怀疑保洁阿姨拿了金链子，还有人“心怀好意”地劝保洁阿姨交出来。

老实巴交的保洁阿姨终于爆了。她先是大步冲到那客人面前，眼睛瞪得溜圆，扯着嗓子大声吼：“我没偷！”就在众人震住之际，她已经大步上楼，冲进了那客人住的房间。大家不知道她要做什么，好奇地跟了过去。

保洁阿姨发疯一样在房间内翻找，能掀翻的绝不留在原地，床上的被褥扔到地上，床头柜挪到一边，地毯卷巴起来……看得出来，保洁阿姨有点魔怔了，服务员们同情地看着她，客人们则七嘴八舌嘀咕，猜测着结局。

就在这时，刘春忽然分开众人，大步冲进房间里，什么都没说，也开始翻找。

最终刘春和保洁阿姨合力把床推到一边，在床头后面的地上，找到了金链子。金链子怎么会丢在这，你想破脑袋也想不出，但那不重要，保洁阿姨抓起链子，狠狠向着客人扔过去。客人还想说什么，却闭了嘴。

那天的事就这样过去了，客人很快退了房，就此消失在茫茫人海里。保洁阿姨哭得挺伤心，刚开始哭那会儿，还说不干了，太委屈，哭了会儿，抹干眼泪，又推着保洁车开始工作了。刚才折腾乱的房间要恢复原样，不能留到下一班，她还希望今天的事，不要传到店长耳朵里。这份工作虽然赚得不多，却能支撑起她的生活。

此刻，刘春刚回到工具间，这是个狭长的小房间，堆放了许多水电维修的工具，最里面，还有张桌子。坐在桌前，刘春胸口起伏，看起来挺紧张。平息了好一会儿，他从抽屉里取出一台笔记本电脑，开机。他又起身查看了房门已经锁好，这才再次回来坐下。

屏幕上，是个九宫格的监控画面。随手点击其中一格，画面中，保洁阿姨正在收拾房间。保洁阿姨干活很认真，家具摆正，被褥铺得平整，她正仔细用手中的抹布擦拭房间的每一处。她的面孔凑到了镜头前，工具间里的刘春也随即变得紧张起来，呼吸急促，又有了些尿意——少年时期的怪毛病，现在还坚持着。很快，保洁阿姨转向了别处，刘春抹了把脑门上沁出的薄汗，吁了口气，合上电脑。

工具间有扇小窗，此刻，暮霭的余光透过窗子照进来，那道光柱像是个奇异的时空通道，无数细小的灰尘在通道里浮动。刘春拿起桌上折好的纸飞机，让飞机进到时空通道里。飞机浮在灰尘中间，像是飘在空中，慢慢向着光的方向飞去。

“笃——笃笃——笃”，忽然响起敲门声……

时间往回追溯到一年前，那时刘春跟着个水电师傅干小工。水电师傅姓赵，北方人，40多岁，老光棍，大半辈子都生活在海州。刘春跟着他那段时间，每天带着一块写有“水电工”字样的小牌子，坐在朝阳桥头揽活。朝阳桥头是海州零工集散地，每天蹲守的有几十号人。在这混得久了，大家都熟，等雇主时，会聚在一起玩牌吹牛打发时间。刘春眉清目秀，混在一帮糙老爷们堆里，挺显眼。有人便拿他打趣，说要给他介绍对象。本来以为开玩笑，忽然有一天，胖姑娘安安出现在了他面前。

安安一眼就瞧上了刘春，虽然身子骨儿单薄了些，可看起来挺斯文，关键是脸白，弄身小西装，再配副小眼镜，带出去，在她那帮小姐妹面前，长面子。刘春对安安就没那么感冒了，其实安安长得不丑，胖也不是变形的那种胖，稍微打扮打扮，过得去，刘春就是觉得她不是自己想象中那个人，提不起兴趣来。可刘春脸皮薄，架不住人劝，再加上安安那会儿对他是真好，想想，就他这样的，有个姑娘对他好，还能要求什么呢？

安安也是农村姑娘，当时在一家肉制品厂车间干活，隔三岔五偷厂里的肉，带到刘春这儿红烧了吃。安安过日子是把好手，厨艺了得，还花不多的钱，就把刘春租住的小屋装饰得温馨浪漫。刘春心软了，融化了，瞧着安安越来越顺眼，就安心跟安安过起了小日子。

好景不长，没过半个月，刘春眼里的安安就变了个人。本来吧，安安不算漂亮，但回回收拾得干净利落，跟刘春确定关系后，开始邋遢。她早上不洗脸不梳头就能出门，顶着满脑袋头皮屑招摇过市，眼角米粒大眼屎能挂上好半天。她还喜欢吃蒜，吃蒜没毛病，可她吃完还拉着刘春去小树林里约会，嘴巴凑过来，臭烘烘地熏人。安安嗓门大，俩人出去吃饭，不管拉面馆还是小饭店，她说话都像嚷嚷，说的还都是小甜蜜小可人那种腻味人的话，刘春回回都低着头，嗯嗯啊啊如热锅上的蚂蚁。安安还蛮不讲理，明明不聪明，可总觉得自己什么都对，俩人之间但凡出现一点分歧，安安都会对刘春嗤之以鼻，言语间极尽蔑视与不屑。这常常让刘春不解，安安到底为了什么才跟自己在一起。

这些事，咬咬牙就忍了，可安安脾气大，喜欢摔东西，真把她惹毛了，逮什么摔什么，冷不丁还能抬手给你一巴掌，刘春就开始金梭银梭满天飞。关键她这喜怒无常的毛病防不胜防，很多时候，刘春根本不知道自己哪儿惹毛了她，想反抗，偏偏劲又没她大，根本不是对手。

最让刘春受不了的，是晚上想睡个安稳觉都难。安安就是头精力旺盛的母狮子，折腾起来没完没了。刘春干活没了力气，赵师傅老抱怨这么老实本分的小伙子，也学会偷懒耍滑了。

刘春肠子都悔青了。草率了，不该吃了几顿红烧肉就把自己给折进去。

“我们不合适，分了吧。”实在忍不住的刘春，提出分手。

安安立刻就炸了，吼声如雷：“我们哪不合适了，你说不合适就不合适了，不合适你干吗还跟我在一起，不合适你还跟我睡一张床上……”

刘春一句都答不上来。这还没完，安安继续扯着嗓子嚷嚷，脖子上的青筋暴起，随着吼声起起伏伏，像是潜伏在身体里的蚯蚓或者别的什么虫子。

“你就是个没良心的货，亏我还对你这么好。跟我好之前，你多久才能吃顿肉，现在呢，自己找杆秤站上去，起码长了10斤肉吧。要分手，行，割10斤肉还给我，我拿了去喂狗。”安安说完话，真的转身去厨房拎了把刀冲出来，“割完肉我就走，说话算话……”

刘春直接吓傻了，赶紧躲。小屋就这么点地方，他能躲哪去。明晃晃的刀子眼瞅着落下来，刘春吓得直接闭上了眼睛，同时，还得用所有的意念抵抗涌上来的尿意。

刀子没落下来，却听到安安哇哇在哭。安安哭得惊天地泣鬼神，刘春生怕惊了邻居报警，那麻烦就大了。可偏偏又不知道怎么才能让安安别哭。他索性直接躺床上去，还拉开被子蒙住头。哭声小了些，这样，别人就听不到了吧。

过了好一会儿，刘春忽然惊觉哭声停了，赶紧掀开被子，看到安安可怜巴巴地站在床边，用特别幽怨的眼神盯着他：“我到底哪儿不好，你跟我说，我改，别不要我行吗？”

刘春哪敢说不行，只要这祖宗今晚别再折腾。

“行，听你的，不分了，咱不分。”他说。

安安立刻眉开眼笑，腾地跳上床，像座山般压下来……

又过了几天，刘春跟着赵师傅在一户人家新房子里干活。他抓着冲击钻在地板上开槽，隆隆声里，灰尘弥漫。外头晃进来一个人，呛了一鼻子灰，赶紧又退到门外，冲着屋里叫：“刘春，刘春！”

停了手，走到门边，外头站着个大块头男人，30多岁模样，寸头，胳膊上还文着龙，不认识。这人上下打量他，说："你叫刘春吧，我是安安她哥，亲哥，安安让我来找你聊聊……"

刘春脑袋嗡的一下子，安安啥时候冒出来这么个哥，还亲哥，怎么没听她提过。

"我来吧，其实也没多大的事，就是告诉你，安安有病，精神病。"安安他哥脑袋凑过来，神神道道的样子，"她为这病，医院里待了大半年，这刚出来没几个月。知道她这病打哪来吗？"

刘春使劲摇头。

"都让她以前那对象给闹的，好端端说什么分手，安安受了刺激，精神就不好了。"安安她哥叹口气，"知道安安前对象现在咋样了吗？"

刘春又使劲摇头。

"废了，脑袋让安安砍了两刀，腿上一刀。腿上那刀断了腿筋，这辈子走路都得拄拐棍了。"安安她哥拍着刘春肩膀，语重心长地道，"好好跟安安过日子吧，你说就你这样的，要房没房，要车没车，每个月赚那点钱，养活自己都难，能有人看上你，不容易了。咱们家安安其实是个好姑娘，不嫌你是个穷小子，你也别再挑三拣四，别再刺激她。就她那暴脾气，下手没个轻重，我都不知道她下回还能再砍哪儿。"

刘春的心揪了起来，啥话没说，丢下安安她哥，冲到卫生间，对着没装马桶只露出截管子的下水道撒了泡尿。等他战战兢兢出来，安安她哥已经走了。

随后的日子里，刘春早出晚归，恍如行尸走肉。

幸好，安安闹过一回，就恢复了以前的温柔贤惠，隔三岔五做顿红烧肉，刘春再晚回来，也不发脾气，还特别关心地让他干活缓着点，别累坏了身子。这时候的刘春就使劲想安安的好处，人家姑娘死心塌地跟着你，图什么，你又能给人家什么，也许，这就是爱情吧。安安虽然邋遢了点，脾气坏，还喜欢动手打人，但你也不能剥夺人家追求爱情的权利。

可想想要跟安安生活一辈子，刘春的心在滴血。

又过了些日子，安安有个小姐妹过生日，安安让刘春早点收工，回家换身衣服，晚上陪她一块儿去。刘春当然不敢拒绝，跟她约好晚上7点，饭店门口见。刘春这晚头回放鸽子，别说7点，快10点大伙儿吃完喝完散场时，他都没露面。中间安安给他打了无数次电话，刚开始无人接听，后来直接关机。安安直接暴走，怒气冲冲回去，刘春还没回来，火更大了，摔了会儿东西，然后摩拳擦掌在那里等。刘春快12点才回来，进门眼窝先挨上一拳，还没反应过来，安安这头母狮子就扑了上来……

刘春眼肿了，两边脸多了好几道抓痕，就连头发都被扯下一小撮来。刚开始他想着解释，可安安根本不给他机会。他彻底死心了，不再抵抗挣扎，还抬起头，让安安的巴掌拳头更直接地落到脸上。他已经做出了决定，安安的巴掌只能让他的决定来得更加坚决。

后来，安安又开始哭，又冲他露出可怜巴巴的表情，更是主动表示会听刘春的解释。可刘春已经无话可说，他本想去卫生间里洗把脸，想了想，直接出门，连身上快被撕烂的衣服都没换。

安安追到门边，再次变脸，霸气十足地叫："走了就别再回来。"

这是刘春租的房子，要走也是她走，所以，她根本不怕刘春不回来。事实上，当晚刘春一夜未归，第二天安安还没当回事，照常上班，晚上回来，发现刘春留在出租屋里的大部分物品，都已经不见了。

刘春竟然真的丢下她和出租屋跑了。

随后的半个月，安安四处寻找刘春。海州虽然只是个三线城市，不算大，但藏个人还是绰绰有余，何况这个人又故意在躲你。

安安后来怎么样了，刘春一点都不关心，他已经在西城又租了间房子，离逃离的那间不算远，甚至，他还在楼前的小街上，两次看到安安路过。再也不用面对安安，让他心情无比舒畅，还有种劫后重生的庆幸。逃离那所房子，虽然让他损失了几个月的房租，但那跟他未来几十年的生活相比，实在算不了什么。

他的未来会是什么样的呢？他整夜畅想，无比激动。

“笃——笃笃——笃”，忽然响起敲门声。

刘春吃了一惊，新租的房子，他没有告诉任何人，所以，来的会是谁？也许是房东，也许是哪个热情的邻居，也可能只是敲错了门。

开门，愣住，随即惊呆了，尿意涌上来，强烈到他双腿都不禁开始颤抖。

难道，难道这就是他未来的生活？

“多少年没见了，长高了，长大了，可模样没变多少，还是小时候的春娃。”

说话的人，是马彪。

8

算起来，马彪在牢里蹲了9年，因为表现好，提前一年出来。刑满释放后，先是回了趟大竹乡村，没待几天就去了县城。县城已不是当年那个县城，马路宽了，楼房多了，人却少了。以前一块厮混的狐朋狗友，更是不剩几个，要么娶妻生子老实过日子，要么折进去还没出来。当然，啥时候都不缺混社会的，只是，不同年代会有不同的混法，你离开10年，回来再想插一脚，没人愿意带你玩。马彪在县城待了几天，实在不知道能干什么，于是，直接去了海州市区。

"你怎么找到我的？"这是刘春心里最大的疑问。

"这就是你不对了，十多年没见，也不问问我现在过得怎么样。"马彪一把推开他，直接进到屋里，四处看，"新租的房子，不错，小是小了点，住俩人稍微有点挤，不过也还凑合……"

刘春脑袋立马大了。他就一个人，马彪为什么要说住俩人？

"瞧你这没出息的样，快10年了，一点长进都没有。"马彪大大咧咧躺到床上，"你这好几天没出门，肯定囤了不少吃的。我晚饭还没吃，赶紧的，整点吃的来。"

刘春还是蒙的，脑子里尽是当年的那些事。知青点，老龙潭，拳脚落下来，摩托车排气管喷出黑烟，沉在水底无法呼吸；黑暗的山林，蜷缩在石头房子里的少年，哭泣声绵长不绝……少年时代的噩梦，那一晚，跟着马彪重新归来。

刘春很想冲着马彪吼，让他滚出去，或者直接扑上去，跟他打一架。他已经不是当年那个孩子，这里也不再是大竹乡村，他别想再像以前那样逼他做任何事。

最后，刘春还是乖乖下了碗面，端到了马彪面前。

马彪仍然是当年的马彪，没有丝毫改变。

刘春等待着马彪跟他说点什么，他想干什么，找上他的目的。可那晚马彪吃完面条，抹了把嘴，打个哈欠："不早了，今晚就睡你这。别着急，咱们有的是时间，有话，明天再说。"

完了他让刘春把电风扇挪近点，身上脱得赤条条的，只剩条短裤，完全不理会刘春心里奔腾着千军万马，竟然真的睡了。没多会儿，鼾声如雷。

马彪心够大的，难道他就不担心睡着后，刘春对他做什么？

刘春一夜无眠。该想的不该想的，全在脑子里过了一遍，仍然毫无头绪。最后得出结论：必须先弄清马彪到底想干什么，再想办法摆脱他。

天亮了，马彪还不醒，已经守了一夜，刘春也不在乎再多等会儿。8点多钟那会儿，马彪翻个身，终于醒了。他瞧了瞧坐在不远处椅子上，腰板挺得笔直的刘春，漫不经心地问："你这一夜没睡，还是睡了刚起，够早的。"

"说吧，你找我，有什么事？"刘春的忍耐已经到了极限。

"没事，找你能有什么事。"马彪起床，到卫生间，抄了把水泼脸上，手指伸嘴里蹭几下，"在外面混，都不容易，咱们不老乡吗，就得互相帮衬着点。你也知道，我刚从里头出来，外面变化太大了，到这市区来，谁也不认识。思来想去，就只能来找你。”

马彪的鬼话，刘春一句都不信。他追问：“你到底怎么找到我的？”

“找你还不简单，我在村里打听了，有人知道你前段时间跟个北方人在朝阳桥头混。”

这倒有可能。刘春在外多年，跟村里一直没断了联系，他也确实跟人说过近况。可是，如果马彪在朝阳桥头找到了他，为什么当时不照面？现在，为躲安安，他离开了赵师傅，还换了住处，他却找上门来。他到底是怎么找到这儿的？

这个问题，马彪避而不答，反而露出不好意思的神情。

“我刚来市区没多久，手头有点紧。你要方便，借我点钱，我保证还你……”

刘春刚换了房子，又没了工作，手头也不宽裕，但还是给了马彪几百块钱。马彪连声道谢，上来亲昵地拍刘春肩膀，再三保证有钱马上就还他。

刘春不指望他还钱，只想他拿了钱离开。离开，再不要回来。

马彪来得突然，走得也干脆。钱揣兜里，一刻都不耽搁，直接出门而去。刘春紧绷的神经这才松弛下来，很累，他躺倒在床上，听着房子里的寂静，忽然不相信这一切是真的。

马彪真的走了？他找上门来，真的只想从他这儿混点钱花？

这天，刘春在外面晃悠了一天，直到半夜才回来。站在楼前，看到楼上窗户灯黑着，悬着的心稍微放下来点。到门边，掏出钥匙，门却虚掩着，轻轻一推便开了。

刘春怔住，随即推门进去，开了灯，便看到马彪又在床上倒头大睡。桌上摆着些吃了一半的冷菜，还有半瓶酒。

听见动静，马彪醒了，回身看他一眼，说："吃了没，桌上给你留了点……"

刘春脑袋里嗡嗡作响，像是有颗炸弹，砰的一声炸了。

"吃完早点睡，别老熬夜，对身体不好。"马彪嘟囔一句，又翻过身睡了。

再过几天，马彪买了毛巾牙刷等洗漱用品，还添了几件衣服，跟刘春的挂在一起。这晚刘春回来，看到屋里又多了张小床。

"老睡你的床，让你打地铺，挺过意不去的。现在好了，咱们俩都能睡床了。"

刘春哭丧着脸，忽然开始收拾东西。

"这屋太小了，让你跟我挤一屋，过意不去的应该是我。"刘春居然能挤出些笑，"你吃了那么多年苦，出来了，不能再让你跟我受这罪。这房子，就算我替你租的。"

马彪皱起了眉："你要走？又要换个地方租房子？"

"没钱了，租不起了。没关系，我年轻，就算睡马路边大桥洞，也扛得住。"

"叫我说你什么好呢，仗义，刚正。"马彪冲刘春竖大拇指，随即又摇头，"不对，你房子留给我没用。房租到期怎么办？我一个人住，吃饭怎么办？"

刘春还在把衣服往包里扔，假装没听见。

"要不我看这样，你自己换地方住也行，等房租到期了，我就去找你……”

“不行！”刘春脱口而出，心又悬了起来。

“没事，别担心我找不着你。”马彪凑过来，帮着收拾，“我能找着这儿，就能找着你下回租的房子。”

刘春停手，不收拾了。他算知道了什么叫死猪不怕开水烫，现在，他面前的就是头死猪，对头死猪你能做什么？逃，这条路也算堵死了，刘春相信，马彪说到还真能做到。他心如死灰，无比绝望，他非常想揪着马彪问他究竟怎样才能放过自己。

“你到底怎么找到我的？”这问题已经是第二次问。

马彪还是不说，还是露出副神神道道的样子：“我会算，掐指一算就知道你在哪儿。我还能闻，抓把风，就能闻到你的味儿……”

这样的折磨，哪天算是头呢？

又强撑着过了几天，马彪有时候一早就出门，晚上才回来，有时又会一整天都待在屋里。刘春则天天早出晚归，有时还夜不归宿，睡便找个地方凑合一晚。马彪睡眠好，头挨枕头几分钟就打呼，刘春则要辗转反侧百转千回，才能勉强睡去。几天下来，刘春熬出了黑眼圈，眼角多了几道褶子，像是鱼尾纹，青春痘更是成片成片地往外冒。他大清早起来就无精打采，明明什么都没做，却腰酸背痛，脑袋里昏沉沉的。

不能再这样下去，早晚得跟马彪做个了断。刘春终于下定决心，晚上摊牌。那一刻，他心中生出些风萧萧兮易水寒的悲壮。

当晚，早早回了出租屋，站在卫生间镜子前，他手中攥着菜刀，连续做出劈砍的动作。他还龇牙咧嘴，不断调整面部表情，让自己看上去能凶狠些、狰狞些。

待到马彪进门，刘春直勾勾盯着他，紧张到身子发抖。马彪瞧出了他的异样，眉头皱了皱，随口问："有事？有事说事，别哆嗦。"

刘春鼓足勇气站起身，菜刀先从衣服里掉出来，"咣当"落地上。看到菜刀，马彪全明白了。他叹口气，瞪着刘春，揶揄道："你这一天没干别的，尽给自己鼓劲了吧。刀都别腰上了，打算对我下手？下手你还不赶紧把刀捡起来。"

刘春颤巍巍地捡起刀，攥在手中。嘴唇动了动，说了什么，却连自己都听不清。

马彪笑笑，忽然抓起茶几上一个空啤酒瓶子，"咣"一声抡自己脑袋上。他这操作直接让刘春傻了眼，本来就在手中晃的菜刀重新"咣当"落地。再看马彪，血从脑门上流出来，他再抹一把，立刻满脸鲜血，成了一个血人。

刘春像被施了定身法，动弹不得，面上的表情凄惨无比，就像脑门上流血的人是他。他的心里再没有了风萧萧，直接变成了不复还。事实上，马彪也没有让他失望，顶着满脑门子血，上去就是一个大嘴巴，直接把刘春抽倒在沙发上。刘春咽口唾沫，又腥又咸。

"小鳖崽子，这么些年没被修理皮痒痒了吧，那我成全你，让你一次爽个够。"马彪咒骂着，小耳光噼里啪啦连扇十几下，完事还拿血往刘春脸上抹，让他也成了血人。

最后马彪捡起菜刀架在刘春脖子上，恶狠狠地威胁他："10年大牢我都蹲过来了，把你弄死大不了再回去，就当出来串个门。小鳖崽子，说个数，你想让我进去再待几年，我就照你这标准来……”

马彪忽然察觉到些异样，刘春居然不哆嗦了，脸上也没了表情。

刘春从他抡酒瓶子开始，就一直哆嗦，挨了一巴掌后，更是惊恐万分，看马彪那眼神里，也满是绝望。但偏偏刀架在脖子上，他却不再哆嗦不再害怕。

马彪想，这小子是不是吓傻了。

刘春那晚后来的表现，也让马彪犯嘀咕。他去洗了脸换了衣服，回来就躺到了自己的床上，没过多久，有了鼾声，声还挺大。今晚发生了这么些事，他居然能睡得着？马彪凑过去，看他张着嘴，口水顺着嘴角往下流，睡得那叫一个沉。马彪印象中，这十多天刘春还从来没睡得这么香过。

为什么呢？今晚终于轮到马彪睡不着了。但他并不担心，对付刘春，他还根本没放大招。刘春在他眼里，就是个面团，揉过来揉过去，想揉成什么样都行。

刘春这晚又做梦了，他看到了平静的水面，波光粼粼，水中慢慢露出一个脑袋来，还冲着他笑。等他看清那是小胖时，月光忽然一下子变成了红色。红色的水面，红色的小胖，红色的世界。

9

没钱了。刘春四处找工作。去朝阳桥头，赵师傅已经有了新的小工。找个网吧查询各类用工信息，记小纸片上，挨家去问。3天下来，没啥结果。晚上马彪问，打工每个月能赚多少钱，刘春说看运气，多点3000，少点不到2000。马彪便摇头，说这点钱够干吗的，指着打工赚钱，这辈子都别想过上好日子。刘春不吱声了，马彪说得对，也不对。市区不像农村，处处都得花钱，打工赚那点，除去日常开销及基本生活费用，剩不了多少，稍微碰上点事，就能清零。他这段时间水逆，遇上安安和马彪，攒那点钱，快撑不住了。可是，一个普通人，除了打工，还能干什么？

这段时间，刘春特别老实，不再有什么别的心思，跟马彪相处也算融洽。看起来，他认命了，既然躲不开马彪，就得习惯跟他一块儿过日子。

他躲不开的还有一个人，不是安安。安安现在又有了新对象，是个看起来快40岁的男人。刘春那天在街边，看到安安挽着那男人的胳膊，赶紧低头闪到一边。安安看起来挺开心，收拾得干净利落，还化了点妆，就像刚遇到刘春那会儿。刘春默默祝福她，还有那个男人。他还天真地想，安安有了新对象，就会把他忘了吧。

安安忘没忘记他，不知道，有个人肯定没忘，那就是安安她哥。这天刘春又在外面跑了一天，晚上回出租屋，刚进楼栋，后面跟上来一个人。刘春警觉地回身，傻眼了，来人正是安安她哥。

安安她哥蹲点守在这里，肯定提前得到消息。刘春这段时间成天在外找工作，没少抛头露面，被安安她哥找到，也算不上太意外。可刘春还是挺纳闷，安安都有新对象了，安安她哥还找他干吗？

“真以为躲起来就没事了？”安安她哥惋惜地道，“你太不了解安安了。”

“我在街上看到她了，她跟个男人，应该是她新对象。”刘春说话有点结巴。

“一码归一码。她有新对象那是她的事，你抛弃她是你的事。你觉得安安这种人，能忘记你抛弃她这事？别忘了，她有病，精神病。”

刘春无话可说。

“昨天我碰到安安，她还让我帮她打听你，说咽不下这口气，一定得让你给她个交代。”安安她哥同情地看着刘春，“我都提醒过你了，别惹安安，可你不听，还是做出这种始乱终弃的事来。别说安安，我都瞧不下去，你要没看上安安，干吗跟她好，跟她睡？现在说什么都晚了，我来，就是想提醒你，明天我会把安安带过来，你得做好准备。”

“准备什么？”刘春脱口而出。

安安她哥不说话，看他眼神里，同情的味道更足了。

“别，别告诉安安，别带她来找我。”刘春央求。

“安安是我妹，这事，我不能瞒着她。”安安她哥沉吟了下，又道，“不过我也不忍心看着你，落入安安的虎口。落入她虎口的人，没一个有好结果。”

“求求你，千万别带安安来。”刘春继续哀求。

“也行，帮你，就当是做善事。不过，帮你没问题，可不能让我白帮……”

原来是想要钱。如果有钱，刘春会毫不犹豫给他，可现在，他吃饭都成问题，哪还有钱给他。安安她哥后来说出的数字，更是吓了他一大跳。他使劲摇头，表示自己没钱，更没那么多钱。

“你还是让安安来把我砍了吧。”刘春说。

安安她哥摇头，一副怒其不争的样子：“别破罐子破摔，不争取一下，怎么就知道自己不行呢？人这辈子，总得为自己努力拼搏几回。这样，我给你3天时间考虑……”

别说3天，3个月也没用。可明天就死和3天后再死，一般人都会选后者，刘春也不例外。他答应安安她哥会想想办法，天知道他能有啥办法可想。

半夜马彪回来，拎着猪头肉、鸭脖子，还有瓶酒。这几天他好像手头宽裕了些，每晚回来都会带些吃的。瞧刘春蔫黄瓜那样，乐呵呵地道：“瞧你那㞞样，赶紧过来陪我喝两杯。不就没找着工作吗，工作算个屁，指望你打工赚钱，咱俩迟早都得饿死。”

忽然之间，刘春还真想喝点。他过来坐下，还是耷拉着脑袋，有气无力的样子。

马彪忽然从兜里掏出两沓钱，上面还有银行的捆扎条，随手从里面抽出几张，拍桌子上：“上回向你借的钱，还你。”马彪再抽出几张拍过来，“加点，算是利息。”

刘春瞠目结舌，盯着那两沓钱，说话有点结巴：“这么多钱，哪来的？”

马彪得意地笑：“我就说打工赚那点钱，还不够塞牙缝的。往后别老琢磨打工了，跟着我混，保管你顿顿有肉吃。”

刘春脑子转得飞快，知道这么短时间内弄到这么多钱，肯定不是正经路数。不奇怪，马彪还是以前的马彪，别指望他坐完牢出来就能走正道。他也不想吃肉，却想着能有钱把安安她哥打发了。他眼巴巴地盯着桌上那两沓钱，一时间脑子里转过各种念头。

“别看了，瞧你眼都直了。”马彪道，“这点钱算什么，赚大钱的日子还在后头。”

刘春挺好奇，马彪究竟做什么，口气这么大。

“说个事，我就说说，行就行，不行当我没说。”刘春吞吞吐吐地道，“能借我点钱吗？我肯定还你。”

“跟我还这么客气，不就钱吗。”马彪一点都没犹豫，又抽了几张拍刘春面前。刘春盯着他看，没反应。马彪愣一下，再抽几张，刘春还没动静，马彪这回直接抽了半沓，赌气似的拍过去，“这回够了吧？”

刘春还是不吱声，眼巴巴地盯着他。马彪瞪起了眼：“还不够？”

马彪把那一沓剩下的全拍过去，见刘春还是没反应，忽然笑了。他把另一整沓推到刘春面前：“你是看我有俩钱，就想给我来个连锅端。看不出来，够狠的。这回总该够了吧，再不够我也没办法了。”

刘春忙不迭地点头，够了，这回真够了。有了这些钱，交给安安她哥，他就解脱了。他这正想着，没提防马彪忽然一巴掌抽过来，把他抽翻在地，眼前一黑，差点背过气去。

马彪俯下身，恶狠狠地骂："小鳖崽子，谁给你这么大脸，敢跟老子要钱。撒泡尿照照你这尿样，看你浑身上下哪值这么些钱……"

又草率了，跟马彪和平共处才几天，就想从他这里借钱。挨打挨骂都是自找的，活该。刘春心里数落着自己，爬起来，乖乖爬回床上去，睡觉。

那边马彪还不解气，给自己倒酒，啃鸭脖子，继续叨叨："真以为我没地方去才来找的你？市区这么大，哪儿不能混个落脚的地方。有些事，别以为时间久了就能忘了。你忘了，有人还记着。"

马彪竟是越说火越大："我就问你，当年出事那会儿，咱们做的那些事，公安一桩桩一件件全都列出来，比我记得还清楚，我就问他们怎么知道的。除了你肯定没别人，你小子这么能耐，怎么没去当会计，你给我们记的账，够全面的。"

刘春哆嗦了一下，尿意又涌上来，使劲抓住床单，整个身子都绷得紧紧的。原来马彪还记着当年的事——如果当年没有刘春向警方提供的证据，他们也许不会判得这么重。现在，马彪找上了他，虽然不知道他到底要做什么，但可以肯定，他一定不会轻易放过他。

寒意一点点从心底升起，刘春知道，他终究还是无法摆脱梦中的影子。

看着刘春躺在床上，缩成一团的背影，马彪很满意，今晚这通喷，估计能让这小子好几天缓不过劲来。折磨刘春，对他来说是件挺开心的事，加上今天兜里揣这么些钱，心情大好。心情好，酒量就高，一瓶酒没多会儿就还剩个底。

不知睡了多久，马彪被尿憋醒，起身开灯去卫生间，忽然发现刘春的床上空着。

深更半夜，那小子去哪了？不会又被吓跑了吧？

马彪还晕乎乎的，也没多想，撒完尿回来继续睡。

这时候的刘春，在间无门无窗的大房子里。长长的横梁上，挂着分不清颜色的沙袋。刘春赤着上身，连续击打沙袋，似乎已经陷入癫狂的状态。

沙袋还是以前那个，里面的沙换过了。当初刘春本想把沙袋挂在租来的房子里，可击打声穿透楼板，整幢楼都能听见。于是，他花了3天时间，在城市里寻找挂沙袋的地方。开始，他想把沙袋挂到树林里，可树林四处早晚都有人，他不想打沙袋的样子让人看到。最后，他发现了一处废弃的工厂，厂区杂草茂盛，厂房已成残垣断壁。沙袋终于挂起，击打沙袋时，他会想起小胖。小胖已经从这世上消失了，但另一些人还在。刘春永远不想再见到他们，但他们却如魅影般环绕在他身边，他无处可逃。

太阳升起，阳光透过巨大的窗户落进来，废弃的车间明亮了许多。刘春倚靠在窗台下的阴影里，还在睡着。手机铃声突然响起，立刻惊醒，看一下空旷的车间，竟有片刻的恍惚。他的脑袋晕乎乎的，疼，身子也很重，起身都费劲，摸下额头，很烫。

接电话，是马彪。马彪好像忘了昨晚的事，声音透着亲切：

“在哪了，我这一早起来，你就没影了。我突然想起件事来，昨晚你不是想借钱吗，正巧，今天我有件事，你帮我跑趟腿，钱，不成问题。”

刘春把这话在脑子里过一遍，才问：“什么事，不会是什么不好的事吧。”

“有那种好事哪轮得到你？”马彪说，“我跟一朋友约好了，今天他给我送点钱来。我刚好有事，去不了，你去帮我把钱取回来就行。”

听起来没问题，但好端端的，谁会给马彪送钱，送的又是什么钱？

“行，正好没事，就帮你跑一趟。”刘春居然一口答应。

“我跟他约的午饭时间，让他请你吃顿好的……”

中午，在家川菜馆，刘春见到了马彪说的那个人，40多岁年纪，白衬衫，黑裤子，保养得不错，看起来显年轻。刘春没想吃饭，但到餐馆时，中年人已经点了七八道菜，不吃浪费，瞧着还有点馋。于是刘春也不客气，坐下开吃。他吃，中年人却不动筷子，刘春问他怎么不吃，他说没胃口，只要刘春吃好就行。他这态度让刘春心里不踏实，瞧他这模样，像是吃公家饭的，刘春在市区这么些年，从没见过吃公家饭的人跟他这么客气。他忽然想到，中年人的客气不是因为他，而是马彪。这只能说明，他有事求着马彪，或者，马彪手里，攥着他的把柄。

于是不动声色，问他钱带来了吗。中年人赶紧从包里取出个纸袋，刘春接过来看，里头是两沓钱。明明心里已经非常好奇了，刘春却不问，纸袋放一边，继续吃菜。他不吱声，中年人却沉不住气了。

“小哥，回去跟那大哥说，我这人吧，看着人五人六的，其实真不是有钱人。就我们那破单位，不知道的人都说旱涝保收，实际上就一清水衙门，没多少油水。我也挺不容易的，大学毕业就到这单位，熬了十几年，受了多少气，才当上这个小主任，还是副的。现在我是上有老下有小，中间还有个母老虎，压力特别大。我要出点事，我们家就完了。所以，帮我求求那大哥，千万别把事情抖出去，如果他觉得钱少，我可以慢慢攒了再给他……”

刘春更好奇了，马彪到底攥着这副主任什么小辫子了？

“行，我回去帮你说说。”刘春放下筷子，身子往前凑了凑，“不过，主任，你也太不小心了，你那点事，怎么就让那大哥知道了？”

主任哭丧着脸，长叹一声：“去年我找后街王瞎子算过命，说我今年有一劫。我当时还不信，哪料到真让他给说准了。小哥，不瞒你说，我现在肠子都悔青了。我保证，从今往后，就算来一仙女，脱光了躺我面前，我都不准自己多看一眼……”

原来如此。刘春对这位副主任已经没了兴趣，不管找小姐还是找情人，都是见不得人的事，尤其他还是公职人员。马彪拿这事勒索他，他立马乖乖送钱来，还得求着马彪千万别把这事给捅出去。

马彪怎么知道副主任的这些事？

后来，刘春抓着纸袋离开饭馆走在街上，想到自己实际上帮着马彪，完成了一次敲诈勒索。这种事，在电影电视里都会特别精彩，罪犯跟警方斗智斗勇，最后还会完成几次反转。马彪的勒索，也太没技术含量了，直接让刘春走到被勒索者跟前，还一起吃顿饭。刘春倒没觉得马彪在设计他，他要出事，马彪也跑不了。实际上这也符合马彪的行事风格，简单粗暴，前提是确定被勒索的人不会报警。

刘春想到了一个人，没错，就是小神仙陈军。10年前他们劫道那会儿，就是陈军计划好了一切。现在马彪敲诈勒索，显然沿用了陈军的策略。手上攥着副主任的小辫子，让他出点钱，不算少，但也不会伤及筋骨，顶多肉痛一下。这时候的副主任，比马彪更害怕事情败露，自然不会去报警。

现在，难题留给了刘春，他已经参与到了马彪的敲诈勒索行动中，他该何去何从？

马彪跟他说好，取了钱就回出租屋，但他不知不觉间，竟走到了派出所外头。站了好一会儿，还是打消了报警的念头。这点事，根本奈何不了马彪，马彪要没事，倒霉的就是他。

就在刘春转身要走的时候，身后忽然有人叫他的名字："春娃！刘春！"

回头，就看到了王海鹏。

10

还记得王海鹏吗？10年前，驼峰乡派出所民警，正是他，带着烤串店老板，在乡中心小学找到了刘春。刘春那本记录了马彪团伙抢劫信息的练习簿，也是交到他的手上。

后来，王海鹏去大竹乡村看过刘春两次，给他和爷爷带了些吃的。记得那会儿他留过一个电话号码，让刘春遇到困难打给他。可谁会想着主动给警察打电话呢，再说，马彪他们几个都蹲了监狱，刘春也过上了正常生活，时间久了，自然就没了联系。

刘春这天，溜达到了派出所外面，正好王海鹏有事出门，看到刘春一个侧影，依稀觉得眼熟，很快想起10年前大竹乡村那个被犯罪团伙虐待的小孩。他还不能确定，便试探着叫了刘春的名字。

两个10年没见的人，就这样撞到了一起。

见真是刘春，王海鹏挺开心，拉着他到路边聊了会儿，主要是问他的近况。刘春把自己初中毕业便来市区打工到现在的事说了，还说这段时间，正忙着找工作。王海鹏问了他之前的工作情况，说跟辖区内一些老板挺熟，抽空帮他问问，看有没有适合他的工作。

俩人互留了联系方式，王海鹏说还有事，找时间再约他出来坐坐。刚要走，王海鹏忽然又叫住刘春，道："当年那伙人，估算着也差不多要出来了。往后你要是遇上他们，他们难为你，就跟叔说，叔帮你找他们去。"

刘春心里暖了一下，很想把马彪的事告诉他，犹豫了一下，还是忍住。警察抓坏人，却不是所有坏人都能抓。就像马彪，强行闯进他的生活，多次殴打他，但都是些皮外伤，已经好差不多了。马彪现在又开始敲诈勒索，可被勒索人比马彪更怕事情败露，就算站在警察面前，估计也不敢说实话。那么，就算王海鹏替刘春出头，找上马彪，能做什么呢？

吓唬马彪几句，让他别再缠着刘春？马彪是坏人，坏人可不是吓唬大的。

刘春嘴上答应着，还连说了两声谢谢。王海鹏笑笑，拍拍他肩膀，走了。刘春抓紧了手中的纸袋，用只手触到了里头的两沓钱，终于不再纠结，回出租屋，找马彪。

刘春守着那两沓钱，整整一下午。刚开始，以为马彪很快会回来，他把钱搁桌上，人坐在桌边盯着看，后来躺床上时，把钱一次次抛起来，再接住，乐此不疲。刘春有点犯困，迷糊中把钱凑到鼻子跟前，闻那种特殊的味道。他知道，这就是诱惑。

他还是很好奇马彪究竟是怎么抓住那副主任把柄的。

等到天黑，马彪还没回来。刘春想给他打电话，手机摸出来又放了回去。晚饭不想出去吃，他下了碗面，还没吃完，就接到了马彪的电话。

"吃了吗？"马彪问，接着说了家餐馆的名字，"就万润街十字路口西边，吃没吃都赶紧过来，找你有事。”

马彪没说什么事，刘春也没问，挂了电话。出门，钱不能带身上，放出租屋里，有点不放心，但没别的选择。他把钱换了好几个地方，最后用胶带纸缠在床板下面，出门又再三确认门锁好，这才放心离开。

到了万润街那家餐馆，马彪没等他，已经吃得差不多了。刘春说了中午去见那副主任的事，还说钱已经拿到。马彪笑：“答应借你钱，说话算话，那钱，你拿去用。”话锋一转，马彪又道，“丑话说前头，借你钱，不是给你钱，那钱是要还的。”

刘春赶紧点头：“还，一定还，等我有钱了，马上还你。”

“那你什么时候能有钱？”马彪问。

刘春语塞，答不上来。

马彪笑：“送佛送到西，帮人帮到底，要不，我帮你赚点？”

刘春露出纠结的表情，不知道该答应，还是拒绝。马彪让他做的任何事，肯定都是套，他昨晚已经露出了狐狸尾巴，找上门来，就是记恨当年他交给警方证据的事。所以，他该离马彪远远的，最好别跟他扯上任何关系。但为什么，他对马彪说的话，又隐约有些心动？

“别犯难了，就跟我逼着你赚钱似的。”马彪不满，“赚钱的事，咱们先不说，今晚叫你来，主要想带你放松放松。你在市区待的时间比我长，估计有些地方，你到现在都没去过，今晚哥就带你开开眼……”

马彪说的地方是酒吧，响着震耳的音乐，鼓点敲击心脏，耳朵嗡嗡跟着响。刘春还真是头回来，进门就开始蒙。看得出来，马彪对这里也不熟，但还是装老练，拉着刘春找个位置坐下。穿制服的小姑娘递上酒水单。马彪装模作样翻了翻，要了几瓶啤酒。

“真贵，就这一小瓶，能买一大瓶二锅头了。”马彪咂嘴，“市区有钱人就是多。”

刘春眼睛已经花了。这里说是酒吧，其实是个迪厅，音乐吵，人也多。五颜六色的光来回闪来回晃，光线却极度昏暗。有群人在下面舞池里扭，更多人散布在周围的卡座吧台边。光影如繁星坠落如快速的昼夜交替，每个人都在明与暗间来回转换。那些来回穿梭的姑娘们，光着腿，如同黑暗里的魅影。你觉得她们不太真实，她们又会依偎在你身上，跟你碰杯，喝一样的酒，用她们温热的肌肤灼烤你，让你忍不住就想为这个夜晚豁出一切。这就是诱惑，诱惑背后或许就是无尽深渊，但你仍然会在最后纵身一跃。所以，诱惑才能成为诱惑。

刘春喝了酒，更觉恍惚。他自以为已经熟悉这城市，今晚才明白，真正的城市其实隐藏在夜晚中。他为这晚的发现心跳不止，亦紧张不已，甚至，还感觉到有些危险的气息，正慢慢逼近。酒吧里的人，跟他平日熟悉的那些人不同，他们看起来比那些姑娘更不真实，就好像些蛰伏于白昼，只活在夜晚的怪物。

不知道过了多久，还是马彪拉着他，离开那个喧嚣的世界。

“别光顾着看妞了，咱们还有正经事要干。”马彪说。

夜风拂面，刘春回到现实。夜晚的街道稍显寂寥，看时间，已是半夜。马彪说的正经事，就是跟着前面的一对男女。刘春立刻想到了中午那位副主任，莫非这就是马彪的生财之道？

马彪不说，他也不问。跟着看，就能知道一切。

前面那女人挎着男人胳膊，亲昵如恋人。这对“恋人”不知道，他们已经成为猎人的目标。

后来，马彪和刘春坐在路边的阴影里，刘春既忐忑又期待，不知道接下来要做什么。问马彪，马彪只答了他一个字：“等。”

那对“恋人”进到了对面一家宾馆，现在他们要做的，就是等他们出来。

“就这？”刘春似乎还是闹不明白。

“就这。”马彪点头。

刘春又闭了嘴。马彪说等，那就等。隐身黑暗里，他有种错觉，仿佛时光倒流，多年前，他们也是这样潜伏在黑暗中，只不过换了场景，从偏僻的乡村公路来到了喧嚣繁华的城市街头。猎物也从路过的车辆，变成了进到宾馆中的“恋人”。

“咱们猜一下，那货能在里头待多久。”马彪忽然说。

“今晚，还能出来？”

马彪笑：“你当谁都跟你一样是饿死鬼，逮到吃的就往死了吃？要我说，快则个把小时，慢点，也不会超过俩小时。”

这有点超出刘春认知范围，所以他还是闭了嘴，等马彪解释。

“那男的往小了说，也得40多了，这年纪，就算有心有胆有钱，可精气神却没了。当然也不是一点没有，还能剩点。就指着剩那点出来混，能撑个把小时，不容易了。”马彪笑得猥琐，“有句老话，肚大嗓子眼细，说的就是这种人，想吃也吃不了多少。”

不用怀疑马彪的话，一个多小时之后，马彪忽然拍了刘春一巴掌：“来了。”

出来的是个女人，刘春甚至都不能确定是不是他们要等的人。

马彪有经验，他说是，那肯定就是。但马彪不动，任由那女人到路边拦了辆车，消失在街道上。

“完事之后，俩人一般不会一块儿出来。那男人，现在肯定满脑子都在想怎么赶紧打发了女人，赶紧回家，回到老婆身边。”马彪说，“再等会儿，那男的要出来了。”

马彪拉着刘春，横穿马路，到了宾馆边上，站在路边，佯装打车。刘春转头盯着宾馆大门，果真没几分钟，男人出来了。他到路边，想打车，路边已经有俩人了，他就往稍远处去。马彪冲刘春使个眼色，立刻跟上。刘春心里打鼓，但还是充满好奇，马彪要怎么对付这男人。

马彪的方法照例简单粗暴，他紧走几步追上男人，拍拍他肩膀。男人停步回身，几道闪光晃得他眼前一花，随后才看清身后这人正抓着手机对着他拍。

还没等他反应过来，马彪已经笑眯眯地道：“咱们聊聊……”

刘春全程没有任何动作，只是站在马彪边上。那男人刚刚偷完腥，心正虚着，任何一点风吹草动都会让他胆战心惊。马彪开门见山，问他刚才做什么了，而他关心的则是马彪是谁。这时，刘春注意到他的手开始哆嗦。

“我是谁不重要，我只要打几个电话，告诉他们你今晚去哪儿了，后果你自己想。”

“我什么都没干。”男人嘴还硬着。

“干没干不是你说了算。”马彪笑眯眯地道，“宾馆里有监控，从进门开始，到进房间，全拍得清清楚楚。想赖，赖得掉吗？”

男人立马㞞了。世间事，不查，岁月静好，查了，马上鸡飞狗跳。

“大哥，别搞我，你想怎么样，我能做到的，一定全答应你……”男人哭丧着脸缴了械。

到这时，这男人就任由马彪摆布了。马彪也不客气，说了一个数字，封口费，给了继续岁月静好，不给，那就一拍两散。那数字，不少，顶得上普通人大半年工资，对那男人，应该也不算多。他稍微琢磨了一下，便满口答应。要转账，马彪说当我傻呀，现金。现在谁出门都不会带那么多现金，马彪就问他身上有多少。男人掏出钱包来，马彪一把抓过来，抽出里面的身份证，还有几张名片。

那晚的事到这里，就算结束了。男人这才反应过来，刚才如果他强硬些，马彪根本拿他没办法。不知道他是谁，就算想打电话也不知道打给谁。现在，身份证在手，那就彻底掉进了坑里……

下半夜，回到出租屋，刘春心事重重，显然还没从刚才的事里走出来。马彪坐他对面，冷冷地瞧着他：“琢磨什么呢，打算明天再去买本练习簿？”

刘春愣住，这才想到，马彪今晚带他经历这些事，难道真的只是为了让他赚点钱？

“这算敲诈勒索吗？”马彪很认真地问。

犹豫过后，刘春还是点头。

“那警察会管这事吗？”马彪再问。

这回，刘春答不上来。

“没有人报案，甚至没有人承认被敲诈过，这还算敲诈勒索吗？”马彪再问。

这回想了挺长时间，刘春点头，郑重地道：“算。”

“行，那你给我记上。”马彪并不想跟他较真，“往后，每回我去干活，都会把你带上。你可以像今天一样，什么都不用做，但一定要在边上看着。”

“为什么带上我？”刘春已经头大如斗。

“你不是喜欢记账吗，我这是给你机会，一桩桩一件件，你都给我记清楚了，可不能落下。”马彪嘲讽地道，“而且吧，我得让你看着，我是怎么赚钱的。如果哪天你忍不住了，别憋着，跟我说，我会给你机会的，只要你肯干，就能跟我一样赚大钱。”

明白了，原来这就是马彪的目的。诱惑背后是深渊，马彪就是要亲眼看着他忍不住诱惑，心甘情愿跃向深渊。

刘春瞬间做出决定，重重地摇头：“我不会再跟你去。”

马彪今晚心情不错：“那你就还钱。”

刘春一点都没犹豫，从床底下抓出两沓钱，推到马彪面前。马彪居然毫不在意，拿起钱看看，又放下：“行，有骨气。那咱们就不说了，睡觉。”

马彪很快睡着了，刘春不行。房间里关了灯，窗外还有些光透进来。屋里影影绰绰，好像什么都看得见，实际上却什么都看不清。今天经历的事挺多，在脑子里跳了会儿，就只剩下酒吧里的光影，还有光影里出没的影子，像人，又像是些别的什么动物。

刘春睡着前想到的最后一个问题，就是那些影子，过的是怎样一种生活？

第二天，被敲门声吵醒，刘春睁眼，马彪不在床上，就想是不是他出门忘带钥匙了。他去开门，还懵懂着，看到外面人，立刻打个激灵，清醒了。

来人正是安安她哥。

“我来拿钱了。”安安她哥笑眯眯地说，笑里藏着刀。

刘春愕然，目光却下意识地瞄向桌子。钱还在，不知马彪是疏忽了，还是故意留下钱。钱很快就到了安安她哥手里，他很满意。出门前，他说：“现在，安安那边没事了，你可以去找别的姑娘了。”

刘春心里一咯噔，探寻的目光落过去，只看到安安她哥的后脑勺。

11

找工作，其实不难，但像海州这种三线小城市，普通人月薪也就三四千块钱，轻易就能找到的工作，薪水更低。刘春每月刨去租房、吃饭，就算再节俭，月底也剩不下几个钱。刘春算过，还清马彪的钱，至少得一年半。所以，这一年半里，他就得像个木头人一样跟着马彪，目睹他一次次敲诈的全过程。他真的找了个练习簿，和10年前的差不多，每次都会很详细地记录下来。练习簿也不瞒着马彪，就放在桌上，马彪随时可以看，事实上他也每次都会看，看完还要指指点点，提醒刘春漏了什么细节。

马彪敲诈，也不是回回都能成功，相反，未遂的概率还挺高。没选对人，碰上个硬骨头跟你硬刚，还真拿他没办法；更多的时候，好容易盯上猎物，人家出门开车或者打出租车走了，想撵都撵不上。就算撵上了，也不是人人都会去宾馆开房。最极端的目标，还会跟你玩扮猪吃老虎的把戏，当时跟你点头哈腰，说什么都答应，但身上没钱没卡，约好第二天取钱。第二天去了，钱没取到，反而被几个人围住暴打，回来躺床上好几天才缓过神来。

这时候，刘春已经找了份送桶装水的活，白天开着三轮车四处送水，晚上还得跟着马彪出去，特别辛苦。有时候他会闹情绪，不愿意出门，马彪立马大耳刮子扇过来，让他还钱，还了钱就能在家睡觉了。钱是刘春的软肋，英雄没钱都气短，何况他这样的。只能乖乖跟在马彪后头，但是，他坚决不再进酒吧，宁愿一个人守在外头。当然，马彪找猎物的场所也不仅限于酒吧，有时会直接守在宾馆外头，不过那对看人的眼光要求极高，并不是所有去宾馆开房的人，都偷偷摸摸怕别人知道。马彪干活时，刘春全程像个木头人，不参与，只旁观。马彪对此倒没意见，只会在事后讥诮他："别以为什么都没做，就没你什么事了。做不做，你都是我同伙。"

这时候刘春会非常沮丧，他一度怀疑自己的坚持，究竟有什么意义。他唯一坚信的，就是即使无法摆脱马彪，至少要在心里把自己跟他区别开来。

近期马彪"狩猎"成功率低，积极性受到打击。加上他这活，三年不开张，开张吃三年，兜里不缺钱，也就没了斗志。他开始喜欢上了玩麻将，一玩就上瘾，没日没夜转战于西城几家棋牌室。有回半夜，刘春接到电话，让他取些钱给他送去。这种事，刘春不会推辞，立刻从他枕头底下翻出些钱来，赶去棋牌室。

他看到马彪的对家居然正是安安她哥。

安安她哥还冲他摆了摆手，笑了笑，很诡异。

刘春面上不露声色，内心却无比震惊。也许是巧合，这俩人只是偶尔坐到了一起，可刘春还是觉得事情没那么简单。他当初离开安安，重新租了房子，天天宅在屋里，没人知道那个地方。先是马彪找上门来，接着安安她哥也找到了他。这难道又是巧合？

安安和她哥已经跟他没有关系，他可以不去想马彪和安安她哥怎么混到一块，但还有一个问题，却让他不寒而栗——马彪当初究竟是怎么找到他的。

接下来几天，刘春心事重重。马彪回去的时候，他几次想问，又都忍住。马彪脑子没这么好，他从出现在刘春身边，所有事情像极了阴谋，他显然不是能策划出这阴谋的人。

如果马彪背后有人，那么这个人一定且只能是陈军。

可陈军现在还在牢里，至少还有一年才能出来。转而又想，马彪会不会出狱之后去见过陈军，现在发生的这一切，都是陈军搞出来的阴谋？

那么，陈军让马彪折磨他，真正的目的是什么？

刘春想得脑袋疼，还是厘不清头绪。他只能安慰自己，也许，事情没那么复杂，只是他想多了。跟马彪一起待的时间久了，压力大，难免会胡思乱想。

希望没事，希望还了钱，就能远离马彪。希望终有那么一天，他能彻底摆脱这些事，这些人……

快入夏时，刘春忽然接到王海鹏的电话，这时距他跟王海鹏上次见面已经过去了小半年。王海鹏说他们派出所辖区里有间酒店，他跟一个股东挺熟。几天前酒店的维修工家里有事，辞职不干了，正在招维修工。王海鹏想起刘春说过，他跟着个北方人干过挺长时间的水电工，便打电话问问刘春的情况，如果想去，他可以帮着推荐。

刘春当然想去，就这样，他有了份新工作，在乐知商务酒店干维修。

维修工的活挺杂，水电管道各种设备故障，都归维修工管。

刘春手脚勤快，话不多，不参与员工间那些鸡毛蒜皮的麻烦事，跟谁都客客气气，同事谁家水电管道出点小毛病，跟他说一声，他都会屁颠屁颠跑去把活干了。大家都挺喜欢这个白白净净的小伙子，特别是服务员小姑娘们，有时间就拿他开撩，刘春红了脸手脚都不知往哪放的样子，让她们觉得挺开心。

王海鹏去酒店找过刘春一次，还请他在家小饭馆吃了顿饭。派出所的事多，王海鹏平时也不大可能想起刘春来，他的意思是让刘春有事主动联系他，别不好意思。还问刘春的爷爷怎么样了，还住村里吗。10年了，当年很老的爷爷更老了，不仅脑袋糊涂，腿脚也不利落，走路都成问题。几年前，刘春就把他送到了乡里的养老院，那里条件一般，但至少有人照看。

“那你的爹妈呢？”王海鹏问。

刘春父亲出狱后，回来过一次，村里人当面不说，背后嚼舌根的人不少。刘春父亲没待几天又离开了，说是继续回南方打工，近些年，消息越来越少。刘春妈妈据说当年刘春爸爸出事不久，就跟着别的男人跑了，至今杳无音信。

“他们，也许都有各自的难处。”王海鹏只能这样安慰刘春。

刘春现在很少会想到父母，他们离开得太久，刘春已经习惯了没有他们的生活。如果他们现在回来，他反而会感觉不自在吧。

吃完饭，出门，王海鹏迟疑了一下，才说：“今天过来找你之前，特意查了查，马彪已经出狱半年多了，如果他来找你，一定跟我说。”

刘春想了想，点头答应。

马彪因为迷上了打麻将，这段时间还算消停，晚上出门干活的次数越来越少，而且常常好几天晚上都不回来，俩人难得见上一面。刘春想他是不是找到了别的住处，又或者时间久了，马彪对折腾他没了兴趣。

这天晚上，刘春接到酒店电话，电路出了问题，一会儿工夫跳了3回闸。刘春赶紧过去，折腾了挺长时间，等问题解决，已到了后半夜。前台小姑娘跟他关系不错，给他开了间房休息。刘春洗了澡，美美睡了一觉。第二天一早，前台小姑娘把电话打到客房来，有人找，在大堂等他。刘春也没在意，胡乱洗了把脸就下楼。

看到马彪坐在大堂沙发上，刘春立刻紧张起来。马彪来酒店，来者不善。

“早就想来你上班的地方瞧瞧了，一直没得空，今天赶巧路过。”马彪笑嘻嘻地道，“反正没事，要不，你领我四处瞧瞧？”

“酒店都一样，没什么好瞧的。”刘春还是紧张。

但他说根本没用，马彪不管不顾，已经往电梯口去，刘春只能跟在后面。酒店一共3层，马彪每层都进去溜达一圈，走廊里碰上保洁，他还冲人家笑，主动说是刘春朋友。刘春不祥的预感非常强烈，他知道，马彪开始打起了酒店的主意。

那天，马彪也没多说，转一圈后，走了。但他临走时意味深长地说：“今晚，我整俩菜，咱们喝点。”

酒无好酒，菜无好菜。晚上，马彪主动给刘春倒酒，不说事，先喝酒。刘春不喝，坚持要马彪说今早为什么去酒店。

“咱们还是先喝点吧，我怕说了，这酒就喝不成了。”马彪说。

刘春想了想，说：“不管你想干吗，我的回答都是两个字，不行。”

马彪笑：“几天不见，说话硬气了。我就问你，啥时候轮到你做主了？”

刘春涨红了脸，但还是坚定地道：“我知道你打什么主意，不行就是不行。”

“真不行？”马彪脑袋凑过来，居然还是一脸和气。

刘春重重点头。

“可惜了今天买的那堆玩意儿。”马彪自己喝了口酒，转身从包里取出一堆小物件来，虽然没看过，但刘春还是一眼认出，那全是些偷拍用的小摄像头什么的。

果然如此。

其实马彪早上去酒店，刘春已经想到了他的目的。现在确定了心中所想，刘春更加坚定了态度：“想都别想，这种事，打死我都不会干。”

“看来，这回是没得商量了。”马彪还是不动声色，把那堆小玩意儿拨到一边，“咱们还是喝点吧，喝完这顿酒，好散伙。”

刘春没听明白，马彪接着道：“就你这屁大点地方，住俩人，太憋屈。当初我刚来市区，没处落脚，只能搁你这儿将就。现在不差那点租房钱，我打算明天就去找房子。”

听明白了，还是不太敢相信。这是真的吗，幸福来得也太突然了吧。

刘春很快冷静下来，心里有个声音在狂吼：不可能。

马彪刚去过酒店，又买了一堆偷拍设备，他会轻易罢手？照他以前的尿性，这会儿大耳刮子早扇过来了，但他不仅没有为难刘春，还说要搬走，肯定有诈。

接下来马彪居然果真不再说酒店的事，只喝酒。看刘春戒心满满，马彪瞪起了眼：“喝，今晚不把我喝高兴了，明天我就不走了，再在你这儿将就半年。”

虽然不太信，刘春这晚还是喝得挺多，似乎醉了，又像清醒着。躺床上后，看到马彪在收拾东西。东西没多少，全扔一个化纤袋里。关灯之后，马彪最后说的一句话是：“我走了，别找我……”

刘春睁着眼侧躺着，佯睡，越发感到不安，就像预感会有不好的事发生，却又不知道那是什么。马彪走了，他这辈子都不想再见到他，又怎么会找他呢？但马彪的话音里又满是讥诮，难道，他算准了刘春会去找他？

第二天，刘春出门上班时，马彪还在睡。晚上回来，他和他的东西都不见了。

不管怎么样，刘春还是吁了口气，一屁股坐到沙发上，环视着逼仄的房间，仍然觉得不太真实。那个困扰自己半年的马彪，真的就这样自己走了？

接下来差不多一周时间，都没再见到马彪。刘春非但没有感觉轻松，相反，整个人都变得紧张兮兮的了。他对马彪不抱有任何幻想，是狼，就永远不会放弃吃羊，他迟早会再次回来，带着他的獠牙和利爪。

这次，马彪到底打算怎么对付他？刘春每天都在想，想得脑袋疼。

这天上午，两间客房的管道漏水，忙活大半天才搞定。对讲机里，前台小姑娘说他点的外卖到了，让他下去取。刘春愣一下，他没点过外卖，他根本舍不得点外卖。他问是不是搞错了，小姑娘说没错，点单人的名字就是刘春，地址也是乐知商务酒店。

这时候刘春还没觉出啥异常，就想是不是酒店哪个小姑娘又在撩他。下楼，看到服务台上摆放着的两杯奶茶，他的身子忽然变得僵硬。

这两年，奶茶店如同春芽般在城市绽放，刘春根本记不住那些奇怪拗口的品牌名字，也从没想过花十几块钱买杯糖水。但是，他却知道服务台上那两杯奶茶出自何处。奶茶极普通，纸杯上也没有任何你们熟悉的品牌标志，外面塑料袋的拎手处，却有一个粉红色缎带扎成的蝴蝶结。

转念之间，刘春心上覆满阴云，再也顾不得其他，他疾步冲出酒店，撒腿在街上狂奔，随后又招手拦下辆出租车——要知道，刘春向来节俭，一年难得打上一两回车。那两杯奶茶究竟有什么魔力，竟让刘春如此紧张。

车子驶了20多分钟，停在桃园路的一条小巷边。刘春匆忙下车，穿过小巷，后面就是桃园路的辅街。刘春大步向前，很快，远远的，就能看到一家奶茶店。店面特别小，本来是两幢房子的夹缝，改建后也成了门面房。招牌看起来普通，却挺雅致，水墨蕙草与兰花图案之上，是“蕙质兰心”四个字。

蕙质兰心就是这家奶茶店的名字。

店里有不多的几个顾客，工作台后忙碌的女孩是小慧。小慧抬头，看到进门的刘春，手上不停，很随意地冲他笑笑。

“来了。”她说。

12

2011年，刘春来市区第三年，在一家物流公司货场当搬运工。发工资这天，他跟主管请假，打算第二天回趟村里。爷爷半年前送到乡里养老院，又到了缴费时间。他攒了小半年的钱，加上这月工资，刚好够养老院半年费用。第二天他先去了养老院，缴完费，陪爷爷在院子里坐了会儿。爷爷脑子不好，已经没法跟人正常交流，唯一认得的人就是这个大孙子。刘春跟养老院的领导请示过后，带爷爷出门，找家小饭馆吃了饭，去发廊剪了头发，再找个澡堂搓了回澡，回去之前，又买些吃的捎上。看得出来，爷爷挺开心，从头到尾拉着刘春的手不放，最后，脑子好像清醒了些，特别认真地问刘春现在过得好不好。

“放心吧，你大孙子现在能赚很多钱，过得好着呢。”刘春笑嘻嘻地道。

离开养老院时，爷爷已经睡了，刘春没有惊动他，只轻轻为他掖上被角。

从养老院出来，刘春本打算回市区，去车站的路上，经过乡中心小学不远处那家烤串店。店面门头重新装修过了，老板还是那个老板。刘春恍惚了一下，依稀看到当年的春娃和小胖站在门边，手里拿着肉串，笑嘻嘻边吃边说着什么。后来，刘春跟着两个小孩在熟悉的街道上走，停步时，发现正走在回村的路上。

看看时间，还来得及，刘春决定回趟村里。村里变化也挺大，主要就是路变宽敞了，小楼变多了，人更少了。刘春一路跟村里人打着招呼，回到老房子。老房子更老了，院子里已经生出了杂草。刘春在里面只待了一会儿，便沿着小道往后山去。

鹧鸪山，知青点，老龙潭，埋藏着他不堪回首的往事。他避开知青点的石头房子，直接去了老龙潭边。潭水一如往昔般清澈平静，倒映着蓝天、白云和岸边的树影。刘春在潭边坐了很久，似乎仍能看见那个在水中游来游去的小胖，像个灵活的胖头鱼……

那天刘春差点以为赶不回市区，但终于在最后一刻，坐上了开往市区的末班车。回到出租屋已经是晚上8点，进门，就看到合租的几名室友冲他露出奇怪的表情。

室友说，一早房东就来过了，把他东西全扔了出去，还换了他房间的锁。

刘春赶紧去看，锁果然换过了。这套合租屋，本来只是两居室，房东自行隔出了5个单间，刘春租了其中的一间。房租3个月一交，算起来，已经拖了大半个月。昨天发工资时，刘春就在纠结到底房租和养老院那边拖哪个，想想房租还有一个月的押金，拖上几天应该问题不大，没想到房东竟趁他不在，做出了这种事。

他屋里那些东西，值不了几个钱，却全都是生活必需品，没了，就得重新买，也要花不少钱。室友说，房东一早就把他东西全扔楼下了，可他刚才上楼前，楼底根本没看到东西。那就只能说明，东西没了，被人捡走了。

室友七嘴八舌出主意，刘春很沮丧，知道大家都只是在安慰他。房东是市区人，蛮横粗俗，找他理论，肯定没用，刘春只能悻然离开。离开，却又不知道该去哪里。他想想来市区这3年，受的累吃的苦不比别人少，却落得这般境地，心中酸楚，竟忍不住落下泪来。他这边还没走出楼栋，忽然听到后面有人在叫："嗨！嗨！"

他回头，便看到了短头发、素面朝天的小慧。

那时，他还不知道小慧的名字，也并不是第一次见到她。只因都在一幢楼里住，上楼下楼照过面，多少有点面熟。刘春性格腼腆，平时见到姑娘总会低头避开，因而对小慧也没多少印象。这晚见到小慧，下意识左右看看，确定她叫的人正是自己，才木然中略带些诧异地问："有事？"

"楼下扔的那些东西，是你的吧？"小慧说。

刘春收回了目光，点头。

"我都给你收着了……"

刘春愕然，目光再次落到小慧身上，刹那间，想说什么，竟有些哽咽。那时的小慧，素面朝天，但在刘春眼里，却周身都泛着些奇异的光华。

小慧领着刘春到楼底的一间车库——老楼楼底常会有一排平房，各家分配了当作车库。小慧租住的房子便配有一间，合租的几个人共用。刘春那些被房东扔出去的东西全都在这里，还被归纳到了几个大编织袋里。

"谢谢，谢谢……"刘春连声道谢，目光却飘忽着，不敢看小慧。

"没事，出门在外，都不容易。"小慧笑笑，不在意地道，"你们那房东扔东西的时候，刚好我在楼下，就顺手给你全收了。瞧瞧，没少什么吧？”

跟刘春一起，把几个编织袋拎到车库外头，刘春再次磕磕巴巴道了谢。事情到这里就算完了，小慧转身进了楼栋。刘春对着编织袋，又开始发愁。东西算是找回来了，可这大半夜的，怎么安置这堆东西和他自己？正恍惚之际，听到身后有脚步声，回头，离去的小慧居然又从楼栋走了出来。

“大晚上的，你打算去哪？”小慧问。

刘春语塞，不知道该怎么回答。

“要不这样，”小慧走过来，身上散发着淡淡的香气，“东西还放车库里，明天再来取。你要没地方去，就在车库里将就一晚？”

刘春毫不犹豫地连连点头。

“车库虽然不宽敞，但好在没多少东西，纸箱子垫地上，再铺床被子，睡觉没问题。”小慧打开车库门，又转身，“不过，明早我那几个室友，上班来推车，你得赶在她们前面收拾好了，最好别让她们撞上。”

刘春当然明白，并不是所有人都愿意帮助一个与自己不相干的人。

那晚，在小慧面前，刘春莫名紧张，以至除了点头和说谢谢，连句完整的话都说不出来。小慧把他安顿好，很快就走了。临走前，把车库钥匙留给了他，还说，在他找到房子前，东西可以一直放在车库里。

夜里睡不着，倒不是因为地面太硬，刘春倚在墙上，睁眼闭眼都是小慧的影子。他深呼吸，似乎仍然可以闻到小慧身上淡淡的香气。天快亮时，他提前离开车库，走在空旷寂静的街道上，看到一线青白，在天际尽头绽放，世界又一次褪去夜的衣裳。这时的刘春，非但没有因为一夜未眠而觉疲倦，内心却萌动着些说不清道不明的喜悦。

阳光终于落上他的脸庞，他忽然想到，整整一夜，他都没有想起自己的困境。

货场老板知道刘春的情况，私人借了点钱给他，说好从下月工资中扣。有钱找房子就简单了，海州这种三线城市，老城区空置房很多。刘春当天就找到了房子，却仍然在车库里多住了两晚。他希望能再看到小慧，再次当面向她说声谢谢。下了班，他就在小区门口溜达，直到深夜。后来终于见到了小慧，她从一辆看起来挺不错的小车上下来，还转到驾驶座那边的窗口，里面的男人跟她说了些什么，她听了便笑，笑得很开心。

刘春只落寞了片刻，便哑然失笑了。

那是个天使般的女孩，已经给了他一份温暖，难道，他还能奢望些别的什么?

这天夜里，刘春带着自己的东西，离开了车库。

此后，刘春再也没有去过那间出租屋，却仍然会在梦里见到小慧。她仍然是及肩的短发，素首素面看起来清清爽爽的样子。她冲他笑笑，他的心上便洒满阳光。第二年春天，刘春路过一条小街，忽然闻到些熟悉的味道，他看到路边坐着个老太太，面前的竹篮里，放满了白色的花。刘春拿起一朵闻，惊喜间，仿佛又回到那个夜晚，小慧从他身边走过，发丝轻拂过他的脸，她的身上，便散发出花的香气。

竹篮里的是栀子花，每年春天，都会如云朵般落满枝头。

周末，刘春专门去花市买了盆栀子花，个头不大，却枝叶繁茂。此后，无论漂在这城市的哪一处，他都会带上这盆花，在春天之外的季节里，悉心呵护，期盼着下个春天的到来。

因为怀揣着对春天的憧憬，刘春像个马力强劲的小马达，干劲十足。除了在货场搬砖，他晚上还送外卖，同时参加了一个劳务群，群里会定期发放各种日结的工作，发传单，搞促销，拉会员，带上小板凳去新开的楼盘充人头……辛苦终会得到回报，一年之后，刘春已经搬出了合租屋，自己在西城租了个小单间，虽然仍然逼仄，却终于有了自己的地方。他也再不会拖欠房租，还能提前给养老院的爷爷缴纳费用，甚至，还有了积蓄，不多，却足够让他安心地生活在这个城市。

原来生活也可以变得美好，只要你能在心上开一扇窗，让阳光照射进来。

后来便是那个周末，刘春赶到一家商场参加促销活动。他今天的工作，是装扮成泰迪熊，在商场外的广场上发传单。刘春到得早，提前换上了泰迪熊的卡通人偶装，对着镜子练习做些夸张的动作。这时，外面忽然进来个姑娘，刘春不敢相信，居然正是许久未见的小慧。小慧还是以前的模样，今天穿了件卡通图案的T恤还有牛仔裤，清爽中透着率真，周身散发着栀子花的清香。又是春天了吗？刘春竟觉有些醺然。

更让刘春没想到的是，小慧也换上了一身泰迪熊的卡通人偶装，还主动站到刘春的面前，向他问好。刘春戴着泰迪熊头套，所以她并不知道，今天和她一块儿工作的人，就是一年多前那个被房东扔了东西的瘦弱小伙。刘春起初有些不知所措，随后便开心极了。现在，他有了一整天的时候，陪在小慧的身边。

那天的刘春是快乐的，他故意时刻都离得小慧很近，这样，就算在空旷的广场上，在涌动的人流中，他也能闻到她的气息。因为穿着厚厚的人偶服，他可以毫不避讳地满足路人的要求，拉着小慧摆出各种造型拍照，看她有些疲惫时，也能拉着她的手，让她坐到广场边的长椅上休息一会儿。

中午吃饭，刘春去领了两盒盒饭，自己找个地方，狼吞虎咽吃了，然后再去商场美食广场，挑了一堆好吃的，打包送给坐在长椅上等待的小慧。小慧取下头套，对着美食露出夸张的笑容，说今天的福利真好。刘春仍然戴着头套，坐在边上看小慧吃。小慧让他也吃，他压低声音说自己吃过了。小慧并未起疑，吃了一点便说饱了，剩这么多，可以打包回去当晚饭。看她开心的样子，刘春不说话，心里也是美滋滋的。

傍晚时，刘春终于体会到那句话，快乐的时光总是短暂的，他们即将结束一天的工作。这时，遇到了个带女儿的妈妈，女儿要跟可爱的泰迪熊先生和泰迪熊小姐合影，拍完照后，刘春犹豫着，还是取出手机，让小姑娘给自己和小慧拍张合影。这张两只泰迪熊的合影，一直珍藏在刘春的手机里，此后无数个夜晚，它会变成阳光，洒在刘春的心上。

工作结束，小慧脱去了人偶装，刘春还在故意磨蹭。他心里非常纠结，要不要让小慧知道自己就是一年前被她留在车库里的人？小慧冲他挥手，说声“再见”便离开了。刹那间，无尽空虚，刘春怔怔地站在那里，很想冲出去，最后还是怅然作罢。也许，偶尔的一些温暖，已经够了。

脱下人偶服，刘春打算离开。开门，又见到了小慧。

“原来是你。”小慧笑嘻嘻地道。

刘春涨红了脸，心里却轰然欣喜。原来，小慧并不曾离开，老天又给了他一次机会。他嗫嚅着，不知道该如何解释。

“我就说你这只熊有点奇怪，就想看看你究竟是谁。”小慧还是笑，“没想到是你。”

“对不起。”刘春还是磕巴，“不是想瞒你……”

“没事，我还得谢谢你。”小慧举起因中午没吃完而打包的食物，“我说日结工作哪来这么好的福利，你这忙活一天，赚那点钱，全给我买吃的了吧。”

于是刘春也笑了，说：“没想到还能见到你……”

那天，刘春和小慧在广场上聊了好一会儿，他就是那次知道了小慧的名字，还知道她也像他一样，平时白天和晚上打两份工，周末还会出来接些日结的零工。他很想知道，像她这样的女孩，为什么也要这样拼，但看得出来，小慧不想说，他便忍住不问。小慧问了许多他的情况，并和他约好一块儿努力。后来，小慧知道她比刘春大3岁，便亲热地挠了挠他的头发，说：“原来你还是个小孩，以后，你该管我叫姐了。”

刘春不想叫她姐，又不知道怎么拒绝，只能憨憨地笑。

夜色涌来，世界因了夜色，变得明亮且鲜艳起来。互相留了联系方式，俩人便分开了。刘春的心是甜的，他看着小慧融到了人流中，这才转身离开。没走几步，他忽然又停下，再次转身，在人流中寻找着小慧的背影。他担心，小慧消失在人流中，就再也寻不见。他疾步向前奔跑，向着小慧离开的方向。

终于，又看到走在街道上的小慧，他吁了口气。刘春想到，在这座并不算大的城市里，生活着一百多万人，分开了，也许就再也不能相逢。就算他有了小慧的号码，却根本不知道会用什么理由打给她。每个人的手机里，不都长眠着许多这一生也许都不会拨出的号码?

刘春很快有了决定，他悄悄跟在小慧的后面，跟她一起走进夜色，走进她的世界。

13

马彪刑满释放后，回到大竹乡村，在乡里、县里混了段时间。以前那些狐朋狗友早就散了，没几个人愿意搭理他。他那会儿特别迷茫，不知道接下来该干什么。他想去监狱探视陈军，又知道自己这身份，去了也见不着。监狱发那点劳动奖励金很快花没了，他只能回村，饿了去亲戚家混顿吃的，完事回老房子里睡觉等天黑，浑噩度日。那段时间，他脑中所想，都是去哪儿能混点钱。老本行肯定不行，单枪匹马，加上现在到处都装了监控，出手必被抓。以前还能欺负人硬“借”点，现在没人买他的账，不被人修理就不错了。别的事他全不会，打工更是万万不行，他不能让自己白坐这10年牢。

突然有一天，有人来村里找他，听说对方是陈军的同监，马彪立刻来了精神。那人自称跟陈军在一个号子里待了好几年，都是海州市人，也算老乡。陈军挺照顾他，出狱前，让他帮个忙，他毫不犹豫答应了。

陈军让他来找马彪，他有些事想让马彪做。

也就在那天晚上，马彪厚着脸皮，挨个亲戚家借钱，不借，便拿啤酒瓶子砸脑门。谁家见到这么个满脑袋血的无赖，都怵，随便给些打发他走人。第二天，马彪带着这点钱，去乡里养老院，从护工那里知道了刘春的近况，然后直接坐车去了市区。

朝阳桥用工集散地，人头攒动，马彪在人群里四处寻找，两天过后，才看到刘春。

白天，刘春跟着赵师傅在毛坯房里干活，楼下，马彪歪坐在小区草坪上晒太阳，偶尔抬头看一眼不远处的楼栋；晚上，胖姑娘安安挽着刘春胳膊，在街边小店吃饭，或者去小树林，或者回出租屋。马彪漫不经心跟在后面，悄悄窥视着一切。

刘春的生活，简单乏味，且极有规律。马彪开始焦躁，很想不管不顾地直接走到刘春跟前，最后还是忍住。陈军说，每个人都有秘密，藏得深浅不同而已，越重要的秘密，藏得越深。陈军这是在提醒他，要有耐心吧。

可是，为什么会是刘春?

陈军显然料到马彪会问这个问题，他让同监转告马彪，等他出来，再告诉他。陈军心思缜密，做事一定经过深思熟虑，漫长的监狱生活，让他有了更多的时间来思考。再加上他如此慎重地托人将这些信息传达给马彪，必有深意。所以，马彪想，也许，这里头也藏着什么秘密。而动脑子，显然不是马彪的专长，那秘密，还是留着陈军来告诉他吧。

于是马彪继续窥探刘春的生活，直到有一天，刘春忽然消失了。马彪简直要抓狂，辛辛苦苦跟了刘春这么些天，这人说没就没了，难道他发现了马彪在窥探他? 就算如此，他也没有任何理由突然消失，毕竟，马彪到现在，什么都还没做呢。幸好，很快，马彪就发现胖姑娘也在找刘春，发了疯一样四处找，这样，马彪就明白了刘春躲的人其实是安安。

这算是刘春平凡生活中，唯一与众不同的地方吧。

可不管怎样，最重要的是找到刘春。安安光明正大地四处找都找不到，他一个躲在黑暗中的人，上哪找去？马彪仔细梳理了刘春这些日子的行为轨迹，无非是跟着赵师傅干活，回出租屋，跟胖姑娘安安约会，没有娱乐，没有朋友，他就像火车一样，从来没有离开过既定的轨道。但是——

马彪想到了某个夜晚华灯初上之际，刘春去了桃园路的辅街，走进了一家叫作“蕙质兰心”的奶茶店，而且，一直待到半夜。那在他日常生活轨迹之外，他去那里，一定有什么原因吧。

马彪决定，去那里碰碰运气。

还记得刘春跟安安最后在一起的那天晚上吗？

安安的小姐妹过生日，刘春答应收工后，回去换身衣服就过去找她。俩人约好的时间是7点，但那晚，刘春快12点才回到出租屋。

刘春知道安安的暴脾气，没点重要的事，肯定不敢放安安鸽子。

事实上，那天收工，回去洗了个澡换身衣服，刘春已经走在去见安安的路上。半道上他忽然想起，今天是“蕙质兰心”奶茶店开张的日子。他就想，桃园路跟安安让他去的饭店也就差着两条街，买束花，顺道过去祝贺一下，耽搁不了多少时间。

捧着花，坐在公交车上，刘春想如果小慧问起他怎么知道今天奶茶店开业，他该怎么说。开业这天，店门口一定会有花篮和酬宾的信息，那就说刚好路过。又是刚好，刘春想想都觉心虚，这几个月，他“刚好”遇见小慧的次数实在有些多，有时候在街角，有时候在公交车上，有时候在小慧常去的面馆，有时候会在周末小慧打工的商场……其实，刘春已经非常严格控制“刚好”遇见的间隔时间，10天，这是他给自己设的底线，甚至，他还在手机日历上专门设置了时间提醒。他决不允许自己在10天内“刚好”遇见两次。

而遇见的结果，大多是简单寒暄，便互道再见。仅此，刘春已经觉得很满足了。只要隔上段时间，能跟那个天使般的姑娘聊上几句就挺好，他根本不奢望还能有什么别的收获。

上一次遇见差不多在半个月前，小慧说她已经辞去现在的工作，打算自己创业，开一家奶茶店。这是她鼓足勇气才做出的决定，现在心里还忐忑着，不知道这样做到底是对还是错。刘春当时只是像个朋友一样，鼓励她几句，便跟她分开了。而在接下来的几天里，他数次路过桃园路的辅街，看到小慧领着装修工人在干活，看到她一个人在店里忙碌，看到店门上贴出了开张的日期。

没错，就是今天。奶茶店开业，值得一次“刚好”遇见。

每次见到小慧，刘春都会心跳加快，这次，站在奶茶店门前时，他的心情却略显沉重。门上虽然贴着开业期间各种优惠的信息，店里却冷冷清清，除了小慧再没有别人。小慧坐在工作台后面，背对着门的方向，刘春看到她的背影轻微颤动，便想她是不是哭了。

她的心情，是否也像现在奶茶店这般清冷。

听见动静，小慧赶紧回身站起，脸上挤出些笑容，看清来人是刘春后，失望之色一闪而没，随即，便夸张地叫道：“你怎么来了，你怎么知道我这今天开业？”

刘春递上手中的花束，故作轻松地道：“不欢迎，那我可就走了。”

“别走。”小慧脱口而出，自己先怔一下，又接着道，“欢迎，当然欢迎。”

接过刘春递过来的花，小慧问：“要不要尝尝我的手艺？”

刘春有些不好意思，道：“我要说长这么大，我还没喝过奶茶，信吗？”

“太好了。”小慧笑，“这样，就算我手艺再不好，我也能骗你说，奶茶就是这个味了。”

奶茶甜甜的，很香，就像小慧身上的味道。

小慧紧张地盯着他看，直到他说了声“好喝”，这才放下心来，但随后又问：“真的，你不会骗我，哄我开心吧。”

“想我骗你，得等我再喝几家奶茶。”刘春老老实实回答，“真的好喝。”

“那怎么会没人来呢？”愁云瞬间落上小慧眉间。

刘春沉默，片刻后才道：“会好起来的，一定会。”

小慧重重点头：“嗯，我也相信，会好起来的……”

坐在小慧身边，刘春很快便忘了今晚还要去见安安，他实在不忍心离开，只留小慧一个人在这冷清的小店里。他也看得出来，今晚小慧特别需要有个人守在她身边。刘春不善言辞，当他不知道该说些什么时，小慧会主动找些话题，还头一回跟他说起了自己的过去。

小慧说了一个西部小县城的名字，问刘春是否听说过。很陌生，刘春如实摇头。

“那里太普通了，我问过很多人，几乎没人知道那里。”小慧说，“我在那小县城长大，从小就和身边很多人一样，希望有一天，能离开小县城，到大城市生活。我的爸妈都是中学教师，他们也不断地提醒我，只有知识才能改变命运。所以，中学时，我的成绩不错，虽然不算拔尖，但最后还是如愿考进了一个省会城市的师范学校。”

刘春很想知道后来发生了什么，省城师范学校的大学生，为什么会来到东部沿海的海州市，像他一样打好几份工，现在还开起了奶茶店。

“后来，我犯了一个错，一个这辈子我都没法原谅自己的错。我为此付出的代价，就是还没毕业就离开省城，回到了小县城。不仅这样，我还连累了我的爸妈。他们辛苦了一辈子，我却打破了他们平静的生活，让他们为我这个不争气的女儿蒙羞……”

刘春盯着小慧，想她能犯多大的错呢？如果她没有犯那个错，也许，他就不能在海州遇到她了吧。小慧接下来有片刻的沉默，刘春默默注视着她，虽然好奇，却不追问。如果往事是心上的一道伤疤，刘春宁愿小慧永远不要去触碰它。就算她犯过错，又有什么关系呢？她仍然是那个在他最无助的夜晚，出现在他身边的天使。

小慧犹豫了一下，终究还是岔开了话题。

店里终于来了顾客，看起来像是对大学生情侣。看着小慧用几近谦卑的热情招呼他们，刘春莫名觉得有些辛酸……

天已经很晚了，刘春想问小慧什么时候关门，但小慧仍然东拉西扯着些不着边际的话题，似乎在用这样的方式挽留刘春。这样的夜晚，街道上已经没什么人，她还在等待什么？她是否希望等待时，身边能有一个人，才会让自己不觉得孤单？

直到街道上再无人迹，小慧才关了店门，跟刘春走在空旷的街道上。看得出来，小慧心情低落，已经无意再去扯那些无关紧要的话题，刘春便也跟着沉默。没关系的，只要能在小慧身边，能感受到她的气息，即使什么都不做，什么都不说，于他都是最美好的时光。

送小慧到了住处，互道再见，便各自转身。小慧忽然在后面叫刘春的名字，刘春转过身时，看到小慧怔怔地盯着他看。那瞬间，刘春心跳加快，隐约觉得似要发生些什么。但小慧只是上来，亲热地伸手挠了挠他的头发，说："谢谢你。"

于是刘春便憨憨地笑，想说什么时，小慧已经转身进了楼栋。

刘春还是很开心，在他生命里，又多了一个和小慧共同拥有的夜晚。往回走的路上，他才想起今晚跟安安约好参加朋友生日聚会的事。

他想到安安会暴跳如雷，却还是低估了安安的爆发力。

随后就是躲避安安的那些日子，他关了手机，宅在新租的房子里，心中所想，都是那一晚小慧的落寞神情。他终于忍不住，趁着夜色出门，又去了两趟桃园路。他在奶茶店外面来回走了好几趟，看到小慧或是托腮坐在工作台前，或是忙着调制奶茶，对着客人露出谦卑的笑容。刘春没有进到店里，他不能打破自己设定的"刚好"遇到的间隔时间。

能远远地看到她，已经是他对自己的纵容，所以，看完之后，他便心满意足地回出租屋。

那时的刘春心思全都在小慧身上，当然没有注意到，在他身后，戴着棒球帽，整个脸庞都在阴影中的马彪，冲他的背影露出诡谲的笑。

14

那天中午，刘春在乐知商务酒店服务台上，看到外卖送来的两杯奶茶，一眼认出正是出自小慧的蕙质兰心奶茶店。是谁替他点了奶茶？小慧吗？希望是她。但刘春还是立刻打车赶去桃园路，他要从小慧那里得到确证，这对他，很重要。

看到刘春着急的样子，小慧挺奇怪："出什么事了吗？"

"奶茶。"刘春喘粗气，"刚才，外卖给我送来两杯你店里的奶茶。"

"我知道，看到刘春的名字，我就知道是你。"

"可是，我没点过。"

"那是谁点的？"小慧奇怪，"也许是你哪个朋友吧。"

刘春想了想，点头："也许。"

小慧还是奇怪："就为这，大老远专门过来？"

刘春怔住，勉强笑笑，说："刚好路过……"

刘春头回没有心思继续待在小慧的奶茶店里，很快出门离开。也许小慧说得对，奶茶是他哪个朋友点的。没朋友，可店里有好多没事撩他玩的小姑娘服务员。再说了，只是两杯奶茶而已，没必要这么大惊小怪。

但整个下午，他的心里都空落落的，隐约在等待着什么。

到了晚上，刘春刚回到出租屋，就收到了马彪发来的信息，点开，是张照片，拍的正是小慧的奶茶店。

终于还是来了，这正是他最担心的事情。

刘春已经再无怀疑，中午的奶茶是马彪点的，他已经知道了小慧和她的奶茶店。他从这里搬走的前夜说，“我走了，别找我”。

刘春脑袋里充血，嗡嗡响。马彪，他竟然知道小慧，必定也知道小慧对他来说，是极其重要的人。他早已算计好了一切。他到底想干什么？

“我该怎么办？”刘春对着窗台上的栀子花盆栽，自语道，“报警吗？就凭两杯奶茶和这张照片，警察能管这事吗？”

“马彪会做伤害小慧的事吗？”

刘春摇了摇头，冷静了些：“马彪想要的是什么？让我帮他在酒店安装摄像头，我不答应，所以他就给我点奶茶，发奶茶店的照片，用小慧来威胁我。如果我还不答应呢？他真的会去伤害小慧吗？”

刘春强迫自己相信，马彪只是在威胁他。这里不是大竹乡村，马彪也再不能像10年前那样随便去伤害别人。

第二天，又收到了马彪发来的照片。这回，马彪显然走到了店里，照片中，小慧站在工作台前调制奶茶。

刘春手在抖，他想了想，还是把照片删了。只是威胁，如果他真想对小慧干什么，就不会给刘春发照片了。

第三天，照片中的小慧，独自走在夜晚的街道上，四周寂寥无人。

如果这时候马彪想要伤害小慧，正是好时机。刘春再次安慰自己，如果当真，就掉进了马彪给他挖的坑里。但他还是不放心，再次去了桃园路，在奶茶店对面的街道上，看到小慧一如往昔地坐在店里，这才放下心来。

晚上，他又在擦拭栀子花盆栽的叶片。他说：“我该把这些事告诉小慧吗？”

他很快便否定了这个念头：“小慧能放弃她的奶茶店吗？不能。那么她就躲不开马彪，她知道这些，除了担惊受怕，还能有什么用？”

第四天，继续有照片发来，这回，是小慧走进出租屋所在的楼栋。

强撑着等到下班，刘春回到出租屋，对着栀子花盆栽，继续安慰自己。没事的，只是威胁……他忽然烦躁起来，随手摔了杯子，胳膊挥动时，还碰倒了窗台上的花盆，花盆落地，裂开，里头的土和植物散落在地上。刘春愣住，慌忙蹲下，将土拢到一起，覆在栀子花的根上。他起身，在屋里四处找，没有别的花盆。他冲出门，在小巷里奔跑，终于，看到路边有几盆花，也不顾身边还有路人，直接用力拔出一个盆里的植物，抱起花盆就跑。

他小心翼翼地将栀子花移植到花盆里，浇了水，再细心地擦拭每一片叶子。接着他就盯着栀子花看，已经过了花季，没有花，只有叶子。叶子仍然茂盛，却没了精神。刘春抓起手机，犹豫了一下，还是给马彪打过去。

振铃响了挺长时间，直到自动挂断。再打，还是无人接听。马彪说，我走了，别找我。他早就预料到了刘春会找他，所以才故意不接电话吧。

第五天，马彪没有发照片，发来的消息只有两个字：王五。

还记得王五吗，10年前，驼峰乡中心小学，王五带头嘲笑刘春是个贼娃子，跟刘春打了一架，没占到便宜。放学后，他带了一帮人，围殴了刘春。事后没几天，他就出了车祸，让摩托车撞断了腿。骑摩托车的人，就是马彪。

马彪发来王五的名字，想告诉刘春什么呢？

刘春慌忙拨打小慧的电话，小慧的声音听起来没什么异常，让他暂时放下心来。可小慧随后说的事，让他的心再次揪了起来。

“昨晚倒霉，回家路上，让摩托车给撞了。”

“伤到了吗？报警没有？”刘春急切地问。

“没事，车没撞到我，就是被骑车人胳膊碰了一下，摔倒后蹭破点皮。可是，骑车那人太没素质，碰了人，居然都不停车，头也不回就骑走了……”

那边小慧话没说完，刘春已经挂断了电话。肯定是马彪，他终于开始动手了，他想告诉刘春，这只是开始，他真的会伤害小慧。

刘春拨打马彪电话，继续无人接听。怔怔想了好一会儿，刘春回工具间，四处翻找，在细长的螺丝刀和扳手间，他选了扳手。然后他向店长请假，说有急事，十万火急的事。离开酒店，他直奔西城那几家棋牌室。

棋牌室里，他逢人就问：“见到马彪了吗？”

有人说，马彪好些日子没见了。有人说，昨天还跟他打过牌。这家没找着他，他就直奔下一家，马彪常去的几家跑遍了，都没见到马彪。刘春还不死心，就在一家棋牌室守着，过上个把小时，再换一家守。马彪盯上小慧，就是逼刘春来找他。现在，他在玩猫捉老鼠的游戏，玩够了，自然就会出现。

晚上，刘春还守在一家棋盘室，终于等来了马彪的电话。

“听说你找我？”马彪漫不经心的语气里透着揶揄。

“你在哪儿？”刘春沉声道。

“找我有事？我这正忙着呢。”

“你到底在哪儿？”刘春大声叫。

“看样子真急眼了，我这才走几天，就想我想成这样。”马彪笑，“龙尾河，老铁桥，9点，我等你。”

老铁桥其实是座铁路桥，十几年前，铁路线改道，桥也荒了。那里算是近郊，四处都是田野，到了晚上，黑灯瞎火，算得上荒郊野外。马彪约在那里见面，刘春隐约猜到了原因，却浑然不惧，扶了扶别在腰上的扳手，立刻到外面打车。

站在老铁桥上，马彪还没来。刘春看着黝黑水面上泛起的星光，忽然想到了10多年前的知青点，老龙潭。他瑟缩了一下，忽然对要做的事情，没了信心。

摩托车轰鸣声中，马彪来到了老铁桥。

“刚买的车，要不要过来瞧瞧，可比当年那破摩托强多了。”马彪笑嘻嘻地上桥，“怎么样，要不要我带你兜两圈？算起来，上回坐我车后头，得有10年了吧。”

刘春强忍着怒气，大声道：“我不坐你的车，再也不会坐你的车。”

“那可没准。说吧，找我什么事。”

“你别再跟着那个姑娘。”刘春道，“她跟咱俩都没关系，别把她扯进来。”

“没关系吗？”马彪夸张地歪头想，“没关系你着急四处找我，没关系我跟着她关你什么事。”

刘春一时语塞，但还是强硬地道：“她跟我只是普通朋友。”

“这倒是实话。所以我才闹不明白你心里到底怎么想的。要说喜欢人家姑娘吧，你就上去跟她说，别没事鬼鬼祟祟地跟人家后面，偷瞧人家，跟个变态似的。”

刘春涨红了脸：“我的事，不用你操心，只要你别再跟着她就行。”

“那就得看你了。”马彪笑，“我买的那堆小玩意儿还在呢，要不要一起研究研究？”

刘春立刻重重摇头：“我再也不会帮你做坏事。”

“那看来没办法了，还是说不到一块儿去。”马彪为难地道，“那怎么办呢，现在咱们难得碰到一块儿，不把这些事弄明白了，我肯定还会忍不住往人姑娘跟前凑。”

“不行！”刘春狠狠瞪着他，大声叫，“你要敢伤害她，我就报警，你也跑不了。”

马彪笑：“你瞧我像是怕蹲大牢的人吗，说吧，想我蹲几年，我听你的，动手就照你说的刑期来……”

马彪住了嘴，他看到面前的刘春手里攥着把扳手，露出凶狠的表情。

“不错，你个鳖崽子长大了，翅膀硬了，我就觉着今天你得给我来这手，所以约你在这儿见面。”马彪还是笑，“有能耐把我打趴下，你说什么，我都听你的。”

看刘春还站那儿不动，马彪瞪眼：“还不赶紧的，非得逼我先动手？”

刘春“嗷”地叫一声，挥着扳手就冲了上来。

这一幕，已经在想象里发生过无数回，如果非要溯源，那得回到10年前的鹧鸪山，他跟小胖一起，在山上树林里挂起沙袋。那时心思很简单，主要受一些武侠片影响，练拳，能提高战斗力，等长大了，等练出武功那一天，就能狠揍马彪了。来市区打工，他还没忘记带上当年的沙袋，城市里没有马彪，但会有别的什么彪。他隔上些日子，就去废弃车间里打沙袋，他已经不再想着跟谁打架，只是希望自己能够变得强大，强大到如同沙袋，能经得起生活的千锤百炼。当那晚马彪再次回到他生活中，他便已经预感到，跟马彪必有一战。

他已经忍耐得太久，忍无可忍时，这场架便成了摆脱困境最直接有效的方式。但他还是错误地估算了双方的战斗力。他以为自己已经长大，却不知30多岁的马彪正当壮年；他以为多年对着沙袋练习，拳头已经变硬，却不知道打架时经验的重要性。他这10年间，根本没跟人起过冲突，更不要说打架了，而马彪在监狱江湖中，从来没有停止过争斗……

他甚至记不起这场战斗什么时候结束的，醒来，很冷，他仰面倒在铁桥上，身上至少十几个地方，钻心地疼，脑袋也晕乎乎的，根本不能思考。

他看到桥的两边，有浓重的黑暗贴着桥面涌来，经过之处，吞没了星月的光华，无数的影子在其中出没。他还看到黑暗后面的马彪，面上挂着轻蔑的笑容，正慢慢向他走来。

视线随即变得模糊，再次醒来，他发现已经坐在了摩托车后座上，车子开得飞快。他下意识便伸手抱紧了马彪的腰，生怕自己从疾驶的车上摔落。

历史总会不断地重复，时间仿佛又回到了从前。那个12岁的少年春娃，也是这样，坐在摩托车后座，驶向不可知的未来。

15

保洁阿姨年纪其实不大，40多岁，老公几年前患了肝癌，折腾了一年半，花光了积蓄，还是走了。儿子刚念大学，家里房子还贷着款，日子过得挺艰难。她在乐知商务酒店打这份工，赚得虽不多，但从来没想过做那些偷鸡摸狗的事，她是清白的。所以，当客人诬赖她偷金链子时，她开始非常无措，不知道该怎么证明自己，后来，窃窃私语的其他客人冲着她指指点点，她委屈到极点，终于变得愤怒起来。

她冲进房间时，根本没想过如果找不到金链子该怎么收场。

保洁阿姨在房里翻找时，刘春的心揪了起来，他不想自己的秘密，就这样被人发现。他分开众人，冲进房间，帮着保洁阿姨一起翻找，并不全是同情保洁阿姨的遭遇，多少有点自保的意思。最后，在床头底下找到金链子，这场闹剧收场，看热闹的人散了，保洁阿姨还在房间里哭，伤心极了。刘春要走时，保洁阿姨上前拉着他的手说“谢谢你”。

在她被人诬陷时，那么多人，只有刘春站到了她身边。这件事，她会记上一辈子。

酒店里其他人，看刘春的眼神，都跟往常不一样了。特别是几个混得熟的小姑娘服务员，更是毫不吝惜她们的夸赞，都说刘春是个正义感爆棚的好青年。

刘春总觉得哪儿怪怪的。

回到工具间，取出电脑查看时，脑子里仍在想着保洁阿姨，想着客人的飞扬跋扈，转念间，有个念头冒出来，他忽然变得有些兴奋了……

傍晚时，传来笃笃的敲门声，起身开门，就看到了马彪。

这段时间，马彪已经成了酒店的常客，隔三岔五来找刘春。马彪特别会来事，每次来都会塞烟给保安，给前台小姑娘带吃的，还特别真诚地请大家多关照他这个大侄子。刘春哭笑不得，现在，他成了马彪的大侄子，好多人还当他面夸他这个叔对他真好。

马彪来酒店，跟人寒暄过后，就会来工具间找刘春。刘春坚决不让他碰电脑，这是他替自己保留的最后底线。电脑里的东西全落马彪手里，真不知道他会做出什么事来。马彪对此倒不介意，他的目的是拿到想要的东西，至于怎么拿，他不关心。笔记本电脑是他带着刘春去电脑城买的，他之前买的那堆小玩意儿，刘春检查过后，基本上不能用，马彪便让刘春重新采购。前前后后花了不少钱，东西置办齐，马彪就成了穷光蛋，但他并不担心，只要手上有了猛料，钱，不是问题。

可刘春这小子却一拖再拖，每次还都拖得非常敷衍，连个像样的理由都不找。马彪很生气，却忍着。这天，他来找刘春，祭出撒手锏："没钱了，饭都吃不上了。没事，我不催你，慢慢等，这世道饿不死人。我决定了，明天，就搬回你那儿，只要你有吃的，肯定少不了我这一口。我不着急……"

这招果然管用，话没说完，刘春将一个U盘递了过来。他眼前一亮，赶紧抓到手中。

“这人的身份信息，我稍晚点会给你。”刘春说。

马彪已经眉开眼笑：“行，那我就等你消息了。”

马彪走后，刘春再次打开电脑，将保存监控视频的文件夹删除，只保留了其中一个。点开，画面中出现的，正是丢了金链子诬陷保洁阿姨的那个男人。跟他一块儿进门的，是个看起来挺年轻却化着浓妆的女人。

刘春隐约生出些邪恶的快感。

几天之后，接到马彪电话，约他晚上下班后，去家饭馆碰面。听得出来，马彪心情不错，应该是事情办得挺顺利。果然，刘春赶到那家饭馆，酒菜还没上来，马彪先把一个纸袋推过来。刘春抓在手里颠了颠，挺沉。

“把你卡号给我，以后直接转账，就不用这么麻烦了。”马彪说。

刘春把纸袋又推了回来：“我说了，不要钱。”

“那不行，该你的，一分不少你，这是规矩。”马彪再往前推，“我可不是吃独食的人，往后只要我能吃上肉，肯定少不了你一勺汤。”

刘春冷着脸：“这种钱，我不要。”

马彪笑笑：“幼稚，钱就是钱，只要能装兜里，谁管这种钱还是那种钱。你这小鳖崽子，就是太讲究。我问你，你不待在村里，为什么跑市区来？还不是想着能过上好日子。想过好日子就得有钱，就指着累死累活上班赚那点工资，哪天才能过上好日子。”

刘春不理他，大声招呼服务员赶紧上菜。

"没钱，就别想着人家姑娘。你有胆拎个扳手跟我玩命，没胆跟人姑娘说喜欢她。知道为什么吗，就是兜里没钱腰杆子不硬。"

"有完没完。"刘春不耐烦地道，"我的事，你少管。"

"行，你不爱听，我就不说。"马彪脾气出奇地好，"现在你就是财神爷，天大地大都没有你大。这钱，我先替你存着，哪天想开了，打个招呼，一分都不会少你的……"

刘春心底某个角落忽然动了一下。

那边马彪嘀咕："不要钱，大老远跑来就为跟我吃这顿饭，想不明白。"

刘春也想不明白为什么要来吃这顿饭。他的目光落到纸袋上，觉出了心里的纠结。

有了钱，也许真的会不一样吧。

这段时间，他仍然会隔些日子，就去小慧的店里坐会儿，点上杯奶茶，跟小慧聊上几句。奶茶店的生意越来越差，一天下来都卖不出几杯。小慧非常苦恼，开始后悔当初的决定。刘春只能安慰她，说些鼓励的话，这些话说多了，就显得假，还有种骗人的感觉。现在到店里，刘春更多的时候在倾听，听小慧抱怨，在她抹眼泪时递纸巾，或者，俩人相对无言，一起枯坐着沉默。

"现在把店盘出去，不知道会不会有人接手。"小慧说。

刘春想，把店盘出去，她又得去打工了。当初，她不就是因为不想打工才开了这家店？

"那以后呢，有什么打算？"刘春问。

"我最近老在想，是不是我不适合这座城市。"小慧说，"我想换个城市看看，会不会转运。在那之前，先回趟老家吧。出来好多年，想家了。”

刘春愣一下，心里竟一下子空空落落的。没有了小慧的城市，还会跟以前一样吗？

“没事，我会记着你的。”小慧难得笑，有些勉强，“我都要走了，还没听你叫我声姐。”

刘春使劲摇头：“我不想你走，走了，也许就再也见不着了。”

小慧叹息一声，又伸手挠他的头发：“我也不想走，我也舍不得你这个小孩……”

如果有了钱，小慧也许就不用离开了吧。

上班的时候，刘春给店里每个人都点了杯小慧的奶茶，服务员小姑娘们一边说谢谢，一边露出奇怪的表情，问刘春这是哪家的奶茶，怎么没听说过？刘春赶紧解释，一个朋友开的店，大家喝完给点意见。刘春都这样说了，大家给出的最多意见是还行，不知道里头有多少友情的成分。刘春又向大家请教，怎样才能开好一家奶茶店。七嘴八舌过后，得出的结论是要么品牌好要么地段好，否则，没戏。现在各行各业竞争白热化，白刀子进红刀子出，没点真材实料千万别往里冲，否则就是飞蛾扑火，自寻死路。

刘春有些沮丧，小慧的奶茶店短期内想改变现状，基本不太可能。

晚上回到出租屋，窗台上的栀子花盆栽明显出了问题，叶子虽然仍绿着，叶片却微往下垂，没了精神。他用手去碰叶片，软绵绵的，没了弹性。刘春想了好多办法，换盆换土，加各种营养液，白天遮阳，晚上通风，折腾了好长时间，没点效果。刘春就想，再给它点时间吧，会好起来的。但栀子花仍然以肉眼可见的速度枯萎下去，这天居然有几片叶子卷了边。刘春恍惚了一下，伸手去碰，几片卷边叶子从茎上掉落。

刘春怔住，呆呆站了好一会儿，才摸出电话打给马彪。

“我想拿回我的钱。”他说。

那边马彪听清了，但仍然要再问：“什么，再说一次。”

“我想拿回我的钱。”刘春这回的态度已经非常坚决了。

“没问题。”这对马彪算是个惊喜，他一口答应，“这就想开了，我还没点思想准备呢。”

于是马彪问刘春在哪儿，说这就过去找他。没想到刘春心急，早早就在路口守着。马彪将纸袋塞他手里，他什么话都没说，大步往前走。马彪跟过来，问：“这是打算去哪？”

刘春不看他，没吱声。

马彪明白了，笑笑：“上车吧，我送你过去。”

刘春犹豫了下，还是坐到摩托车后座上。摩托车疾驶而去，很快到了桃园路。刘春示意马彪停车，但马彪直接拐上辅街，车子戛然而止。

车上的马彪和刘春都盯着奶茶店的方向，看到小慧跟个男人正从店里出来。小慧锁了门，上了辆停在路边的车。

“这是有人了。”马彪语气里带些揶揄，“你小子没机会了。”

刘春脑子里变得一片空白。

这种事，不是早就知道吗？从7年前被房东扔了东西开始，他就看见过有人开车送小慧回去。然后，在街道上，他也看到过好多次小慧跟人走在一起。与小慧的“刚好”遇见，小慧没事时，会在路边跟他多聊会儿，有事，便会匆忙离开，刘春毫不怀疑她离开后会走到一个男人的身边。奶茶店开业，刘春去到店里小坐，偶尔，小慧接电话时会下意识转过脸去，声音也变得温柔了许多，刘春从她极窄的侧脸上，还是看到了笑容。

像小慧这样的姑娘，独自生活在这城市里，身边怎么会没有人呢？

刘春从一开始就知道，没关系，他出现在小慧身边，根本就没想过要得到什么。相反，他还要感激小慧来到这座城市，在那个夜晚出现在他身边。她就像一道光，照射进他心上，从此他的世界变得不同，美好的种子在心田萌芽，终将枝繁叶茂。

所以，小慧有男朋友又有什么关系呢，他仍然会在将来无数次与她“刚好”遇见，看她巧笑嫣然，听她铃铃细语，感受她身上的气息，然后转身回到自己的生活中去。

但今晚，显然有些不同，他竟有了深深的沮丧和挫败感。

他明白，这与小慧无关，只是因为自己开始有了期待。这些期待让他生出些愤怒，偏偏愤怒的对象是自己而不是别的什么人，所以，今晚才会注定不同往昔。

那边小慧坐的车子，驶动后很快消失在人流里。马彪回身问他：“现在呢？”

现在呢，还能去哪儿？这城市里，除了出租屋，他根本想不出还有别的去处。但他不想回去，他想让自己知道，他不会在意小慧上了别人的车，更不会因此而难过。

“还记得，你上回带我去那酒吧吗？”他捏了捏怀中抱着的快递袋，说。

马彪笑了，依然没有说话，熟练地掉转车头，疾驰而去。

那晚在酒吧里，刘春玩得很开心。本来马彪拿了些啤酒过来，有个小姑娘咬着他耳朵说了几句，他便让人开了瓶洋酒。刘春本来就生得白白净净，再加上今晚出手阔绰，很快身边就聚了好几个姑娘。他那点小酒量，哪架得住一群姑娘灌，没多会儿，就醉了。醉了，才能嗨，小姑娘拉着他在舞池里晃，很快，他便满脑门都是汗，身子也不受控制，根本停不下来。后来，他枕着个小姑娘的大腿睡着了，小姑娘轻柔地抚着他的肩膀，跟对面的马彪说："以后你得常带你这小朋友来，多单纯呀，刚毕业的大学生吧。"

马彪一脸坏笑："就问你相中我这弟弟没有，相中了，今晚就带回去过日子。"

小姑娘特认真地说："那我得好好想想。"

马彪喝着酒，看那边睡着的刘春，心里难得生出些同情。在他眼里，刘春就是个傻小子，更可能是脑子坏掉了。他还记得那晚老铁桥之后，他骑车载着刘春，本打算带他找个小诊所瞧瞧身上的伤，但刘春坚持要去桃园路。马彪知道他要去找那个姑娘，就带他去了。离着奶茶店还有几十米远，刘春忽然大叫停车。车停下，刘春也从车后座上摔了下去。马彪想扶他起来，被他甩开。然后，马彪看到他坐到路牙石上，冲着不远处的奶茶店，失声痛哭。

奶茶店的灯光还亮着，但刘春就这么哭了好一会儿，都不愿意走到灯光处。

"这傻小子，脑袋真的坏掉了。"马彪低声骂。

这晚下半夜，说"好好想想"的那位姑娘早不知跑哪去了，马彪架着刘春离开酒吧。风吹过，刘春醒了，他拉着马彪问：“这就是城里人的生活吗，这就是你说的好日子吗？”

马彪愣一下，不知怎么回答，但还是点点头。

“行，那我以后，就过城里人的生活，过好日子。”刘春重重地道。

“这就对了。”马彪乐呵呵地道，“咱们一块儿去过好日子。”

那时的马彪还不知道，他开心的日子没几天了。

半年之后，他被西城著名街混子金三打死。那是场意外，金三只是想教训他，没想打死他，但脾脏破裂这种事，谁能说得准呢？

16

海州市区就那么点地方，哪儿出了什么案子，很快就能传开。王海鹏这天刚到所里，就听同事在说西城发生了件打架斗殴致人死亡案。他起初并没在意，直到听说死者的名字叫马彪，才来了兴趣。当然，天底下同名同姓的人多了，这里的马彪未必就是他知道的那个马彪。他打电话给分局的邵勇，问马彪的情况。邵勇跟他闺女谈恋爱3年多，今年春节头回上门，算是确定了关系。老丈人问话，邵勇不敢怠慢，加上马彪这案子案情简单，又不是什么机密，便说了死者马彪确系大竹乡村人，还把他跟金三之间那点恩怨也说了。王海鹏对马彪怎么死的兴趣不大，他在意的是，马彪居然死了。

马彪死了，他第一个想到的人是刘春。算起来，距离上回跟刘春通电话也半年多了，那会儿他还在乐知商务酒店里干维修，据说干得不错。

当即给刘春挂去电话，张嘴就问："你知道马彪死了吗？"

本来以为刘春会惊讶，但他声音听起来很平静："知道，警察还找我过去问了话。"

"怎么回事？说说。"惊讶的是王海鹏。

"马彪跟人打架，受了伤，打电话给我，让我帮他买点药送过去。”刘春说，“我送完药的当天晚上，马彪就死了。”

王海鹏很快抓住了重点：“马彪之前就找过你？”

刘春嗯了一声。

“我怎么跟你说的，马彪来找你，你就赶紧告诉我。”

“叔，没事，反正现在都过去了……”

挂断电话，王海鹏还有点不高兴，当然是因为刘春不听话，没把马彪找他的事告诉他。可想想刘春说的也没错，马彪死了，事就过去了。

那天王海鹏也没太在意这件事。过了两天，周末，女儿带邵勇到家里来吃饭，那娘俩在厨房忙活时，王海鹏再次跟邵勇聊起了马彪的案子。

“您要不说，我都要把刘春这人给忘了。”邵勇说，“这刘春吧，跟马彪是同乡，马彪被金三揍完回出租屋，打电话让他买点药。刘春送药过去后，马彪跟他说了金三揍他的事，我们也是听了刘春的话，直接就把金三给拘了……”

“马彪是刑释人员，他以前犯的案子，你们都了解吧？”

邵勇点头：“团伙犯罪，抢劫数十起，性质够恶劣的。”

“还有虐待未成年人，强迫他们参与抢劫，并致其中一个孩子意外死亡。”

“您对马彪以前的案子够了解的。”邵勇忽然想起，王海鹏之前在驼峰乡派出所待过挺长时间，兴许那件案子他有参与。

“那会儿我还在乡派出所，被派去协助县局的人侦办孩子死亡的案子。我当时觉得那孩子眼熟，似乎在哪见过。顺藤摸瓜，很快找到了他常去的一家烧烤店，还查到了另一个被马彪那伙人虐待的孩子。那孩子在写作业的练习簿上，详细记录了马彪那帮人每次抢劫的时间地点及被抢的车牌号，警方就是根据这份资料，一举拿下马彪四人犯罪团伙。”

邵勇想了想：“我想起来了，那孩子就是刘春。”

马彪出事后，他的档案资料立刻就被调出来，包括之前团伙抢劫案的卷宗。这次的案情实在过于简单，纯粹就是打架斗殴意外致人死亡，金三也很快就被拿下，所以刑侦队那边就没对以前的案子进行深入研究。这会儿，邵勇终于想起在案卷里见过刘春的名字。

“您要不说，还真就忽略了刘春跟马彪的这层关系。”邵勇说，“刘春到队里接受调查时，也没提这事。”

“过去的事，别人不问，估计他也不会主动提。毕竟那是段非常不好的经历。”王海鹏道，“后来刘春到市区打工，我跟他照过几回面，他现在的工作，还是我托人给他找的。我当时跟他说，马彪刑满后，如果找他的麻烦，一定要告诉我。”

“还是您想得周到。”邵勇这不全是拍马屁，“拿下马彪那帮人，刘春当年提供的证据很关键。那帮人坐完牢，很可能会找刘春的麻烦。”

“照现在的情形看，马彪出狱后来到市区，还真就找上了刘春。我明明之前提醒过刘春，马彪要是找他麻烦，就告诉我。可这小子直到马彪死了，都没跟我提这事。”

“会不会咱们都想错了，马彪出狱后，没打算找刘春报复。”邵勇想了想，又道，“马彪让金三揍了，唯一找的人是刘春，而刘春接到电话，也立刻买了药送过去。如果不知道他们以前的事，乍一看，这俩人关系还挺好。”

“但愿吧。”王海鹏道，“要真这样就好了，可我还是觉得哪儿不对。马彪不是善茬儿，就算出狱后学好了，不打算报复刘春，可刘春也一定会躲他远远的。无论怎么想，这俩人关系都不会好。”

“您担心的是……”邵勇其实已经有了答案。

“就怕还像以前一样，马彪欺负了刘春，刘春却不敢跟人说。”王海鹏叹口气，“真不知道这孩子，这段时间都经历了些什么。”

那天跟邵勇的谈话差不多就到这里了，聊完也就聊完了，毕竟马彪死了，刘春还活得好好的，王海鹏的担心多少显得有些多余。晚上，躺床上迷糊之际，王海鹏脑子里忽然跳出10年前的春娃来，那孩子目光深邃，看起来根本不像个十四五岁的孩子。

这样又过了些日子，大概半个月吧，王海鹏出门办事，地点就在乐知商务酒店不远。事忙完，忽然想到刘春，决定绕个道去看看他。他还是想给刘春提个醒，马彪虽然死了，但当年抢劫团伙还有其他人。估算一下，陈军和黄四宝刑期也快满了，卷毛陈二兵因为多了个意外致人死亡罪，还得在里头待几年。

到了酒店，进门找刘春，前台小姑娘说，刘春不在这干了，被开除了，一个星期前的事。王海鹏吃了一惊，忙问出了什么事。小姑娘说不久前酒店电路改造，刘春跟负责进材料的采购串通好了吃差价，结果让人给发现了。采购老实认错，给了个警告处分，刘春却跟店长呛了起来，结果直接打包走人。

王海鹏骂一声这鳖崽子，哪学来这臭毛病。

当时王海鹏就给刘春打电话，问他人在哪了。刘春说在家睡觉。王海鹏再问家在哪儿，给个具体地址，他要上他那儿瞧瞧去。

刘春犹豫了一下，还是说了一个地方。

“这里小巷挺绕的，快到巷口的时候给我个电话，我接你去。”

王海鹏匆匆走了。

他这边前脚走，后脚又有个老头来找刘春。这老头应该也不算太老，顶多六十，身子骨还挺硬朗，就是头发白多黑少，眼里红血丝很多，嘴角有燎泡，脸上也有倦容。他手上拎着个挺大的旅行袋，听口音不是本地人。前台小姑娘以为他要开房，礼貌地让他出示身份证，他却摸出手机，点开一张照片，带些畏缩地道：“我找人。”

前台小姑娘一眼就认出照片上的人，正是刘春。

小巷果真挺绕，王海鹏都不知道海州还有这样的地方。刘春早早就在巷口等他，领他七拐八绕，走了差不多七八分钟，就到了他租的房子跟前。这是幢最老式的两层小楼，年代起码得往前追溯到20世纪80年代。那会儿还是平房当道，两层小楼算得上奢侈，没人在乎小楼的外观及室内布局。

刘春领着王海鹏，顺着室外的楼梯上去，先是个小平台，然后是道门，门里就是刘春租的房子。房子特别小，顶多七八个平方米，横张床再放张桌子，就几乎不剩多少地方了。王海鹏啧啧感叹：“棚户区改造，怎么把这里给漏了，够简陋的。”

“反正就是个睡觉的地方，有得住就不错了。”刘春对此好像并不在意。

“你倒挺知足。”王海鹏不知道该夸他还是骂他，“你来市区有些年头了吧，怎么混成这样。年轻人，得知道上进，得有点追求。”

刘春笑笑，把唯一一张椅子上的杂物挪开，示意王海鹏坐。

王海鹏还站着："说说，怎么回事。我刚去过你上班那酒店，人家说你不干了。"

刘春低头，露出些羞愧的神情："叔，对不起，我给你丢脸了。"

"我这脸丢不丢倒无所谓，就问你到底怎么想的。"

"我也是想多赚点，外头接了水电的活，想着从酒店带点材料出来，省点材料费。"

"糊涂。"王海鹏生气，"你业余时间接活干，那是好事。接了活就好好干，别一门心思想那些歪门邪道的事。现在工作没了，还得重新找。你这叫捡了芝麻丢了西瓜，亏大了。"

刘春还是低着头，不敢看王海鹏。

"算了，我也不骂你了，好好记住了，以后别再犯这样的错误。"

刘春连连点头。

"我生气，不光是酒店的事，我当初怎么跟你说的，马彪要是来找你，你就赶紧告诉我。他要敢为当年的事报复你，我帮你找他算账。"

刘春想到了在派出所外的徘徊，犹豫了一下，说："我倒是想过去派出所找您。"

"那为什么我没见到你？"

"我不想给您添麻烦。"刘春嗫嚅着道。

"你倒给我说说看，能给我添什么麻烦？"

刘春忽然叹口气："您是警察，马彪要是犯了罪，您可以抓他，可如果他就是想着从我这里混吃混喝再混点钱花，这事，您能管吗？"

“能，当然能。”王海鹏大声道，“我可以警告他离你远点。”

“警告对马彪那样的人，管用吗？”刘春再道，“马彪刚来市区，就找到了我，没地方住，就住我那儿，我还得天天好吃好喝伺候着。哪天他不高兴了，就打我一顿出气。我其实挺纠结的，也想过跟您说说这事。可再想想，您来了有用吗？可以赶他走，可以关他几天，但他迟早还得回来，您也不能天天守在我跟前，最后倒霉的还是我……”

王海鹏愣住，原来这才是刘春的真实想法。好像他说的，还真没错。

“我知道您是为我好，想帮我，可越是这样，我越不能给您添麻烦。”

王海鹏一时竟然无语，想了想，道：“马彪没对你做什么过分的事吧？”

刘春摇头：“没有，这里不是大竹乡村，我也不是当年那个小孩了。”

“我听分局的人说，马彪出租屋房租不低，衣服鞋子还有其他生活用品，都不是便宜货，屋里还有不少现金。看来，马彪这一年多混了不少钱。你知道他做什么赚这些钱吗？”

刘春有点紧张，想了想，还是摇头：“马彪在我这儿住了3个月，就搬出去了。那会儿他应该就赚到了钱，具体做什么不知道。反正在我这儿那段时间，他最常去的就是西城的棋牌室，没日没夜混在麻将桌上。”

王海鹏想到马彪就是在棋牌室搭上了老板娘，才激怒了金三。但要说马彪靠着打麻将赢钱过上了好日子，有点不太可能。王海鹏没有深究，毕竟马彪已经死了，他来找刘春，也不是工作。

俩人接下来又聊了会儿，王海鹏接到所里电话，得马上赶回去。本来想带刘春出去吃顿饭，看来得改天了。刘春送王海鹏出门，一直送到小巷口。王海鹏说工作的事，他帮着再留意，有合适的会替他推荐。

走出去几步，王海鹏又回身，说："我就是个派出所普通民警，能力有限，办不了大案子，但你也别怕给我添麻烦，有事就告诉我。干了警察，还怕什么麻烦呀。"

刘春郑重地点头："叔，我记住了，以后有事，我都听您的。"

王海鹏满意地点头，犹豫了一下，再道："还有件事，你得留点神，估算下时间，陈军和黄四宝，差不多也到时间该出来了。我抽空查查，再给你个准信儿。"

王海鹏这回真走了，后面的刘春目送他远去，身子这才彻底放松下来，浑身都是汗，湿了衬衣。憋了许久的尿意，也终于如潮水退去。慢慢走回出租屋，腿很重，步子很沉，王海鹏最后说的话犹在耳边。

回到出租屋，关上门，坐到桌前，慢慢从抽屉里取出一个信封，抽出里面一张纸。纸上是手写的一行字，字写得还很清秀——

"我知道你干了什么！"

有点狗血，这都什么年代了，还在用这种手段威胁人。

王海鹏最后说的那些话并不全对，陈军不是该出来，而是已经出来了。

给刘春寄来这张纸条的人，就是陈军。

17

马彪死后半个月，刘春照常去乐知商务酒店上班，前台小姑娘递给他份快递，看到标签上寄信人的名字，刘春立刻心跳加快，该死的尿意又来了。没错，寄信人就是陈军，他根本没想隐瞒，直接用的就是自己的名字。强作镇定回到工具间，刘春慢慢拆开快递袋，里面的纸上只写了一行字。

——我知道你干了什么！

刘春干过很多事，哪些才是他知道的？这就是陈军聪明之处，让你知道些事，又让你怀疑些事。然后你紧张，就会出错，这样，他就真的能知道他想知道的事了。

陈军，那帮人里脑子最好用的人，马彪常说他能掐会算，所以得了个小神仙的绰号。当年抢劫团伙覆灭前，刘春跟陈军接触不多，却知道马彪他们三个，其实都听陈军的。也就是说，陈军，才是那帮人的头。

刘春还怀疑马彪出狱找上他，以及后面发生的那些事，都有陈军在背后支着儿。马彪不是个擅长计划的人，而他出现后步步为营，把刘春拿捏得死死的。马彪没有这样的脑子，陈军有。如果猜得没错，陈军就是处心积虑要对付他，马彪不过是他派出的前哨。可是，为什么？仅仅因为当年他向警方举证？要知道没有他的练习簿，警方最后也会弄清一切。小胖之死就是导火索，导火索点燃了，炸药包肯定会炸，只是时间问题，陈军不会不明白这浅显的道理。

刘春非常苦恼，不知道接下来还会发生什么。

本来，他已经开始想着去改变，没有了马彪，所有事都会跟以前不同。那些私装在酒店的设备，全拆下来，带到废弃车间，浇上煤油，烧了。这跟电影里学来的手法，烧了再扔河里去，不留一点痕迹。笔记本硬盘格式化，重装系统，就成了全新的。然后就是离开酒店这个是非之地，他本想辞职，又心虚，马彪死后没几天就辞职，会不会引起别人怀疑？还是犯点错，被酒店开除好了。出租屋也得换，酒店维修那点工资，租百盛花园的房子不太合适。处理完这些事，基本上就跟以前说再见了，如果不是那封该死的信，如果没有陈军。

陈军现在一定就在市区，很可能还像刚来的马彪一样，暗中窥探着他。

没了工作这半个月，他整天窝在出租房里，时刻处于紧张状态，听到一点动静，都要怀疑是不是陈军来了。他会盯着门一动不动挺长时间，等着敲门声，又怕敲门声。晚上，睡不着，睁着眼蜷在床上，他常会很神经质地跳起来，摸黑到窗边，或者把门开一道缝，偷偷往外看。更多的时候，他脑子里只有一个念头，陈军到底都知道些什么？

这是陈军挖的坑，知道是坑，但他还是跳了进去。仅仅过了一周，他就把自己折腾得心力交瘁。这时候，王海鹏忽然又冒了出来，火上再添把柴。希望王海鹏来找他只是出于关心，而不是带着别的什么目的。

事还没完，这天王海鹏走后，刘春忽然又接到了一个电话，是个陌生人，外地口音。

“是刘春吧。”声音沙哑中带些畏缩，“我姓方，我叫方国良。”

没听过这名字，当然也不认识。刘春问他有什么事，那边稍微顿了下，说：“我是小慧的父亲。”

小慧——刘春恍惚了一下，目光随即落到窗台的栀子花盆栽上。栀子花枝繁叶茂，但已经不是以前那盆。刘春还记得有天夜里，他将全部枯萎的栀子花从盆里拔了出来，扔进垃圾桶，没多会儿又捡了出来，带着它下楼，找个花坛，将它栽种到土里。以前村里人说，植物吸收了地气，才能长得好。刘春想，也许接上了地气，这株栀子花还能再活过来吧。过了几天，经过花坛时，那株枯萎的栀子花已经不见了。

刘春在花坛边怔怔站了会儿，忽然湿了眼睛。他想了想，直接去了花市，又买了一盆新的栀子花盆栽。他仍然像以前一样精心打理，浇水、施肥、擦拭叶片，看它枝繁叶茂，期待着来年春天，枝头再次绽放出洁白的花儿。

刘春收回思绪，小心翼翼地问：“小慧，小慧现在还好吗？”

“你也不知道小慧在哪儿？”方国良的声音变得急促。

刘春愣住：“小慧跟我说，她回老家了。”

“家里几个月没她消息了。”方国良急切地道，“你确定她跟你说她回老家了？”

刘春想了想，告诉方国良，小慧3个多月前离开了海州，她说先回老家一趟，好好想想接下来该怎么办。她还让刘春别担心，她安定下来后，会跟他联系的。可小慧走后，便再没了消息，打她电话也打不通。

小慧离开了海州，却没有回家，她能去哪呢？而且电话打不通，不给家里人一点消息。

不祥的预感让刘春心神恍惚，小慧，不会真出什么事吧？

晚上，刘春去一家面馆见了方国良。面馆也卖些家常小菜，方国良坐下后，目光瞟了眼收银台后面的酒架，刘春看到了，便问老板要了瓶白酒。方国良要给他倒酒，他推辞说不会，方国良便没再坚持。菜没上来，两杯酒已经下肚。看老人面上的愁苦，刘春心情也变得沉重起来。

“小慧说，你是她的男朋友。”方国良神色黯然。

刘春惊讶：“小慧真的这样说？”

方国良点头：“小慧离开家后，很少跟我们联系。她大学时候有个好朋友，算是闺密吧。这些年俩人虽然不在一个城市，但没断了联系，我也常从她那儿知道些小慧的近况。”

方国良调出手机上一张照片，刘春盯着看，很快想起来，那是个周末，他去小慧的奶茶店。奶茶店里还有两对小情侣，年纪都不大，小慧坐在工作台后面，目光不时落到那两对小情侣身上。后来，小情侣走了，店里就剩下她和刘春，她忽然说：“咱们拍张合影吧，哪天我走了，也好有个念想。”

“我们有过合影。”刘春笑道，“你忘了？”

小慧想，还是摇头：“真不记得了。”

刘春就给她看两只泰迪熊的合影，小慧忍不住笑，又伸手挠刘春的头发："你就是个傻小孩，这能算合影吗，谁知道这两只熊是谁。"

那天，刘春和小慧一起拍了好多张合影，小慧还亲热地从后面揽着他的肩膀。

美好的回忆。

"小慧的闺密说小慧在海州开了家奶茶店，还给了我一张奶茶店的照片。来到海州，我找了好久，终于找到那儿，奶茶店还开着，却换了名字，换了人……"方国良说。

海州市区有多少家奶茶店？不知道，至少百家吧。刘春看着面前头发花白，满眼血丝，嘴角还起了燎泡的老人，想到了他这几日的奔波之苦。

"除了找你，我不知道还能找谁。"方国良低声道。

"其实，我不是小慧的男朋友。"刘春吞吞吐吐地道。

"不是？"方国良不信，"小慧明明跟她闺密说照片上的人就是她男朋友，而且，不是男朋友，你们怎会那么亲密？"

无奈，刘春便将自己跟小慧怎么认识的，到后来成为朋友，一五一十全都告诉了方国良，当然，略去了记不清多少次的"刚好"遇见："其实吧，我真的挺喜欢小慧的，可是，小慧比我大3岁，一直把我当弟弟。"

方国良怔住，显然不知道该说什么，只能低头喝闷酒。

刘春能理解小慧为什么跟闺密这样说，每个人都想让人知道，自己过得好。开了店，还有个白净斯文的男朋友，这样的小慧看起来，至少没有那么窘迫。

"小慧，在海州过得好吗？"好一会儿，方国良才又开了口。

“小慧很努力，刚认识她那会儿，她一天至少要打两份工。后来开了奶茶店，差不多所有时间都守在店里，早上很早就开门，晚上直到街上没人了才打烊。但奶茶店的位置不太好，又没有加盟连锁品牌，生意一直不太好。小慧坚持了挺长时间，后来实在撑不下去了，才把店盘了出去。没了店，她就不想再待在海州，有一天，专门打电话告诉我，她要离开了……”

刘春接那个电话时，正在店里上班，他心中一紧，竭力装得平静。他问小慧打算什么时候走，还说走之前请她吃饭，算是为她送行。挂断电话，他一个人坐在工具间，锁了门，心情糟糕到了极点。虽然早有预期，但这一天真的要来了，他还是心里酸酸的，想哭。他又想起初见小慧的那个冬日夜晚，天使般的女孩出现在他身边，带着栀子花的香气和淡淡的光华——小慧终于还是要走了。

“过了几天，我跟小慧约好出来吃饭，还说好她走的那天，我去车站送她。后来，她给我发来消息，说已经走了，并约好等她安顿下来，就给我电话。”刘春说。

那是他跟小慧一起吃的唯一一顿饭。

吃饭时，俩人故意谁都不提即将发生的离别，小慧还是不停地扯些无关紧要的话题，偶尔，还会伸手去挠刘春的头发，笑他是个傻小孩。那顿饭吃了快两个小时，走出餐馆，刘春本打算送小慧回去，但小慧说，来海州这么些年，还没好好看过海州。现在，不用打工不用开店，终于彻底轻松了。她问刘春，海州有哪些好玩的地方。刘春也不知道，但还是脱口而出：步行街，盐河巷……这些都是海州地标性场所，都被印在城市旅游手册里。小慧想都没想就说好，咱们今晚就去把这些地方，全部逛了。

那晚，也许会在多年后，成为小慧对这个城市的回忆吧。

全海州晚上外出的人，好像都去了步行街和盐河巷，熙攘的人流中，小慧很自然地挽住了刘春的胳膊。这时候，他们看起来和身边的人没有什么不同，穿着得体，步履轻松，年轻的面孔充满活力。事实上，那晚的刘春和小慧是快乐的，他们像两个真正的孩子，不停地吃，不停地玩，不停地说，不停地笑。刘春的记忆中，那晚的空气里，处处都弥漫着栀子花的清香。

半夜，坐在末班车上，小慧累了，倚着刘春的肩膀，好久都不动一下。刘春看着玻璃上她的倒影，不知什么时候，眼里笼上了层雾气。小慧居然很快就察觉到了，她抬头盯着刘春，眼神也变得跟往昔有些不同。

“还有件事不能忘了。”小慧故作轻松，“我一直以来有个心愿，就是听你叫我声姐。”

刘春目光闪烁了一下，忽然低声说：“姐，我喜欢你。”

小慧愣一下，下意识问：“什么？”

“姐，我喜欢你。”刘春说。

小慧很快笑了，又伸手挠他头发：“你这傻小孩，姐也喜欢你。”

刘春忽然揽住她肩膀，随后将她紧紧抱住。小慧先是挣扎了一下，马上便不动了，任由他抱着。片刻之后，小慧在他耳边轻声叹道：“真是个傻小孩，再叫声姐，下车前，姐做你的女朋友……”

刘春哽咽了，将她抱得更紧，更紧。他知道，松开，小慧便要消失在他的世界里。但那有什么关系呢，下车前，还有两站路。

那个天使般的姑娘，终于在这两站地里，成了他的女朋友。没错，刘春说谎了，他其实是小慧的男朋友。在那两站地里，他拥有了和小慧的爱情。

两站地的爱情虽然短暂，却已铭刻在刘春的心上。

此生难忘。

18

方国良酒量应该不错，一瓶酒去了大半，还清醒着，话却多了起来。刘春就在那一晚，知道了小慧的那些往事。

2008年，刘春刚到市区打工，小慧还在西部的某座省会城市上大学。大二那年，她交了个男朋友，叫小凯。小凯比小慧大一届，是个阳光帅气的小伙子，那年夏天还跟小慧一块儿回了趟小县城。方国良和妻子虽然不太赞成女儿毕业前就找男朋友，但也没有表示反对。天高皇帝远，就算想管，也管不了，而且，女儿大了，她想做什么，就随她吧。方国良和妻子在一家中学做教师，都是有文化的人，他们深知在儿女成长过程中沟通的重要性。所以，小慧妈妈还是旁敲侧击提醒她，女娃在外要留个心眼，特别是大学阶段这种特殊时期，现在坚信和迷恋的，也许用不了多久就会崩塌。她不反对女儿去经历，却害怕女儿受到伤害。

方国良和妻子的担心，终于在不久之后成真。

忽然有一天，家里来了两个人，都是膀大腰圆的壮汉，身上有文身，面相看着不善。他们开始还很礼貌，拿出些资料让方国良夫妻还钱。还什么钱，夫妻俩有些蒙，很快就弄明白了其中原委，原来是小慧借的钱，好几十万元。方国良夫妻当时腿就软了，说话也磕巴起来。他们当即联系省城的小慧，小慧却不接电话，真要把人急死。

那两个上门催债的壮汉也不难为方国良夫妻，把各种资料摆在他们面前，还给他们足够的时间去弄清楚真伪。方国良夫妻联系不上小慧，又不能草率还钱，便报了警。警察倒是很快来了，但没办法解决这事。借贷手续齐全，两名壮汉从头到尾没做任何过分的行为，相反还很礼貌。警察给的建议是赶紧找到小慧，先了解到底怎么回事，再做决定。

小慧妈担心小慧，那两名壮汉反过来安慰她，说小慧没事，真的没事。

方国良按捺不住，当天就去省城找小慧，两名壮汉还分出一个人来陪着他。到了省城小慧念书的学校，得知小慧已经好几天没来上课，跟她同宿舍的同学也说好多天没看见她。方国良看出大家好像在隐瞒什么，追问之下，才得知好多人都知道小慧借了高利贷的事，各种传闻，有说她拍了不雅照，有说她为躲债已经跟小凯跑了。对了，找小凯。小凯也找不着人，跟小慧的情况一模一样。方国良没办法，又想到报警，但这回被那壮汉拦下。

“想找闺女，就跟我走。”

方国良犹豫了一下，立刻跟上。只要能找到小慧，去哪都行。壮汉领着他去了家小旅馆，告诉他，小慧就在里头。壮汉显然早就知道小慧的下落，故意拖着不说，等到方国良一圈下来没找着人，彻底慌了神，才让父女俩见面。方国良敲开门，小慧果真在里头。小慧见到父亲，羞愧之后，扑在他怀里哭得昏天黑地。见到小慧人没事，方国良放下心来，也很快冷静下来，问小慧到底发生了什么事，为什么要借钱，家里每月的生活费，可一分钱没少过她。

小慧这才说出了事情的原委。借钱的其实是小凯，用的却是她的身份信息。事后小凯才把借钱的事告诉她，说是跟着同学投资一种虚拟货币，利润丰厚，要不了多长时间，就能鸟枪换炮当土豪。小慧觉得这事不靠谱，但身边确实不少人在做这个，都赚了钱，所以只叮嘱他小心点，也没把这事放心上。结果在预料之中，平台方跑路，账户里的钱取不出来，全赔光了。小慧腿都软了，算上利息，得有20多万元，而且利息还在不断地涨。她跟小凯都是在校学生，没有收入来源，拿什么还。幸好小凯安慰她，让她别怕，他会想办法。小慧只能把希望全放在小凯“想办法”上，她没注意到，小凯说“想办法”时，腿一直在抖。

很快就到了还款的日子，没钱还，只能拖着。拖解决不了问题，讨债人终于找上门来，更让小慧崩溃的是，小凯居然跑了，谁都没告诉，人说没就没了。小慧也想跑，可没地方跑，也跑不了。这时候，她欠了高利贷的消息已经在学校传开，她人也被讨债人控制起来。讨债人的目的是拿到钱，所以暂时没对小慧做什么不好的事，问出她的家庭地址和家里人信息后，便派人去了她家里。

方国良见小慧人没事，心放下一半，但是，钱还得还，不还人家不放人。方国良知道这其中的利害关系，不还钱，这辈子都没法安生。当即他便联系小慧妈，把欠的钱悉数还上，这才得以带着小慧脱身。小慧因为这事，精神受了刺激，整日恍恍惚惚。回到学校，流言四起，周围人都在猜测她经历了些什么，各种猥琐的想法强加到她身上。最后，压垮小慧的最后一根稻草，是小凯自杀了。小凯当初是用自己和小慧两个人的身份信息分别借了钱，小慧有老爸撑腰把钱还上，他就没那么幸运了。中间不知道经历了什么，反正最后一个想不开，从楼上跳了下去。这事本来跟小慧没关系，但死者为大，没人再去怪小凯，小慧反而成了暴风眼，不仅小凯自杀的屎盆子扣她头上，她还从一个纯受害者，变成了传闻中逼迫小凯借钱炒币的拜金女。

小慧趁着自己还没有崩溃，选择了退学，逃离那个是非之地。方国良没有责怪小慧，女儿的平安比学业更重要。小县城就业机会少，方国良找曾经的学生帮忙，替小慧找了份还算体面的临时工作，并鼓励她参加函授学习。毕竟她还年轻，未来的路还很长，知识和文凭是立足社会最基本的要求。实际上，小慧很长时间都没有从这段经历中走出来，特别是小凯之死对她刺激更大，就算不爱了，终究那是一个活生生的人，曾经还无比亲密。懂事的小慧藏起了自己的心情，竭力在父母面前表现得又听话又坚强，方国良和妻子为此甚感欣慰，以为从此后，一家人就能平静地生活下去。

小慧的不幸远远没有结束。小县城那种地方，一点事半天工夫就能传播开来。有人很快便将高利贷上门讨债，和小慧退学的事联系起来，各种捕风捉影的谣言又起，比起大学那些谣言更加不堪。小慧感觉到了背后的指指戳戳，她可以假装看不见，却无法忍受，教了一辈子书，老实巴交一辈子的父母，要为他们这个不争气的女儿蒙羞。而且，父母替她还账的钱，差不多是他们这辈子的积蓄。

小慧终于在那年春天，再次离开了小县城。她甚至没有跟父母告别，只给他们留了封信。

她在信里，非常郑重地感谢父母的养育之恩，对之前发生的事向他们道歉。留在小县城，她只能让父母继续蒙羞，自己也只会如行尸走肉般活着。经过艰难的抉择，她终于决定去往一个陌生的城市，在那里工作生活。她希望父母不要为她担心，有过前面那一段经历，她已经懂得怎么照顾自己。她还让父母放心，终有一天，她会回到他们身边，那一天，她会成为他们的骄傲。

小慧离开后，隔上段时间便会发来消息报平安，但当方国良问她身在何处时，她却表现得异常坚决，她请求父母，在她没有成为他们的骄傲前，不要试图找到她。方国良明白女儿的心思，这是她自己的选择。他和妻子去庙里请了一尊菩萨回来，每天都要上香祈祷小慧能平安。日子一天天过去，他们老了，而小慧还没有回来。

曾经，小慧妈哭着在电话里对小慧说，不管小慧现在什么样，都是他们的骄傲，她现在只想着小慧能回到他们身边。不回来也行，他们去看她，看完就回来，绝不影响她现在的生活。小慧在那边也哭了，却仍然坚持一定要混出点样子来再回去见他们。方国良问，你说混出点样子的标准是什么？小慧那头想了好一会儿，才低低地道："至少，我得赚到你们帮我还的钱……"

方国良听到这话，心内五味杂陈，差点落下泪来。小慧这句话，实际上暴露了她在外的境况。离家多年，都没攒够当年的欠款，这是否就是她不愿回来的真实原因？

3个月前，小慧最后一次跟家里通电话，仍然像往常一样，说自己过得挺好，让他们不要挂念。方国良夫妇已经不再试图劝说她回家，只想着她能常打个电话回来，听听她的声音，知道她还平安，就能让他们得到些许的安慰了。

可是，那次之后，便再没了小慧的消息。受尽煎熬，方国良终于不再等待，只身来到了海州寻找小慧。找到了小慧的奶茶店，又找到了刘春，可还是不知道小慧在哪儿。

这一晚，也许是因为酒，也许是终于有个人可以说说心里话，这个老人布满红血丝的眼睛湿润了，讲述往事时还数度哽咽。

天晚了，方国良回住宿的小旅馆，刘春说要送他，被婉拒。方国良虽然喝了不少酒，但步子仍然很稳，只是离开时的背影，看起来落寞孤单，也略显佝偻。

“小慧是个懂事的孩子，这些年虽然不常跟我们联系，但每个月都会给家里报个平安，从来没有过连续几个月没消息这种事。所以我猜，她一定是遇上了什么事。如果再找不到她，我就去报警，警察要是不管，我就天天跟他们耗……”这是方国良最后对刘春说的话，也是他的决心。

当天晚上，刘春翻来覆去睡不着，他在想方国良的话，小慧会不会真的出了什么事？这几个月，他慢慢适应了没有小慧的现实，现在，方国良又将远去的小慧拉回到他身边。

起身，对着窗台上的栀子花，他问：“小慧，你究竟在哪呢？”

第二天一早，刘春就接到方国良的电话：“有时间吗？我想去小慧租的房子看看。”

刘春很想说，小慧退租，房子肯定换了人住，新租户不会认识小慧，甚至从来没见过小慧，去那里，不会问出什么结果。但他没说，还是带方国良去了。果然，敲开门，是对年轻的小情侣。他们不知道以前的租户是谁，当然更不可能知道小慧的下落。

预料之中，刘春并不觉得失望，他来，只是陪方国良。

方国良也料到这结果，并不气馁，逐一敲开楼上楼下各家房门，拿手机里小慧的照片，问他们认识小慧吗，对小慧有印象吗。有些人摇头，有些人觉得面熟，只记得她曾住在这幢楼里，甚至不知道她已经搬离。邻里之间互不相识，这已经是常态，指望从他们这里得到信息，注定要让方国良失望。刘春忽然想到，方国良会不知道邻里之间这种情况？也许，他只是必须让自己做点什么，才能维持心底仅剩的那点希望。

上午就这么过去了，没一点收获。中午，俩人在路边快餐店里吃了盖浇饭，吃完刘春问方国良下午有什么打算。方国良沉默了一下，说想再去奶茶店那边看看。方国良又说，刘春下午可以不用陪他，奶茶店他去过，能找到。刘春下午恰好还真有事，要帮一个老乡家里改水电，便跟方国良约好了，稍晚点再联系。

改水电那老乡开个发廊，前些日子消防检查不合格，主要是电路问题。老乡想起刘春就是干这个的，便找他帮忙。刘春回去取了工具，去发廊一直忙到傍晚才算完工。老乡本想留他吃饭，但刘春惦记那头的方国良，正想打个电话过去问问，方国良的电话先打了过来。

“小刘，现在能过来吗，这边，这边有人知道小慧的事……”

刘春吃了一惊，立刻赶往桃园路。方国良电话里的语气挺着急，好像真的知道了些小慧的消息。小慧可是3个月前就离开了海州，事隔这么久，真的还有人记得小慧？

方国良坐在马路对面的路牙石上，他的身子一直在抖个不停，走到跟前，才发现他在哭。经过他身边的路人，都注意到了这个哭泣的老人，他们或驻足观看，凑在一起嘀咕，猜测发生了什么事，或者脚下不停，只是对他投以匆匆一瞥。

刘春先是加快脚步，接着一溜小跑，到了方国良面前，低声叫："叔，叔！"

方国良移开捂着脸的手，泪水仍然不停地涌出来，全身都因为抽泣而颤动。想说什么，话到嘴边却不能成声，他颤巍巍将手机递给刘春。

点亮屏幕，是段小视频。画面很乱，晃得还挺厉害，但能看得出来，是三个女人在殴打一个姑娘，还撕扯她的衣服。那姑娘倒在地上，蜷着身子，双手交叉抱着肩膀，死死抓住已被扯烂的衣服。

刹那间，刘春听到了自己低低的喘息声，越来越重，拿手机的手也跟着颤动起来。

没错，虽然画面抖动得厉害，非常模糊，但他还是一眼认出，倒在地上那姑娘，正是小慧。三个女人用脚踹，抓头发，扯衣服，地上的小慧蜷缩身子一动不动，很多人围在周边，却没人上来劝阻。类似的视频，网络上还有很多，稍有经验的人，很容易就能想到厮打的原因。

可是，被打的人是小慧，是那个懂事善良的女孩。难道，这才是小慧离开海州的真正原因？很快，他就知道错了，方国良告诉他，视频拍摄时间是半年前，也就是说，小慧在经历这次殴打事件3个月后，才打算离开海州。

刘春搀扶着方国良，慢慢走在暮霭沉沉的街道上，方国良简短说了得到这视频的经过。他拿着小慧的照片，在奶茶店周边的这些商铺，挨家挨户进去打听。很多人连小慧的照片都没看便赶他出去，但终于有人说记得这个姑娘，还把手机里的这段视频发给了他。事情发生在半年前，那人记得很清楚，当时拍下这段视频，本想发到网上，但想想经常在这条街上见到小慧，还光顾过她的奶茶店，看起来，她不像个坏女人，便没发。因为这种事不常遇见，所以拍摄的视频才一直留在手机里没有删除。

“小刘，咱们得找到这几个打小慧的女人，问问她们，到底把小慧怎么了。找不到她们，就报警，让警察帮着咱们找。”方国良木然道。

半年前的事了，报警有用吗？

刘春想了想，说：“叔，要报警，咱们得先弄清楚小慧跟这几个女人之间的事。”

方国良摇头：“不会的，小慧不是那种人，一定是那几个坏女人欺负小慧……”

没错，刘春也相信小慧不是那种人，可是，那个男人呢，他也值得相信吗？

时间回到刘春从马彪手上接过纸袋那晚，他坐在摩托车后座上，去小慧的奶茶店，恰好看到小慧跟个男人一块儿出来，关了店门，还上了男人开的白色小车。

那晚过后，刘春便对那男人满是好奇。他是谁，他跟小慧究竟是什么关系？

刘春本打算当面问问小慧，可连着两次，话到嘴边又咽了回去。小慧既然不说，他便不能问，如果那是小慧的秘密，他希望可以替小慧保守这个秘密。可是，好奇没办法打消，每每想起，心里都会痒痒。就这样过了挺长时间，大概一个月吧，他忽然接到马彪的电话。

“猜我看见什么了？”马彪语气里带些戏谑，不待刘春回答，他又说了四个数字。

刘春愣一下，很快便想起，那四个数字，正是那晚见到的那辆白色小车车牌号的末四位。

19

马彪骑着摩托车在街上跑，后座上的刘春抱着他的腰。他们正在进行闹市追踪，目标就是前方那辆白色小车。马彪车技挺好，在车流里穿梭，恰到好处地和前面小车保持一定距离。大约半个小时，前面小车停在家餐馆外头，马彪和刘春跟进餐馆时，看到那个男人已经和一帮人围坐在了一起。

那男人看着30多岁，黑裤子白衬衫，鼻梁上还卡副金丝边小眼镜，透着斯文。他跟朋友们推杯换盏，马彪和刘春也不闲着，点了几个菜，马彪要喝酒，被刘春拦住，开车不喝酒，喝酒不开车，摩托车也是车，他不想拿自己小命开玩笑。马彪只是觉得正在干的这件事有趣，平时刘春都是副废柴样，无欲无求，难得见到这小子动了回真性情，他倒要看看他到底要闹哪样。

那男人吃饱喝足，跟朋友们又聊了会儿，便散了，一起出门，各自回家，看起来没什么毛病。白车男——这是马彪给他起的绰号，倒挺自律，叫了代驾，送他去了东边的一个小区。小区保安挺负责，外来人员一概不许入内。马彪摩托车停边上，跟门卫套半天近乎，向他打听白车男，门卫表示自己才来，对这里的业主不熟。

那边刘春郑重地对着小区大门拍了张照片。今天的收获还不错，知道了白车男住在这个小区内，其他情况不详。

回去路上，马彪讥诮刘春："累不累呀，咱们换个姑娘喜欢不行吗？"

刘春不搭理他，反而跟他谈起了条件。帮着弄清楚白车男的底线，他会尽快再准备个U盘。马彪一听立马来了精神，让刘春放心，这种事，小菜一碟，手到擒来。刘春还要上班，第二天，马彪起个大早，守在小区外头，再次跟在白色小车后面。这回收获了白车男的上班地点。那是家公共服务的窗口单位，马彪跟到里面，还跟白车男搭同一趟电梯上了楼，途中，听到有人管白车男叫白主任。

白主任，他居然真的姓白。马彪沾沾自喜，马上把这消息告诉了刘春。

"那孙子叫白雪松，吃公家饭的，底子硬，你想跟他争姑娘，没戏。"马彪总不忘调侃刘春几句。

刘春继续不搭他这茬儿。他没想跟谁争姑娘，只是想弄清白雪松的底细，不想小慧被人骗，受到伤害——这是他给自己找的理由。但连他自己都不清楚，他想从白雪松这里，知道什么呢？这问题在那个周末有了答案。

周末，马彪继续守在小区外面，刘春也加入进来。有人做伴，等待便显得不那么枯燥了。马彪关心U盘什么时候准备好，刘春说还没碰上合适的，他会留意。马彪倒不是太着急，他虽然不聪明，但十多年前陈军那一套理论，多少还是影响到了他。不吃急食，不求一顿吃到撑，细水长流才能活得够久。

整个上午，没见到白色小车出来。中午，马彪和刘春随便买了点饭吃，下午继续蹲守。蹲守是件苦差事，马彪早不耐烦了，几次嚷嚷着要回去睡觉，刘春都没答应。万一白雪松开车出来，没了马彪的摩托车，肯定跟不上。现在刘春在马彪眼里就是财神爷，马彪也破天荒地事事顺着他。可吃完中饭后，困意袭来，马彪还是没扛住，钻到小区外墙门面房中的一家甜品店里，找个座趴那儿睡了一觉。然后他被刘春的电话吵醒，已经3点多，白色小车出现了，他赶紧出门，发动摩托车，白色小车已经消失在街上的车流里。

摩托车的优势终于显现，当然这也是对马彪车技的一次考验。关键时候，马彪没掉链子，在一个红绿灯路口，终于追上白色小车。

白色小车最后驶进一家商场的地下停车库，刘春和马彪藏在大柱子后面，看到白色小车上下来三个人，白雪松，一个衣着时尚的女人，还有一个小姑娘。

马彪笑了，刘春脸色却阴晴不定。

没有人会怀疑车上下来的是一家三口，这不是白雪松的秘密，只是他的生活。在接下来的两个多小时里，刘春像个狂热的小迷弟，全程观看白雪松一家三口逛商场，就像看一场期待许久的电影大片。白雪松全程温文体贴，小女儿六七岁光景，活泼可爱，那女人体态丰腴，神情高冷，只有在面对女儿时才会露出笑容。这显然是个幸福之家，至少从刘春的视角看去确实如此。那么，白雪松跟小慧的关系那就不言自明了。

刘春无法接受这样的现实，他心中的小慧就算不完美，但怎么可以做出这样的事来？也许，小慧并不知道实情，只是受到了蒙骗。这是目前最合理，也最能让刘春接受的情形。随后，他又隐约有了些期待。他跟着白雪松，期待的不正是这样的结果吗？现在，他觉得肩上有了责任，他有义务走到小慧面前，告诉她真相，让她彻底对这个渣男死心。

地下停车场，看着一家三口拎着大包小包上了车，马彪问刘春："咱还跟吗？"

刘春摇头，今天的收获已经足够，不跟了。马彪吁了口气，总算可以歇下了。他嚷着要刘春请他吃饭，忙活这些天，容易吗。俩人去吃火锅，马彪抱着一大盘子肉，吃得挺嗨。刘春却心事重重，他已利剑在手，但这一剑究竟要怎么刺出去，却是个问题。

"你说，你那姑娘，知道这白主任有老婆孩子吗？"马彪吃肉嘴还不闲着。

刘春也被这事困扰着，他个人倾向于小慧被白雪松蒙骗，但事实到底怎么样，谁也说不准。而且，他还不能直接走到小慧面前，告诉她白雪松有老婆孩子的事。这就像法庭上，通过非法手段获得的证据，不仅不会被采纳，闹不好还得追究你的责任。从小慧的角度，刘春连白雪松的存在都不该知道，更不要谈他的个人情况了。

"照我说，别想那么多，直接把你手机里拍的照片给姑娘发过去，剩下的事，就看天意了。"马彪给刘春出主意，"只能这么办，要不，没招儿。"

还真是，刘春想了两天，也没别的办法，那就按马彪说的做。周末在商场里，他拍了不少白雪松一家三口的照片，选几张，直接用上班酒店办公室的彩色打印机打出来，找个稍远些的快递点，给小慧寄过去，地点就写桃园路上的奶茶店。

照片寄出去，刘春心里特别痒痒，想知道结果。他强行忍了几天，去到奶茶店，风平浪静，小慧还是以前那个小慧，守在工作台后面，为小店的生意发愁。跟刘春聊天时，说的也几乎全是小店的事，看不出有啥变化。刘春偷看小慧，心中忐忑，想到眼前的小慧，或许并不是印象中那么单纯，心中瞬间便有种隐隐的痛。

也许，她早就知道白雪松有老婆孩子，也许不知道，现在只是在隐藏自己的真实情绪。不管怎么样，正面从小慧这里，得不到任何答案，那就走迂回路线。他可以蹲守在奶茶店外面，看白雪松还会不会来，看小慧对他的态度。可天知道那要等到什么时候，而且，还要时刻处于煎熬之中。幸好，奶茶店里有监控，这是管理部门的硬性规定。刘春想要使用店里的电脑也很容易，小慧对他毫不设防。刘春随便找个理由，坐到电脑前，插入U盘，将最近几天保存的监控视频拷贝下来。

晚上回到出租屋，慢慢看。他刚开始目的性还很强，后来甚至关闭了加速，就这么盯着画面中的小慧。有顾客时，小慧巧笑嫣然，看起来阳光开朗，跟这城市里其他快乐着的女孩没有区别，但当她一个人时，她会坐在工作台后，很长时间都不动一下。

她在想些什么呢?

刘春用整夜的时间来看视频，担心的事情，还是发生了。白雪松终于出现在画面中，推算时间，应该是寄出照片第二天的晚上。刘春见到白雪松那一刹，整个身子都绷紧了，有股力量迅速在体内集结，很快便汹涌激荡起来。

他的脑袋凑到屏幕跟前，盯着画面中的两个人，喉咙里发出些含混不清的声音，像是风，又像是老旧发动机的轰鸣……

过了几天，马彪去酒店找刘春，就是这回，他向店里人说刘春是他大侄子，还给小姑娘们带了好些坚果、薯片、牛肉干一类的小零食。有人专门把他领到了工具间，他敲了半天门，刘春才没精打采地放他进来。刘春嘴角冒出了小胡碴儿，头发乱糟糟的，整个人像根蔫了的黄瓜。

马彪过来催U盘，看刘春这蔫巴样，知道肯定又是奶茶店那边刺激到了他。他很不满意刘春的状态，为了个娘们儿，至于吗，太影响办“正事”了。他眼珠转了转，没提U盘，只说“刚好”路过，进来瞧瞧他。刘春连敷衍他的心都没了，回身就倒在钢丝床上。

那天马彪没待多久就走了，之后好几天都没消息。刘春晚上会去废弃车间，打沙袋是最好的宣泄。累了，筋疲力尽，他也不想回去，倚墙而坐，透过没了窗户的墙洞看夜空。经过这几天的消化，他终于闹明白了，真正让他愤怒的其实正是他自己。无论是跟小慧初次见面那晚，还是后来商超促销的偶遇，他都无比清楚自己的位置，能不时看到小慧，闻到她身上栀子花的气息，他就应该满足了。但现在，情况明显变了，到底是什么时候开始变化的呢？他所有的沮丧、痛恨和愤怒，岂非正源于这不知什么时候发生的变化？

终于，一次彻夜不眠过后，他在天亮前赶回出租屋。洗了澡，刮了胡子，换身干净的衣服，站在镜子前，他努力冲自己笑了笑，虽然苦涩，自己却挺满意。

去酒店上班，一夜未眠，刘春的精神居然还不错，跟店里的每个人问好，冲他们微笑。他去工作间换好工作服，打开那扇小窗——工具间里就算白天也光线昏暗，只有高处的小窗，透进来道光亮，像个时空通道。出门干活前，刘春顺手捏起桌上的纸飞机，用力将它向着小窗扔出。纸飞机毫不扭捏地飞出窗外，就像从此进入另一个时空……

酒店这边最近攒了好些活儿，刘春打算从这个早晨开始，一件件去解决。忙忙碌碌一上午很快过去，中午吃完工作餐，忽然接到马彪的电话："快来桃园路，有好戏……"

刘春怔住，追问出了什么事，马彪笑而不答，只让他赶紧过来自己瞧。刘春坐不住了，当即请了假，打车去桃园路。他还在路上时，三个女人冲进了奶茶店，揪住小慧的头发，把她拉到店门口的人行道上，撕她的衣服，殴打她。

刘春赶到桃园路时，这出戏已经到了尾声。三个女人扬长而去，小慧从地上爬起来，死死抓着身上已蔽不了体的衣服，匆忙进到店里，关上门。店门口还围了些看热闹的人，透过玻璃门向里面张望。刘春不知道发生了什么，疾步而来，便要往店里去。忽然有人拉住他的胳膊，回头看，正是马彪。

"你这会儿进去不好。"马彪说，"听我的，别去了，为你好。"

刘春想知道发生了什么事。

"白雪松老婆，带了几个娘们儿，把你那姑娘给揍了……"

刘春立刻蒙了，脑袋一片空白。

"你这会儿进去，知道的，是我给你发消息了，不知道的，会想，你好几天来一趟，今天怎么来得这么巧。回吧，过两天再来，别给自己找事。"马彪笑嘻嘻地道，还给他看手机拍摄的视频。

没错，数月之后，刘春从方国良手机里看到的视频，其实之前就看过，虽然拍摄者不同，但内容一样，小慧在三个泼女人手下，根本没一点还手的机会，只能任由她们当街羞辱。围观者的窃窃私语里，她是个不知羞耻的女人，根本不值得同情。

“我走了，进不进去，你自己决定。”马彪看刘春还在犹豫，也不勉强他，“你要走，我捎你一段，要找那姑娘，我也不拦你。”

马彪没走两步，刘春就冲了上来，居然抓住他衣领子，低声吼：“你都做了什么？”

马彪想忍没忍住，反手一个大耳刮子扇他脸上，也瞪起了眼：“你有病就去医院治，我做什么了，我做什么还不都是因为你……”

马彪还是走了，刘春怔怔站那儿琢磨，难道真是自己想多了？白雪松老婆发现老公跟小慧的事，不奇怪，为什么偏偏在这时候，他跟马彪，前脚刚弄清楚白雪松的情况，后脚她就杀了过来。难道，这仅仅是巧合？

刘春怀疑是马彪将消息透露给了白雪松老婆，但他为什么要这样做？

那天刘春在街边待了挺长时间，终于还是忍不住，去敲奶茶店的门。小慧已经换了身衣服，洗了脸梳了头，但脸上还是留下了几道抓痕。她低头默默地过来，让刘春进来。看到店里的狼藉，再看小慧的模样，刘春自然要问这是怎么了，小慧照例低头不语，她不想说的，刘春照例也不再问。刘春开始收拾，砸坏的东西归纳到一处，倒了的桌椅扶起来摆正，拖干净洒了一地的奶茶原料。他干活时，小慧就坐在一边，很长时间都不动一下……

半年之后，方国良来到海州，看到了小慧被殴打的视频，坚信小慧的失踪跟视频里的三个女人有关。他要找到那三个女人，找不到就报警，让警察帮着找。警察想找人，肯定没问题，那么，小慧跟白雪松之间的事，就会浮出水面。可这种事，真有必要折腾到让警方参与的地步吗？刘春纠结了挺长时间，终于决定说实话。

“叔，其实，这事，我知道……”

那晚，方国良又喝酒了，喝光了一整瓶。出饭馆时，刘春要送他回去，他拒绝了，执意独自离开。刘春看着他略带些踉跄的背影，神情渐渐变得凝重起来。

当天夜里，刘春做了一个梦，他站在家快递点门口，看到快递小哥带着一堆快递出来，里头就有他刚寄出的快递袋。快递小哥骑了辆三轮车，在街道上疾驶。梦中的刘春居然能跟上三轮车的速度，穿梭在车流之中。快递小哥敲开一扇门，将快递袋交到一个女人的手中，那女人拆开，从里面取出几张打印的照片。照片上的两个人，正是小慧和白雪松。

刘春倏然醒来，脑门上全是汗。梦里那些画面仍然历历在目，他也终于想起来，是他把小慧和白雪松的照片，寄给了那个女人。

20

每天下午，健康棋牌室里满满当当全是人，来得稍晚就找不着座。棋牌室老板娘黄佳丽，自己牌瘾也挺大，每天都是亲自上阵，不在乎输赢，只图个乐。黄佳丽30多岁年纪，每天早上化妆起码个把小时，浓妆艳抹加上略显浮夸的衣品，多少带着些风尘味。好多人喜欢这个味儿，想方设法要跟黄佳丽坐一张牌桌上，为此还常起争执，颇有些争风吃醋的味道。但闹归闹，没人敢太过分，谁都知道黄佳丽的老公，就是金三。

金三就不用多说了，混这片的人都知道，你不招惹到他，他跟你笑眯眯称兄道弟，真要让他不高兴了，随时下狠手，翻脸当真比翻书快。不过，那都是过去的事了，金三过失致人死亡，被公安抓了。死的那位也是棋牌室常客，叫马彪。传言这马彪不知用了什么法子，搭上了黄佳丽，结果被金三知道，最后这两个男人都折了。棋牌室常客背后肯定没少议论，马彪就是农村来的土包子，这年头虽然手上混了点钱，但也肯定不是黄佳丽的菜。不知是他撞了狗屎运，还是黄佳丽一时糊涂，反正一般人理解不了这事。

黄佳丽更懊丧，跟马彪上床就当被狗咬了，金三折了她就等于没了靠山，这些日子棋牌室那些常客，说话都比以前随便了许多，还有人硬往她跟前凑，明着暗着摸一把蹭一下。她心里气，不给人好脸色，但又不能把话说绝。毕竟没了金三，以后生活全得指着这棋牌室。

这天棋牌室来了生面孔，中等个儿，干巴瘦，留寸头，戴眼镜。按说生面孔在这里得先混个脸熟，才会有人带他一起玩，但这干巴瘦的小眼镜，居然一来就坐到了黄佳丽的牌桌上。黄佳丽心里诧异却不表露出来，一圈牌过后，终于明白了，小眼镜看人那眼神实在有点瘆人。他直勾勾盯着你，就像要把你从里到外扒个精光。黄佳丽也算阅人无数，当下便认定了这人不是变态就是狠人。于是不动声色，该打牌打牌，继续扮高冷，她心里已经盘算好了，这种人，最好离得远远的，别跟他扯上什么关系。

那天还出了点事，傍晚时，忽然接到一个电话，挂断后，黄佳丽当即让大伙儿把桌上的钱全收起来，派出所突击检查，马上杀到这条街。牌友们一听，光把钱收起来哪行啊，还是赶紧撤吧。顷刻之间鸟兽散，屋里就只剩下两桌打闲牌的大爷大妈，还有那个寸头小眼镜。

“你不走？”黄佳丽拿眼角余光瞧着他。

寸头小眼镜说：“场子都散了，还有什么好担心的，我想再多待会儿。”

“行，那你就歇着，要喝水那边有饮水机，自己倒去。”黄佳丽不想和他啰唆，起身想走，但被寸头小眼镜叫住。

“老板娘，聊会儿呗。”

“聊什么？”黄佳丽以为这货终于露出了狐狸尾巴。

“我来，不是为了玩牌。”寸头小眼镜说。

“这一下午都快两将牌了，你说你不是来玩牌的。”黄佳丽挤出点笑，“好吧，你不玩牌，到我这儿有别的事？”

“我想向你打听点事。”寸头小眼镜的眼神直勾勾盯着她。

“我知道的事多了，也不是谁问都得回答。”

“我这事，你得说。”

“凭什么？”黄佳丽身上江湖味出来了。

寸头小眼镜笑笑：“凭我坐了12年大牢，刚出来，凭我的兄弟刚刚死在金三手上。”

黄佳丽愣住了，这才明白这人是为了马彪而来。

“金三让公安抓了，想为你兄弟出头，你还是到大牢里找他吧。”

寸头小眼镜笑笑：“我没打算为谁出头，来你这儿，就是想问点事。”

“说吧，想知道什么？”现在，黄佳丽只想尽快打发这货走人。

“我想知道，你跟马彪怎么上的床。”寸头小眼镜又笑笑，“别误会，我对你们俩床上的事没兴趣，我想知道的，是你怎么会看上马彪，那小子究竟用什么法子，搭上了你。”

“当我眼瞎呀，我怎么会看上那龟孙子。”提起马彪，黄佳丽就一肚子气，“碰到马彪，我就是出门踩狗屎，放屁砸脚后跟，倒了大霉了……”

寸头小眼镜笑了，这正是他想知道的答案。

方国良又找刘春，这回，他打算见见白雪松。想想也能理解，毕竟海州跟小慧有关系的人没几个。刘春没理由拦着不让他见，也拦不住，可怎么见，却成了问题。刘春肯定不能什么事都跟方国良说，昨天提到白雪松时，只说知道有这么个人，那三个女人就是因为他，才找上了小慧。这人究竟是谁，不清楚，也没照过面。那么，怎么把方国良带到白雪松跟前呢？

刘春去小旅馆接了方国良，把他领到白雪松单位外头。刘春说，有次听小慧说起过这人的工作单位，又在奶茶店外头见过他的车，记住了车牌号。想见白雪松，只有这一个办法，外面守着，等他的车出来。方国良当然没意见，只要能见到白雪松，让他干什么都行。

守到中午，果真见到那辆白色小车出门，方国良一个箭步冲出去，快如脱兔，张开双臂拦在了小车前头。车里的白雪松一个急刹，惊出一身冷汗来，落下车窗头伸出来嚷：“没长眼呀这是……”方国良转到车窗边，急切地道：“我是小慧的父亲，我想找你谈谈。”

白雪松瞬间脸色变了，紧张地四下看看，低声道：“小慧谁呀，我不认识什么小慧。”

方国良一时语塞，他没法确定面前这个人，就是要找的人，只能将求助的目光落到刘春身上。刘春听到白雪松那句话，火气就上了头：“既然不认识，那我们就找错人了，对不起。”

白雪松心虚，目光闪烁，看似想开溜。刘春接着对方国良道：“咱们再到里面，拿照片好好问问，肯定能找着人。”

俩人当真舍了白雪松，就要往里去。白雪松无奈，在后面叫：“等等……”

车子就停在路边，方国良和刘春坐在后座。白雪松特别忐忑：“我真不知道小慧在哪儿，我们早就不在一起了。小慧跟我们家那口子，相继收到照片，我就知道有人在搞我。我们这种混体制的，最怕出这档子事，一旦爆雷，辛辛苦苦熬这十多年，全部完了。所以，我跟小慧一商量，往后真不能在一起了。小慧后来怎么样，去了哪儿，我真不知道。”

白雪松用特别真诚的眼神看着方国良：“叔，我跟小慧的事，怨我，但我也没亏待她，平时不用说了，她开奶茶店的钱，一多半都是我帮她出的。”

这应该不是假话。

刘春铁青着脸狠狠瞪他，问他跟小慧分手的时间。白雪松想了想，说了一个日期，大概就在殴打事件发生后不久。

假的，刘春断定白雪松撒了谎，却不好揭穿他，也不想揭穿。

方国良来见白雪松，不过是想再抓住一根稻草，现在，这根稻草漂走了，刘春担心他还会再做出什么出格的事来。要知道，一个父亲为了女儿，干出什么事来都不稀奇，他可不想这时候再添乱。

方国良根本没问白雪松跟小慧之间的事，这种事每天都在发生，大同小异。孤身在外的女孩，总会需要个依靠，即使她们知道这依靠根本就不靠谱，但至少能有那么一个时刻，这依靠会让她们觉得不再无助。

既然白雪松说早就跟小慧分开了，小慧的失踪自然也就跟他没了关系。方国良一时失魂落魄，不知道该怎么办。这时，白雪松手机响，他捂着嘴低声接听过后，一脸歉意地冲着俩人道：“我这突然有点事，得赶紧过去……”

方国良和刘春只能离开，他们没有理由继续缠着白雪松。

站在路边，方国良既恍惚又迷茫，刘春小心地陪在边上。过了好一会儿，方国良叹口气："实在没办法，只能报警了。"

天色忽然暗下来，浮云遮住了日头，好像要下雨的样子。

刘春犹豫了一下："叔，你可得想好了，报警不是小事。你真的确定小慧一定出事了，而不是去了别的地方？"

"不管她去了哪儿，都不会不给家里打电话报平安的……"

这回方国良是铁了心要报警，刘春不好多劝，也劝不住，只能跟着他去了小慧出租屋所在辖区派出所。进到派出所院子里，刘春落在后面，方国良停步等他的时候，忽然手机响。刘春站他边上等他接电话，挂断电话时，方国良神情又是大变，好像更加恍惚迷茫了些。

刘春等了会儿，方国良呆若木鸡地站那儿，一点进门的意思都没有。刘春问："叔，怎么了，出什么事了？"

"家里又来人了。"方国良喃喃地道，"跟上回一样。"

刘春没听明白："家里来人，来谁了……"

刘春忽然想明白了，愣一下，脱口而出，"又有人来讨债了？"

方国良只跟刘春说过一回家里来人，就是小慧欠了高利贷，讨债人找上门来。这回说又来人了，必定跟上回一样，家里来了讨债人。实际情况也正如他猜想，方国良接这个电话，是家里的小慧妈打来的。小慧妈说，家里又来了两个人，带着小慧的借款手续，这回小慧借的钱倒不算多，但也有好几万。因为有过一次经验，小慧妈倒并没太慌张，打电话来问方国良这边的情况。

方国良把电话内容跟刘春说了，刘春也有点不知所措。俩人在派出所院里呆呆站着，都在想小慧借钱的事，一时无语。有个民警经过他们身边，问他们有事吗？刘春探寻的目光落在方国良身上，方国良沉吟了一下，才缓缓摇头。

现在这种情况，报警也没用。别说警察，谁都能猜到发生了什么事。小慧借了高利贷，还不上钱，跑了，因为这事，所以不敢跟家里人联系。

事情原来如此简单，现在的方国良，不知是喜是忧。几万块钱的债，问题不大，只要小慧还好好的，比什么都重要。厘清了这里头的利害关系，方国良反而来了精神，略显激动地冲着刘春道："小刘，这几天辛苦你了，陪我这老头子跑东跑西的。我想明白了，再给小慧点时间，兴许过些日子，她就有消息了。"

方国良打算回家，回那个西部小县城，先把小慧的债务问题处理了，小慧身上没了账，兴许就能回家了。刘春暗中松了口气，这样的结果，是他希望看到的。

方国良既然做出决定，一刻都不想在海州多待。刘春用手机帮他订了最近一趟车的票，就在两个小时之后。刘春坚持要陪方国良回小旅馆取行李，再送他去车站。这回，方国良没再拒绝。他看得出来，刘春是个好小伙，也许，他是海州唯一还记着小慧的人。

赶到车站，时间差不多了。方国良临检票前，拉着刘春的手，再次说谢谢，还说不管小慧发生了什么事，她始终都是他女儿，所以，他永远都不会放弃小慧。他还嘱咐刘春这边，如果有小慧的消息，马上联系他。

目送方国良检完票，进到候车室里，刘春本以为会松口气，心里却莫名堵得慌，就好像预感到将会有事发生，却根本不知道会发生什么。随后在公交车上，他有种错觉，好像周围人都在看他。他小心地看向那些人，都是陌生的面孔，神情冷峻，目光凛冽。

回到出租屋，楼下卖海产品的小两口正在往屋里卸货，看见刘春回来，小媳妇说刚才有人来找他，等了一会儿，走了，临走时说还会再来。刘春问那人什么模样，小媳妇说个不高，干巴瘦，留寸头，戴小眼镜。刘春站那儿想这人是谁，他还没想明白，尿意已经袭来。刹那间，刘春惊出一身汗来，他已经想到来人是谁了。

陈军。没错，就是他。这几天忙方国良那边的事，居然忽略了他。现在，他终于还是找上门来了……

刘春没料到，还有件头疼的事在等着他。

火车站，方国良已经到了站台上，就等火车进站了。这时候，他脑子里忽然想到小慧最后一次给家里来电话。那天时间挺晚，方国良和小慧妈已经睡下了，小慧的电话突然打了进来。方国良和小慧妈立刻睡意全无，俩脑袋一块儿凑到手机跟前。那次小慧电话里没说什么特别的事，像往常一样，告诉他们自己过得挺好，让他们不要担心，等她赚到钱了，就会回去看他们。这些话，方国良和小慧妈早听腻了，但接到小慧电话，他们还是挺开心。

方国良满脑子都是那晚接电话的事，那通电话没什么奇怪的，可他还是隐约觉得哪儿不对劲。使劲想，后来终于让他想明白了。那晚跟小慧通电话时，听到小慧那边传来手机铃声，也就是说，小慧在跟他们老两口通电话时，边上有人，恰好有人打了那人的电话。手机铃声也没什么特别，就是一首挺熟悉却叫不上名来的歌。

今天，他又听到那铃声了，在白雪松的车里。

相同铃声不稀奇，但在海州跟小慧有关系又用相同铃声，且半夜还在小慧身边的人，除了白雪松还能有谁？这人是白雪松也没什么，就算方国良再恼火，毕竟他跟小慧有那么一层关系。

不对劲的是时间。

按照白雪松的说法，小慧最后一次打电话回老家时，他跟小慧已经分了手。显而易见，白雪松撒谎了。为什么撒谎？如果小慧失踪前还跟他在一起，那么，他撒这个谎，是不是想隐瞒小慧失踪的真相？

火车进站，停稳，已经有旅客开始上车。方国良的脑子里很乱，各种念头交替出现，回家，还是留下，需要做出选择。

最终，他还是选择留在海州。他要再去找白雪松，问他为什么要撒谎，还要弄清楚小慧究竟出了什么事。

再次走在海州的街道上，他想到了刘春。刘春是他在这城市唯一可以寻求帮助的人，他想要不要把白雪松撒谎的事告诉他。这孩子好几天跟他一块儿跑东跑西，够累的，今晚就让他睡个好觉吧。

他哪里知道，今晚的刘春，只怕又要彻夜不眠了。

21

陈军能找到这儿来，刘春不觉得惊讶，连马彪那样的脑子，都能在茫茫人海里准确找到他，更不要说陈军了。

——我知道你干了什么！这是陈军出现之前给他发来的消息。

他到底知道些什么呢？

刘春心事重重，到楼上回自己房间，掏钥匙开门时，一眼看到门上粘着张广告小卡片。小卡片印得极为粗糙，明显没有经过设计，只有“健康棋牌室”几个粗体字和字号稍小的地址。

健康棋牌室。刘春愣住，立刻想到了棋牌室里那个浓妆艳抹像个交际花的老板娘。马彪就是因为勾搭上这老板娘，惹恼了金三，才把小命给丢了。刘春能想起老板娘的模样来，因为他去过健康棋牌室，见过她。

还记得马彪一年多前，曾连续几天给刘春发来奶茶店和小慧的照片吗？那次，刘春实在憋不住了，四处找马彪想问个究竟。他去的地方，就是马彪常去的几家棋牌室，其中就有这个健康棋牌室。

坐在棋牌室里等马彪时，他并不知道那个嘴里叼着烟、风尘味十足的女人就是老板娘。直到有张牌桌上两个人吵了起来，还动了手，掀翻了桌子。能在健康棋牌室里混的，都不是凡人，这里输赢大，一场下来几千块钱挺寻常。有些常客，就指着在这里混饭吃。赢了，当然满心欢喜，输了，就会骂骂咧咧。牌桌上起争执是常事，今天有人输急了眼，口无遮拦，话说得有点脏，恰好赢钱那人也是个暴脾气，俩人就杠上了。不知谁先动了手，反正后来扭打在一起，还掀翻了桌子。接下来，就是老板娘表演时间，她没上前劝阻，反而拦下了几个拉架的人。

“打，让他们打，我倒要瞧瞧，谁能耐大，谁能把谁打趴下。”

看热闹的人还有些蒙，老板娘已经抢着拍手叫好，大家便没了顾忌，兴高采烈跟着起哄。没多会儿，屋里一片狼藉，一多半的桌子被撞倒，麻将牌更是散得到处都是。那边的刘春哪见过这阵势，心想这老板娘是不是脑子坏了。没多会儿，外头冲进来一帮人，二话不说，围住打架那俩人。那俩人立马停了手，慌了，好像这才反应过来，搁这里闹事，得先问问一个人答不答应。最后进门的是个脖子上戴大金链子、胳膊上有文身的社会人，牌友们纷纷给他让道，还管他叫三哥。刘春后来才知道，这人就是金三。金三上前，冲着打架的俩人，每人先来个大耳光，再问他们：“说吧，今天这事，打算怎么解决。”

“赔，我们认赔。”那俩人忙不迭地道。

事情到此圆满解决，最后到底赔多少，没人知道，但肯定得让金三满意了才行。刘春就是在那天记住了老板娘黄佳丽，还有金三。

现在，陈军为什么要把健康棋牌室的小卡片粘在刘春的房门上？

我知道你干了什么！难道，他觉得刘春做了什么，跟老板娘和金三有关？

健康棋牌室老板娘黄佳丽久经沙场，根本不会把马彪这种人放眼里。马彪用什么法子搭上她，在很多人眼里，是个谜。知道谜底的人，只有刘春。

马彪出事前一个月，刘春还在乐知商务酒店上班。有天下午干完活，刘春在大堂里跟保安聊了会儿天，看到有个女人从外面进来。女人大波浪，戴墨镜，浓妆艳抹，V领低胸，渔网黑丝，打人跟前过，刺鼻子的花露水味，你想不注意到她都难。刘春当时瞧她眼熟，却没当回事，过了好一会儿，忽然想起，她就是健康棋牌室的老板娘黄佳丽。

过了两天，马彪到酒店找刘春，没人的时候，抱怨这段时间又输了不少钱，催着刘春赶紧干活。刘春最近这俩月，有事没事总躲着他，碰一起也不给他好脸色。马彪软硬兼施，时时提醒他俩人已经是一根绳上的蚂蚱，你不让我好过，你也得跟着遭殃。刘春这天拗不过，答应最近两天就干活。马彪一高兴，拉着刘春一起吃晚饭。其实，马彪没打算真的要请刘春吃饭，也就嘴上那么一说，料到刘春肯定会拒绝，没想到刘春居然一口答应。马彪奇怪，也没多想。晚上俩人找了家川菜馆，刘春还主动给自己要了瓶啤酒。马彪挺开心，刘春有日子没跟他这么友好了。

俩人边喝边聊，三绕两绕，话题不知怎么就绕到健康棋牌室老板娘身上了。提到黄佳丽，马彪话就多，直夸这女人有味道。刘春问什么味儿，马彪说骚味，还说这娘们外面肯定有人。刘春说怪不得你常去健康棋牌室，原来是冲着老板娘去的。马彪说常去玩牌的那些人，谁不是冲着黄佳丽去的。刘春就问怎么样，你在那儿混了一年多了，有戏吗？马彪装傻，问有什么戏，随即便摇头苦笑，打那娘们主意的人多了，哪儿轮得到他。

听到这儿，刘春便算心里有了数，但还是又过了几天，才把黄佳丽的视频给了马彪。

视频到了马彪手里，刘春就没再问过。马彪当时如获珍宝，随后不久，就跟狐朋狗友喝酒时，爆出睡了黄佳丽的事。

刘春这晚想，陈军说知道他干了什么，会不会说的就是这视频的事。难道他觉得马彪的死，跟他会有什么关系？

胡思乱想到半夜，还是睡不着，楼下铁门忽然咣咣响，他立刻紧张起来，到窗户边掀开窗帘往外瞧。角度原因，看不到门边，却能听到脚步声过后，门开了。开门的应该是楼下那对小夫妻中的丈夫，随后，刘春就听到他在楼下叫："刘春，有人找。"

半夜上门找人，会是谁？刘春腿已经软了，嘴里答应一声，先去撒了泡尿，这才慢吞吞到楼下。门外站着两个人，年纪都不大，没见过。刘春怯生生地问："你们谁啊？"

"你管我们是谁，有人想见你。"其中一人道。

刘春又是一哆嗦，这场面只在电影里出现过，还是黑帮电影。

"谁啊，你们得先告诉我谁想见我……"

话没说完，脖子已经被人拿胳膊箍住，胳膊又粗又壮，力道特别大，刘春毫无反抗之力。

"跟着走就完了，哪那么多废话。"

刘春最先想到的人就是陈军，心里倒不怎么慌了。反正迟早要见面，虽然害怕，但也算早有了心理准备。他跟着这俩人出门，穿过小巷，到路边，上了辆面包车。车上还有俩人，全都人高马大，身上透着邪气，一看就是混社会的。刘春心里犯嘀咕，陈军这刚出狱，哪儿找来这么些人，连车都混上了。

车子驶出城区，一路向北，很快就到了老铁桥边上的小树林。刘春被推搡着下车，跟这帮人往林子里去。大晚上的，把人往小树林里带，想想都觉瘆得慌。刘春腿早就软了，这会儿更是周身发凉。陈军选这地方，肯定没安好心。

到了小树林中心一块空地上，刘春愣住，立刻知道今晚要见他的，根本不是陈军，而是健康棋牌室老板娘黄佳丽。刘春这边刚停下，黄佳丽立马像阵风一样冲过来，人没到跟前，身上那味先呛到了鼻子，刘春想说话，大耳光已经抽了过来。

黄佳丽虽然是一介女流，出手却毫不含糊，耳光又重又快，接连十几下，刘春脸立马肿了。黄佳丽这才停了手，脑袋凑过来，恶狠狠地道："你就是马彪那个小跟班吧，那东西也是你给马彪的吧？"

刘春脑袋嗡嗡响，这下已经全明白这是怎么一回事了。

黄佳丽根本不给他说话的机会，今晚带他来，也不是为了想听他说什么。她挥挥手，边上那四个人立马围过来，冲着刘春就开打。拳来脚去好不热闹，刘春知道这顿揍必须得硬扛，抱头蜷缩倒地时，脑子里居然想象出马彪被金三群殴的画面。马彪就是这样被人打死的吧，那么，今晚他会不会死在这小树林里？

黄佳丽抱臂站在一边观战，觉得打得差不多了，招呼那几个小弟罢手，她过来，又狠踹了两脚，骂几句，直接走了。今晚揍刘春，纯为泄愤，没有别的目的，加上之前有过马彪被打死的先例，所以她事先吩咐过那几个小弟，下手稍微收着点，别太狠。

事情来得快，去得也快，刘春这边还没反应过来，小树林里已经就剩他一人了。

刘春还趴在地上，脑袋晕，身上疼，没力气，想起也起不来。嘴里咸咸的，是血腥味，眼睛肿得睁不开，但他知道，结束了，今晚这顿揍，扛完了。小树林里静悄悄的，黄佳丽那帮人的脚步声都已听不见。刘春想起身，身体却不听使唤，那就再趴会儿。

恍惚中，他想到陈军留在门上的健康棋牌室小卡片，想到刚才黄佳丽凑近他时恶狠狠的脸，不禁有些好奇，俩人这一前一后，难道是巧合？

忽然听到脚步声，莫非是黄佳丽那帮人去而复返？不对，明显只有一个人的脚步声，很轻，刘春脑袋贴着地，听得真切。脚步声越走越近，刘春挣扎着想起身，胳膊肘费力撑起半边身子，脚步声已经到了跟前，还没来得及转头，一只脚落下来，踏在背上，他直接被踩趴下，吃了一嘴泥。然后，他就听到一个既熟悉又陌生的声音。

“又见面了，春娃。”

刘春吃惊，勉强挪了下脑袋，还是看不清身前站着的人，但他知道，来人正是陈军。他竟是在这种情形下，和陈军见了面。

时间回到下午，陈军去健康棋牌室见黄佳丽，开门见山问起马彪用什么法子搭上了她。黄佳丽虽然觉得面前这人不一般，但这种私密性问题，岂会你问了我就答。而且，这是她的秘密，她不想跟任何人再说起这事。

“没事，不想说就不说。”陈军并不勉强，笑笑道，“你不说，那就让我来猜猜。”

黄佳丽挺好奇：“猜？你当你是小神仙会算命呀。”

这回陈军真的忍不住笑，好久没听人管他叫小神仙了。

“你肯定瞧不上马彪那号土包子，只有一种情况，才能跟他滚床单，那就是他手上有能拿住你的东西。这片混的人，谁不知道金三，所以，马彪拿住你的东西，一定是你不想让金三知道的。”陈军盯着黄佳丽，探寻的语气，“那么，你有什么事情是不想让金三知道的呢？”

黄佳丽愣一下，目光变得凶狠起来，但陈军还是径自往下说。

“我猜你近期一定去过海昌路上的乐知商务酒店。”

黄佳丽不置可否，眼神却软了点。

“而且，一定不是一个人去，而是跟个男人。”

黄佳丽收回目光，摸出包烟来，抽一根叼嘴上。

“马彪手里的东西，就是你跟那男人在酒店开房的视频。”

火忽然灭了，连打3次，还是没点着。黄佳丽重重将打火机摔地上去，重新面向陈军：“你跟马彪一伙的？告诉你小子，现在金三让公安抓了，别想再拿视频要挟我。”

陈军又笑了，果然猜得没错。他说：“我没想要挟你，再说，我手上也没视频。我来，就是问问你，想不想知道马彪手上那视频，哪来的……”

黄佳丽怒火中烧，当时就恨得咬牙切齿，心里有团火想憋都憋不住，于是立马打电话找人。金三虽然被公安抓了，手底下带的这些小弟，总得卖大嫂个面子，她找几个人，小意思。她跟找来的那几个小弟说：“今晚，帮我去揍个人。”

那帮人去带刘春过来时，陈军其实就跟黄佳丽在小树林里。黄佳丽对他挺好奇，问他真的坐了十几年大牢刚出来，还问为什么要把视频的事告诉他。陈军只轻描淡写地说他坐牢，就是因为刘春，现在出来了，当然不能放过他。

黄佳丽是老江湖，一听就知道这里头水深，便闭口不问。反正，拿视频要挟她的马彪已经死了，再把拍视频的人揍一顿，这件事对她来说，就算过去了。

殴打刘春时，陈军找地方躲了起来，打完人，黄佳丽撤了，他才现身。

他蹲到刘春身边，慢条斯理地道："小鳖崽子，我知道你都干了什么……"

22

陈军刑满释放回到村里，发现家没了。老爹老妈几年前相继去世，老婆在他刚出事那会儿，就带着孩子跑了，还剩下个唯一的亲弟弟，就是卷毛，还在牢里关着。家里的老房子，现在被老舅占用，老舅知道他要回来，找了帮人在家等他，说是他老爹临死前，把老宅子卖给了他，还出示了老爷子签字画押的协议及村委会的证明。陈军问卖房子的钱呢，老舅说他老爹老妈最后两年的吃喝拉撒，以及死后的安葬费，全用光了。陈军本来对老宅子没兴趣，但看老舅带来那帮人虎视眈眈的模样，就生气。当时他没说什么，走了，过几天，半夜翻墙而入，打算干点坏事报复一下，没承想屋里冲出帮人来，给他打了个埋伏。一顿暴揍过后，把他丢出门外。老舅还说要不是看在他老爹老妈的份上，肯定得送他去派出所。

老舅家俩儿子长大了，正值壮年，据说在外面混得不错，都是狠人。陈军纠结一番后，不打算在村里多耽搁，便去市区找老谢。老谢其实并不老，比陈军还年轻好几岁，只是面相老成，脑门上褶子多。老谢比陈军早出来两年，还去大竹乡村找过马彪。陈军出狱，最先联系的人就是他，也是从他那里知道马彪死了。

陈军这一年多，跟马彪通过几封信。监狱来往信件都要检查，信里只能聊家常，说些无关紧要的话。就算这样，陈军还是多少知道了些他的事。马彪信誓旦旦说等他出狱那天一定来接他，临了却放了鸽子，陈军还骂他做事不靠谱，没想到，人死了。陈军当时心里就起了疑，好端端一个人，怎么说死就死了。

来到市区，老谢说了马彪死因，搭上金三老婆，让金三给打死了，公安那边都结了案。老谢这一年多，跟马彪一直联系着，算是马彪的狐朋狗友，马彪喝多了酒，炫耀他睡了黄佳丽那晚，他也在场。金三带去揍马彪那帮人里，他还认识一个。所以这事千真万确，错不了。

陈军还是犯嘀咕，觉得事情没那么简单。

老谢出来后，家里帮他找了份工作，老实巴交过日子，跟马彪有联系，却不多，保持着不远不近的距离。他说马彪这一年多混得不错，起码混到钱了，出手阔绰，抽好烟，喝好酒，手机用最新款，租的房子也越来越贵。更让人羡慕的是他看起来特别闲，整天瞎晃悠没个正经事，三天两头泡在麻将桌上。有人问马彪做什么买卖能赚这些钱，一向嘴巴漏风的马彪，居然口风特别紧，一点都不往外漏，大家便心照不宣，肯定不是什么好事。而老谢多少觉察到了些什么，因为马彪曾说过，他现在能过上好日子，还得感谢老谢。要不是老谢当初去大竹乡村找他，他现在肯定还窝在村里吃喝等天黑混日子呢。

老谢去大竹乡村是受陈军之托，陈军让他转告马彪，盯紧一个叫刘春的人。那么，马彪现在做的事，肯定跟这个叫刘春的人有关。

没错，就是因为马彪跟刘春混一块儿，陈军才觉得马彪之死，没那么简单。他去乐知商务酒店外面盯过刘春，给他发了封信，就是要看他反应。刘春接信后没几天，就离开了工作两年多的酒店，还换了住处，陈军更是认定了他心里有鬼。去健康棋牌室，证实马彪搭上黄佳丽果然用了手段，再借着黄佳丽之手，给刘春来个下马威，这样，他出场时便能自带气场，多少会对刘春起到些震慑作用。

但是，小树林里，踏上一只脚，将试图起身的刘春踩趴下，再蹲到他身边，看着被揍成猪头的刘春，陈军心里居然有些怯意。

陈军对自己非常不满意，他怎么会怯这个被他踩在脚下的小鳖崽子呢。刘春就像只蚂蚁，他只用一根手指头，就能将他捻死。以前是，现在也是。

“换了别人，被揍成这样，肯定得报警，但你不敢。你心里藏着事，这些事，你不敢让警察知道。”那晚陈军最后对刘春说，“但我知道你都干了什么……”

陈军走了，把刘春一个人丢在了小树林里。他深谙人心，还没到跟刘春摊牌的时候，话不用说满。他知道，越是这样，刘春心里会越忐忑，越会想，他到底知道些什么呢。

刘春独自在小树林里，确定陈军真的走后，这才慢慢起身，走了几步，身子又歪倒下去，只能倚树坐着。风吹过来，身上觉出些凉意，疼的地方仍然疼，越来越疼，他担心自己会不会也像马彪那样伤了内脏。没办法，只能硬扛。陈军终于露了面，来者不善，显然有备而来，应付他，要比应付马彪难。现在，除了不知道陈军究竟都知道些什么，更让刘春猜不透的，是陈军找上他的真正目的。

坐了很久，下半夜，自觉恢复了些体力，刘春这才慢慢走出小树林。老铁桥离市区还很远，这里位置偏僻，想找个出租车都难。步行回市区，一步步往前走，走着走着，刘春忽然哭了。

四野空旷，街灯昏黄，放眼看去，不见一个人，一辆车。天上云层叠嶂，遮蔽了星月的光华。风吹过来，夹杂着星星点点的雨滴。月黑风高夜，正适合一个人抹眼泪，刘春开始还只是低低抽泣，到后来就变成了号啕大哭，哭得那叫一个天崩地裂，地动山摇。

他就像个神经病，一路走一路哭。黎明之前，脸上泪痕已干，刘春停步，发现自己站在条小街上。清洁工在不远处挥着大扫帚清扫路面，晨跑的姑娘步态轻盈地经过他身边，街边的早餐铺已经开门营业。刘春还看到不远处正是那家老乡开的发廊，店门关着，里头却亮着灯。刘春在店门口停留了一下，终于还是继续向前走了。

东方乍白，一缕青灰的晨光，撕开黑暗，又是新一天的开始，而刘春，只想回到出租屋，倒在床上，什么都不想，好好睡上一觉。他真的很快就昏昏睡去，梦里尽是铁马冰河、刀光剑影，迷迷糊糊之际，听到枕边的手机响了好几次，却无力从梦中挣脱出来。待到终于睁开眼，外面天色已暗，他抓过手机看，好多未接来电，有陌生号码，有方国良的，还有三条，来自驼峰乡养老院。

刘春起身洗了把脸，回来后在床上呆坐了会儿，忽然抓起电话，给养老院拨过去。很快接通，那边人问了刘春的名字，告诉他，爷爷去世了。

爷爷还是走了，上午还很正常，只是觉得累，中饭也没吃，便躺床上午睡，这一睡便再也没有醒。养老院的人特别强调，爷爷走得很安详，没受一点罪，前世修来的福气。

刘春很平静，爷爷这个年龄，算高寿，离开是早晚的事，刘春早有心理准备。但这一天真的来了，却仍然会悲伤。

刘春默默收拾了些行李，当晚便赶最后一班车去往驼峰乡，上车前，稍微犹豫了一下，还是将手机关闭。这样，他就能专心料理爷爷后事，没有人能打扰到他了。

回乡途中，他还隐约生出些小期待，这回，能见到久无消息的父母吗？

方国良给刘春打了好几个电话，始终没人接听。也许有事忙了，没听见。等到中午，再打过去，还是没人接，到这会儿，方国良有些犯嘀咕，是不是刘春故意不接他电话。就算真不想接，方国良也能理解，谁都有自己的生活，哪能天天陪他这老头子耗时间。但他是父亲，为了孩子，就算要做的事让全世界的人都讨厌，他也必须得去做。

方国良记得白雪松的单位，手机导航坐公交过去。还是老办法，守在单位门口。守到下班时间，人都走光了，也不见白雪松。方国良琢磨，是不是白雪松下午没来上班。

当天晚上，还是联系不上刘春，这回手机直接关机。

第二天起个大早，7点刚过就到了白雪松单位门口。到了上班时间，总算等到白雪松的车。白雪松见到方国良，头立马大了，赶紧招呼他上车，说上午有个会，单位领导参加，不能迟到，问方国良能不能中午再碰头。方国良说我就问你一句话，问完你就去开会。

“你跟小慧，到底分开没有，什么时候分开的？”

猝不及防，白雪松被这问题噎着了，咳嗽两声才缓过神来：“我不说了吗，半年前，出了那档子事后，我们就分了。”

“你撒谎。”方国良锁着眉瞪着他，“我最后一次跟小慧通电话，你还在她边上。”

白雪松张口结舌，下巴都要惊掉了。他还想再说什么，方国良直接下车，关上车门前说一句：“你去开会，中午我等你，等你跟我说实话。”

没到中午，白雪松就出来了，这回没开车，步行领着方国良去了不远处一家茶楼。方国良从头到尾冷着脸，已经丝毫不掩饰对白雪松的敌意了。

“叔，我没撒谎，我跟小慧，真半年前就分了。”

白雪松继续撒谎，看来，这是他深思熟虑后做出的决定，继续死扛。

方国良盯着他，不说话，眼神犀利，不像个老人。

“叔，小慧最后一次跟您通电话是什么时候？”

“3个月前。”

“您怎么就能肯定，我当时在小慧身边？”白雪松这话多少有些试探的意思。

方国良心里叹口气，他能看出白雪松在撒谎，但他真要死扛，还真拿他没办法。毕竟，仅凭电话里听到的手机铃声，实在没有说服力。

“我知道你在撒谎。”

既然白雪松死扛，方国良也只能跟他硬刚。听方国良这样说，白雪松反倒放下心来，他看出方国良也没什么确定性的证据。

“叔，我真不知道小慧在哪儿。”白雪松一脸真诚，“您看这样行不，您大老远来海州不容易，我这有一万块钱，您拿上，该找小慧找小慧，不想找了就回家等着……”

方国良怒了，一巴掌拍桌上，气得嘴唇哆嗦：“我找你，不是为了钱。”

白雪松盯着方国良看，终于确定钱在这里行不通，忽然重重叹口气：“叔，您到底想怎么样。我是有错，不该招惹小慧，但我没做对不起小慧的事，对她也不错。”

“这些事，我不想知道。”方国良摇头，“我现在只想找到小慧。”

“那我真帮不了您。”白雪松挺无奈的，眼珠一转，变了话题，“叔，我说件事，您琢磨一下。半年前，有人先给小慧寄了我带老婆孩子逛商场的照片，幸亏我没骗小慧，她早就知道我的情况。但我还是挺好奇的，谁会想到给小慧寄照片，目的是什么呢？”

“怕小慧被人骗。”方国良想了想，给出自己的答案。毕竟是当老师的，知识分子，脑子不糊涂。

“然后接下来没几天，我们家那口子又收到了我跟小慧在一起的照片。照片倒没什么，都是我跟小慧在一起的街拍。街拍您知道吗，就是我去找小慧，跟小慧一块儿出门这些。想想挺吓人的，拍这样的照片，得下多大功夫。而且，细思极恐，我每回去找小慧，后面都有人盯着。”

方国良怔怔地听，这事，确实有点不简单。

“前面给小慧发照片，可以理解成为小慧好，不想她被人骗。

后面给我老婆发照片，又是为什么呢？”白雪松继续道，“咱们先把他的目的放一边去，看结果。我老婆是个暴脾气，看到照片，直接就带了几个人去找小慧……”

白雪松老婆带人不是去找小慧，是去揍小慧。

“前面不想小慧被伤害，后面直接导致小慧受到伤害，这是不是有点矛盾。发照片的人，到底想干什么，他是精神分裂，还是有什么咱们想不到的目的。”

方国良越听，心越往下沉。这事，其实不难理解，白雪松这样说，只是想把他往另一条道上引。但白雪松说得没错，发照片这人，肯定有问题。

“反正我觉得吧，有人早就盯上我跟小慧了。”白雪松继续说。

方国良脑子里已经想到一个人，没错，就是刘春。如果把刘春引到这些事里来，那就能说得通了。方国良非常不愿意这事牵扯到刘春，毕竟对他印象非常好，来海州这些日子，也是他陪着自己跑前跑后，挺辛苦。但是，越是这样，岂非越能印证，他和这些事有关？

刘春说过，他喜欢小慧，但小慧比他大3岁，一直把他当弟弟。他完全有理由给小慧和白雪松老婆发照片，目的就是不想小慧跟白雪松在一起。

方国良烦躁起来，忽然就对面前的白雪松没了兴趣。现在，他只想当面问问刘春，寄照片的事，到底是不是他干的。

离开茶楼，方国良继续给刘春打电话，还是关机。他心情越发沉重，实在不愿意把刘春跟小慧的失踪联系到一起。

回到小旅馆，方国良联系家里小慧妈，告诉她自己还得在海州多待几天，让她先把小慧的欠款还了。他跟小慧妈干了一辈子教师，退休工资还可以，小慧离家这些年，又攒了些，还钱，不成问题。小慧妈电话里还是担心小慧，方国良只能安慰她，还了钱，小慧兴许就能回家了。

方国良在海州，没别的事可做，只能继续联系刘春。又过了两天，刘春电话还是关机。方国良坐不住了，难免开始胡思乱想，越想越担心，越担心越坐不住。

方国良又去找了白雪松，问小慧跟他提过刘春吗？

“就上回，跟你一起来找我那小伙子吧。”白雪松现在见到方国良没那么紧张了，“小慧在海州没几个朋友，刘春算一个。小慧说他们认识时间挺长，好几年了吧。”

“你知道刘春喜欢小慧吗？”

白雪松愣一下，脱口而出：“小慧比他大好几岁……”

话没说完便住了嘴。喜欢一个人，年龄是问题吗？不是。如果刘春真的喜欢小慧，那么，所有事情都说得通了。

白雪松跟方国良一通分析。刘春喜欢小慧，又知道他有老婆孩子，就给小慧发了他一家三口逛商场的照片。这时候他的本意是为小慧好，不想她受到伤害。但小慧早就知道他的情况，所以没当回事。这时候刘春会怎么办？既然已经迈出了第一步，必定不会轻易放手。也许是对小慧失望，也许就是简单不想小慧跟他在一起，所以，给他老婆又寄了照片。刘春料到他老婆会做出过激行为，那正是他希望看到的，就算小慧吃些苦头，最后的结果，也终于遂了他的愿——最后这一段方国良保留意见，他还是坚信殴打事件之后，白雪松并没有和小慧分开。

“赶紧把刘春找来，当面问问他。”白雪松给方国良出主意。

方国良也想，可实在找不到人。他跟刘春之间唯一的联系就是手机，刘春关机，他能有什么办法？

这天中午，方国良独自找家小饭馆，喝了半瓶白酒。他天生酒量大，这点酒不算什么，出门时却有些微醺。独自走在街道上，看着身边的车水马龙，忽然悲由心生。这时，他终于做出决定，报警。不管结果如何，这已经是他在海州唯一能做的事。

报警要去派出所，派出所在哪儿呢？想了想，他跟着手机导航，去了最近的一家派出所。

23

王海鹏两天前闪了腰，不算太严重，走路得直着腰，上半身纹丝不动才行。行动不便，中午就留在所里不回家，吃外卖，吃完去休息室躺着歇会儿。这天躺那儿不知怎么睡着了，忽然听到外面有动静，声还挺大。小心翼翼起身，出门，看大伙都围在接待室外面，问同事，才知道有个老同志来报警说女儿失踪了，值班民警正帮他登记信息，老同志忽然倒地不起，晕了过去，瞧着像是得了急性病。民警一边打120叫救护车，一边想办法联系他的家人。老人名叫方国良，不是本地人，几天前来海州找女儿。他的女儿方慧，在海州生活了七八年，3个月前突然没了消息。老人在倒地失去意识前，嘴里曾冒出过一个名字，民警在老人手机通讯录里找到了那个名字，叫刘春。但随后拨打刘春电话，提示对方处于关机状态。

刘春？王海鹏愣一下，会是他认识的那个刘春吗？

看大伙儿都忙，王海鹏直接摸出自己手机，调出刘春电话，拨过去，提示关机。这下没跑了，老人嘴里的刘春，肯定就是他认识的那个刘春。王海鹏当时也没把这当回事，就想着过会儿再给刘春打过去问问。

下午，医院传来消息，那个叫方国良的老人是心源性昏厥，救治及时，生命体征稳定，就是意识还模糊着。同时，联系上了他的老伴，但老伴在千里之外的西部小县城，一时半会儿赶不过来。王海鹏再次打电话给刘春，还是提示关机。

到了下班时间，邵勇来接王海鹏回家。王海鹏伤腰这几天，他成了专车司机。上了车，王海鹏再次拨打刘春电话，还是关机。这就有点反常了。车子停在路口等红灯，王海鹏忽然让邵勇掉转车头，送他去刘春的出租屋。

“您都这样了，就别惦记那些不相干的事了。”邵勇担心回去挨女朋友骂。

“要换别人，我真不操这个心了。”王海鹏道，“这个刘春吧，虽说现在长大了，可在我眼里，还是当年那个被抢劫团伙虐待的小娃娃。那会儿他个儿不高，又瘦又小，脱了衣服，身上伤痕累累。听说我是警察，立马就绷不住了，哭得那叫一个伤心。虽然没说，但我能感觉到，他等警察找他，一定等了很久。”

邵勇能理解王海鹏说的，当警察久了，心里总会藏着那么一两个人一两件事。

“我担心刘春，主要是因为当年抢劫团伙那帮人，差不多都该出来了。前些天死的那个马彪，一出来就找上了他，继续欺负他，他都没敢跟我说，说是怕给我添麻烦。”

刘春和马彪之间的事，邵勇听王海鹏说过，他也觉得刘春挺可怜。

“我这找他一下午了，电话始终关机，我还真有点不放心。”王海鹏说，末了又加一句，“当年抢劫团伙里有个叫陈军的，最近也被放出来了。”

邵勇知道王海鹏的心思，多说无益，既然不放心，那就去瞧瞧。

车子停在巷口，邵勇搀着王海鹏，小心翼翼地往里走。短短一截路，走了老半天。终于到了地方，刘春的房门锁了，人不在。王海鹏问楼下卖海鲜那对小夫妻，小夫妻说刘春已经好几天没回来了。王海鹏和邵勇同时看出小夫妻神情不对，特别是那眼神，始终在躲着他们。邵勇直接自报家门，分局刑侦队的。小夫妻互相看看，立马说了实话。几天前的半夜，刘春让俩人带走了，第二天一大早回来，鼻青脸肿，走路都不利索，一看就知道让人揍了，揍得还挺狠。王海鹏又急又恼，立刻想到陈军，赶紧问那俩人长相，都挺魁梧的，跟陈军有差别，当年的陈军，可是瘦高个儿戴眼镜。

“刘春早上回来，钻屋里就没了动静，直到天快黑那会儿，才背个包出门，然后就再也没见到他人。”小夫妻继续说。

问知道刘春去哪儿了吗，小夫妻摇头说不知道。邵勇问了刘春身上背包大小，就是普通的双肩包，不算大，应该不会出远门。

小夫妻这里没什么可问的了，王海鹏和邵勇正要走，小媳妇忽然又道：“那天下午，还有个人来找刘春，但刘春不在，俩人没碰上。”

因为来找刘春的人很少，所以小媳妇记得很清楚。那人干巴瘦，留寸头，戴眼镜。

陈军。陈军果然来找刘春了。陈军下午来过，晚上刘春就被人带走，这肯定不是巧合。陈军现在就在市区，刘春离开，很可能就是在躲他。王海鹏挺担心刘春，但见不到人，也没办法。临走时，他特意关照小夫妻，见到刘春回来，赶紧联系他。

这天晚上，王海鹏至少给刘春打了10次电话，还是关机。这孩子，不会出什么事了吧？

第二天，王海鹏一早到所里，他给驼峰乡派出所打电话，找了个熟人，问起陈军去派出所报到没。刑释人员出来后，都会拿着释放证明去派出所进行户籍登记，一般情况下，还会留下联系方式。那边很快就查到陈军一个多月前确实来过，留了一个手机号。王海鹏拿到号码，正要拨过去，忽然想到刘春背了个小包，既然不是出远门，会不会回了大竹乡村？如果他回村，肯定会去养老院看爷爷。当即打电话到驼峰乡养老院，本想问刘春最近去过没有，却意外得知了刘春爷爷去世的消息。

原来刘春是回老家奔丧去了。

王海鹏决定暂时先不找刘春，给他点时间。陈军那边也先缓缓，等刘春回来，弄清楚状况再说。医院那边，昨天来报警那老同志已经醒了，但还有些迷糊，问他话，也说不周全，说得最多的，就是刘春的名字。

这老同志来派出所报案女儿失踪了，现在又不停叫刘春的名字，难道刘春跟他的女儿失踪有关？王海鹏琢磨了一会儿，决定趁着刘春回家奔丧，先找那老同志了解下情况。

爷爷走得挺安详，丧事办得很隆重。爷爷80多岁，算是喜丧，刘春请了乡里最大一家丧事班子，做全套。人在家里停放3天后，送去火化，吹拉弹唱热热闹闹送上山入了土。停灵那3天，刘春批发了一货车鸡蛋，来人吊唁，直接拿一份，第二天再来，还送。

村里留守的那些老头老太，每天排着队往刘春家报到。送上山那天，刘春又摆了酒席，差不多全村人都来大吃了一顿。丧事忙完，马上冷清下来，刘春一点点收拾满院的狼藉，还打算找人把老房子重新修缮一下。村里有人问他这是打算回来常住？刘春犹豫不决，还是说："别管以后回不回来住，这老房子再不修，就要倒了。"

爷爷的丧事办得漂亮，村里人都夸春娃懂事，有出息，但也有些闲言碎语，说的是刘春的爹妈。家里老人去世，这么大的事，他们都不回来，这就是不孝。刘春心里其实也失望，还要替父母辩解，太远，赶不回来。独居在空荡荡的老房子里，他不可避免会想到小时候的事。记忆不多，记忆中的父母还是挺疼他的，好吃好喝尽着他来，有事没事带着他在村里玩，打工回来，也总会给他带上一堆礼物。可是，记忆中的父母在哪儿呢？他们是否已经不记得，世上还有这个家？

住在村里，刘春挺闲，吃了睡，睡了吃，白天，还可以去村委会门前的小广场上，跟些大爷大妈玩牌。玩牌时，大爷大妈们会跟他念叨爷爷，说他还在世时的事。这些碎碎念以前听着烦，现在却觉亲切。大爷大妈们毛病不少，却简单，一盒烟，一瓶酒，几个鸡蛋，就能让他们嘴上念你的好，跟他们混日子，挺轻松。

晚上，刘春会早早睡下，如果睡不着，就得对着手机受煎熬。已经好多天没开机了，这些天，会有人找他吗？不管有他没他，有些事，该发生还得发生。只要想了，就会担忧，手机便成了魔盒，打开，指不定飞出来什么妖魔鬼怪。但不打开，那些妖魔鬼怪就不会来了吗？所以刘春才纠结，才会睡不着。

妖魔鬼怪没来，来的是陈军。

陈军怎么知道刘春回了大竹乡村？很简单，有人给他报信，报信的人，就是马彪的父亲。马彪打小就是街混子，家里人管不了，便当没有这个儿子。后来马彪坐牢，家里人也没太当回事，坐牢跟在外面鬼混比，反而更让人安心。出狱后也没指望他能变好干正事，但没两年就死了，多少还是有点让人伤心，再混蛋的儿子，还是儿子。陈军出狱后，知道马彪死讯，来过家里一趟，送了点钱，还提过一嘴马彪在城里，跟刘春一块儿混，还说马彪的死未必像警察说的那样简单，可能跟刘春有关。刘春这趟回村，马彪父母上门问过马彪的事，刘春态度冷漠，根本不愿搭理他们。他们心中难免不平，便给陈军打了个电话。

陈军那边，正奇怪刘春哪儿去了。这小子不会这么尿，挨顿揍就跑路吧。知道他回村奔丧，立刻有了主意，他估算着刘春那边丧事忙活差不多了，便去大竹乡村找刘春。

陈军去家里找，没人，问了邻居，说应该在村委会门口玩牌。过去找，一眼就在人堆里看到他。慢慢走过去，刘春没发现，还在认真玩牌。刘春牌技不咋样，出牌老犹豫，有回犹豫时间稍微长点儿，引得个老头不住抱怨，后面的陈军看不下去，给他支了一着儿。

看见身后的陈军，刘春有点蒙——这陈军跟马彪一个德行，全都阴魂不散跟定了他。

知道躲不开，刘春领着陈军回家。陈军看见屋里还堆着些办丧事用剩下来的香烛纸钱，说：“我这刚想说忘了买，你这有，省我花钱了。”

刘春没明白他的意思，没吱声。

陈军蹲下，拿起沓草纸掂量一下："问你爷爷借点，咱们也给小胖送点钱花花……"

刘春怔住，尿意涌上来，手也变得冰冷。

"怎么突然想起小胖了？"他的声音有点僵。

"这哪是突然，在牢里那么些年，我都没忘记小胖。"陈军起身，冲着刘春诡谲一笑，"想到小胖，就能想到你。小胖要没死，现在也得有你这么高了吧，不对，他块头大，肯定比你高，就是不知道还会不会那么胖。"

陈军在笑，刘春尿意更重了些，想起陈军寄来的纸条：我知道你干了什么！

没了摩托车，陈军跟刘春只能步行上山。这些年，山上也有变化，小道修出了台阶，路边多了些垃圾箱，岔道口立起了路标，半山腰还修了防火道，这年头，只要有山有水就搞圈地旅游开发，看来村里也想凑热闹，花了一点钱。挺长时间没爬山了，俩人都有点喘，陈军更是怀念当年的摩托车："等我有钱了，也跟马彪学，立马买辆摩托车。"

刘春想告诉他现在人都玩四个轱辘的了，但忍住没说。

到了知青点，那里居然很热闹，远远就听见轰轰的音乐声。到跟前，看到知青点那排石头房子前面整出块空地，这会儿支着十几顶帐篷，有拨人围在一起，在简易烧烤箱上烤肉，喝啤酒。音乐声来自两个大音箱，节奏感挺强，有点重金属那味儿。

"我去。"陈军感慨，"这变化也太大了，快成菜市场了。"

俩人绕过石头房子，往不远处的老龙潭走去。老龙潭边也有人在玩水，还有人冲他俩打招呼。俩人到了水边，一时有点不知所措。刘春看看那边玩水的人，低声道：“要不咱们晚会儿，等他们走了再开始？”

陈军想了想：“又不干坏事，等他们，还不定等到什么时候了。”

于是从背包里取出香烛纸钱，他们这还没开始烧，那边玩水的人围了过来，好奇地问这问那。陈军故意露出凝重的表情，问他们：“你们不知道这潭里死过人？”

那帮人一起摇头。这些人都年轻，哪知道十几年前的事。

“死的是个孩子，十四五岁，还是个小胖子，脸蛋胖嘟嘟的，身上全是肉。”陈军道，“小胖子水性其实挺好，夏天常来这水潭里游泳。可能因为胖吧，浮力大，他在水里扑腾个把小时，都不算个事。”

“那他怎么会死呢？”有人问。

“是啊，我也纳闷，水性那么好的人，怎么突然就淹死了。当时来了一帮警察，最后的结论是意外，还说，淹死的都是会水的，想想这话也没错……”

玩水那帮人很快全走了。陈军冲刘春笑笑：“现在清静了，咱们可以开始了。”

刘春开始烧纸钱，陈军也蹲边上帮着烧。陈军说：“咱们是不是该念叨点什么？我看电视上那些人都这么干。”

那就念叨吧。刘春还是不吱声，陈军自顾道：“小胖小胖，不是我说你，死哪儿不好，非得死这儿。水里泡十多年，夏天还行，冬天，多冷啊。今天跟春娃专门上来，给你送点钱，冷了就去买身厚衣服，最好是羽绒的，暖和。对了，那边有烤串吗，你爱吃这个，有就多买点。你可不能饿瘦了，瘦了就不是小胖了。你最近多留点神，你彪哥最近也过去了。撞上他别怕，我跟他说了，到那边别再打你。有什么话你可以跟他说，特别是死那天的事。就你这身段，扔水里都不带沉底的，让水淹死，究竟是怎么做到的……”

听着陈军念叨，刘春身子很冷，目光落向水面，仿佛真的看到了水中的小胖。

陈军所有的念叨，都话中有话，他在怀疑什么呢?

纸钱烧得差不多了，陈军问刘春：“当年你跟小胖关系好，就不说点什么？”

刘春想了想，摇头。

“也行，人都死了，说不说都一样。”陈军叼根烟到嘴上，“过了这么些年，没几个人还记得小胖，可我记得。咱们最后一次看见小胖是什么时候来着？”

刘春记得很清楚，前一晚，小胖丢了烟和酒，卷毛追着他打。他们转过知青点的老房子，往老龙潭方向去。匆匆一瞥间，小胖的背影，就是最后一眼。

“那是我最后一次见到小胖，可不是你最后一次。”陈军忽然目光一凛，盯着刘春，“那天马彪带你下山之后，你又回到了这里……”

刘春惊得一哆嗦，手差点让火烧着。他慌张地摇头，脱口道：“我没有。”

“你没有？”陈军冷笑，“这些年在牢里，我跟卷毛通过信，卷毛说他那天下山，看到过你，没走上山的大道，走的涧沟那条小道。”

刘春紧张得手都开始抖，嘴唇继续哆嗦，还是道：“他看错了，我没上山。”

陈军继续说：“那天卷毛下山，还看到几个人背着大包往山上去。那几人跟卷毛打了招呼，问他去知青点还有多远。卷毛给我说了那几个人的长相，让我没事去找找看。这些人上知青点扎营，没准能看到点什么。”

刘春闭了嘴，不再争辩，他知道，无论自己说什么，陈军都不会信。

事实上，那天，他跟着马彪的摩托车回到村里后，真的，真的回过知青点。

陈军这时忽然露出狰狞的表情，上前揪住刘春的衣领子，恶狠狠地道：“我知道你做过什么，是你，是你杀死了小胖……”

24

那天的情形是这样的，卷毛追打小胖，很快消失在众人的视线里。知青点边几个人，先是陈军和黄四宝骑车走了。马彪平时和卷毛走得近，多等了会儿，没等到人，带着刘春也下了山。回到村里，马彪还有别的事，丢下刘春自己走了。刘春回家，爷爷在家后的菜园子里忙活，他回屋打算写会儿作业，马上期末考试，总得应付一下。

村里的老房子，大多坐北朝南，窗户都不大，也就正午时，屋里光线会好些。有些房子，在东西墙的高处，会留一扇小窗，这样，每天早晚，屋里会溜进来一缕光。刘春住西屋，现在，西墙上溜进来的那缕光，在昏暗的房间里，像极了日后乐知商务酒店的工具间。那道光笔直地斜插在屋里，无数细小的灰尘在光柱里舞动。那时的春娃喜欢折纸飞机，他独自在屋里时，常会拿几架纸飞机，冲着西墙上的窗口扔过去。窗口位置高，又小，飞机大多数时候会撞上墙，摔到地上，偶尔有架飞机冲出窗口，刘春就会很开心。

这天作业还没开始写，刘春先玩了会儿扔纸飞机，扔着扔着，走了神。小胖现在怎么样了？卷毛会带他一块儿下山吗？随手抛去，纸飞机竟然笔直地穿过了窗户。刘春愣住，随即飞快奔出屋，那架纸飞机居然还在飞，因为风吗？

刘春就在那一刻，决定上山找小胖。

赶到知青点，卷毛的摩托车不在，他已经离开了。刘春四处找，喊小胖，没见到人，便往老龙潭方向去。老龙潭地势稍低，远远的，刘春就看到水面上漂着个人，看身形和衣着，像是小胖。刘春当时并没多想，小胖水性好，喜欢游泳，加上脑子不算太好，卷毛走后，一个人玩会儿水，不奇怪。到了水边，这才发现，水中的小胖居然一动不动，任他叫破喉咙，也没一点反应。

刘春那时就有了不好的预感，犹豫了一下，还是脱了衣服，下到水里，游到小胖身边。

小胖真的死了，没了呼吸。

刘春吓坏了，小胖是他的朋友，但死了的小胖就是个死人。他连呛了两口水，拼命划动双臂游回岸边。回头看，小胖还漂在水面上，一动不动。

刘春腿发软，一屁股坐倒在地，“哇”地大哭起来。刘春记得那天他哭了挺长时间，泪水一直控制不住地流出来，待到觉得身上恢复了些力气，抱着衣服撒腿就跑。

那时候在他心里，水里的人不是小胖，只是个死人。他那年只有14岁，就算一个成年人面对死人，都会禁不住恐惧惊慌，何况一个孩子。

“你这是承认后来又去过老龙潭了？”陈军问。

“小胖的死跟我没关系，我到水边时，小胖已经死了。”刘春看起来特别紧张。

“那你为什么撒谎？后来警察问你，你也没说实话。”

“我就是害怕，不想给自己惹麻烦。”

“你第二次上山，为什么要选涧沟那条道，不想让人撞见？”

“涧沟那条道不好走，但距离近，起码能快20分钟。”

陈军笑笑，挺诡异。他问：“真的吗？”

刘春忙不迭点头：“我跟小胖老在一块儿玩，我不会害他，更不要说杀死他了。”

陈军还是问：“真的吗？”

刘春闭嘴，不吱声了。

“我在牢里，有时会想到你，觉得你挺可怕的。”陈军目光变得阴冷，“我也犹豫过，你当年只有14岁，一个胎毛都还没褪干净的小屁孩，能有这么缜密的心思？”

刘春使劲摇头，却不知道该说什么。

“当年，你肯定特别想摆脱我们吧，我记得隔上段时间，你就折腾点事出来，为这，没少挨马彪揍。我当时就该想到，你是头驯服不了的狼崽子，把你拉过来，一开始就错了。小胖这事，谁都料不到，也不可能事前就盘算好，但我琢磨，在这之前，你肯定一直在等待机会。当机会出现，你就坚决不能错过。”

刘春满脸无奈，好像已经懒得反驳了，怔怔地听着，像听件跟自己不相干的事。

“小胖死了，警察肯定会查到我们身上，再有人把劫道的事抖出去，我们几个，谁也跑不了。我们进去了，你就能彻底摆脱我们了。虽然你也帮着我们干了不少事，但可以推说是被逼的，加上年纪小，警察也不会难为你。”陈军叹口气，接着道，“这事，不怨你，换了我，也会杀了小胖。”

“我没杀小胖。”刘春大声道，“这些全都是你瞎琢磨的，全都不是真的。”

“好吧，就算是我瞎琢磨，但至少有这种可能性。咱们现在假设一下，如果事情真像我想的那样，那天到底发生了什么……”

刘春第二次上山，选择了走涧沟那条近道。涧沟有一段，跟山道挨得不远，山道上可以看到涧沟那边，所以，下山的卷毛才会看到刘春。刘春跟小胖玩得挺近，就算看到刘春二次上山，卷毛也不会多想。刘春到了知青点老龙潭，小胖可能还在水里，也可能已经上了岸。俩人见面，刘春会问卷毛都对他做了什么。卷毛那天做了什么呢，拳打脚踢，小胖被打得急了，跳进了老龙潭。水边的卷毛又拿石子砸，卷毛说没打中，但不排除打中的可能性。刘春知道这些信息，很快得出结论，让小胖被淹死更像场意外。他当然知道小胖水性好，但俗话说淹死的都是会水的，在水中，谁知道会发生什么意外。而且，因为之前遭受过殴打，还能把这意外归结到卷毛身上。事实上最后结果也确实如此，卷毛除了抢劫罪，还多了过失致人死亡罪，比陈军、马彪等人多判了5年。

要想小胖“意外”淹死，得想办法哄骗他再下水，那对刘春来说不难，他跟小胖关系好，他说什么，小胖都会听，而且，小胖脑子本来就不太好。

以上，就是陈军瞎琢磨出来的，那天后来发生的事。

刘春愣了好一会儿，显然气急，居然笑了：“你非要这样想，我也没办法。”

陈军也笑：“在牢里，就是太闲太闷，没什么事，只能这样胡思乱想来打发时间。我也知道，这些胡思乱想当不得真，除非，除非能找到证据。”

陈军说的证据是什么呢？扎营的驴友。

“我也没打算瞒你，卷毛那天下山，看到几个背包扎营的驴友，他对其中一个人印象特别深，那人脑门右边，有半个巴掌大的疤，看起来有些年头了，不是烫伤就是烧伤。”

刘春认真回想，小胖死那天，知青点这边有人扎营吗？时间太久，他真的一点印象都没有。

“当然，在知青点扎营，不一定非得去老龙潭，看没看到你跟小胖，还得另说。但是，我还是想赌赌运气，找到那个人，兴许他能看到些什么也说不准吧。”

“找到人，才能让你死心。”刘春苦笑，“那你加把劲，快点把人找到。”

“放心，会找到的。你不会觉得，找个人很难吧。”陈军道，“十多年前就开始玩扎营，肯定算得上铁杆驴友。一个人的兴趣，轻易不会改变，如果那人这十几年坚持玩下来，在海州户外圈，一定不会寂寂无闻，再加上那么明显的特征，找到他，难吗？”

刘春想了想，点头承认：“不难。可是，我有点想不明白，你要找人，去找就是了，为什么大老远跑来，还把这事告诉我。如果我真杀了人，心狠手辣，你就不怕我先找到那人？”

陈军拍拍脑门，摇头自嘲道：“你不知道这些话，搁我心里憋了多少年，就想找个机会，痛痛快快当面告诉你，你干的这些事，我全知道。本来吧，不该现在就跟你说这些事，但我憋了这么些年，实在不想再憋了。而且，你没机会比我先找到那人了。”

陈军笑笑："这大半个月，我可没闲着，差不多跑遍了市区所有的户外店，还学人上网，加入好多个户外群，打听脑门上有疤那人。算我运气好，人还真让我找着了。"

刘春紧张："那你应该知道，你想的那些都是错的。"

"可惜，我还没见着人。疤脸人在外地，说是跟人走长线，正在爬雪山过草地，还得个把月才能回来。"

刘春低头，不知在琢磨什么。

"这下知道，我为什么要跟你说这些事了吧。我就是想看你紧张，看你害怕，让你尝尝马上要完蛋了的滋味。"陈军又露出邪恶诡谲的笑。

"为什么？"刘春忽然抬头，"你做这些事，到底为了什么，就为了报复我当年向警察提供的证据？"

这回，轮到陈军沉默了。他目光落在水面上，心里想到了一个人。

他在牢里时，让老谢转告出狱的马彪，盯紧刘春。自己出来后，不管打听疤脸驴友，还是找上黄佳丽，都是围着刘春转。要说仅仅是为了报复刘春，下的功夫未免大了点。他纠结于小胖之死，苦心琢磨想找出真相，也肯定不是对小胖有多少感情。

时间回到一个多月前，陈军出狱。他没有马上回家，而是搭车去了省内另一所监狱，见到了弟弟卷毛陈二兵。卷毛这些年过得不好，整个人瘦了一圈不说，精神还特别萎靡，见到陈军，没有丝毫的惊喜，只是霎时间，哭了。

看着卷毛哭，陈军眼圈也红了。

陈军兄弟俩的父母，智力都有缺陷，很多人就觉得，他们生下的两个儿子，也得是智力障碍者。小时候，村里人都管他俩叫“傻儿子”，村里的孩子，不管年纪大小，见到他俩都想逗着玩，有些真正的傻小子，自己10以内加减法都得掰手指头，也想在他俩面前表现点优越感，自以为是地戏弄他们。陈军开始隐忍，到后来爆发，这中间积攒了太多的怨气，出手就是狠人。他冲招惹他的人挥动拳头，就算对方比他身子壮力气大，一场架下来，吃亏的往往是别人。就算对方人多，他也会拼着自己受伤，不躲不闪，抱住一个倒霉蛋往死里整。一般人打架，常会虚张声势，手上绰着板砖，真敢往头上抡的不多。陈军敢，别说板砖，就算刀子，也敢往人身上捅。即使手上什么都没有，只要有机会，他也能凭着一口牙，咬你块肉下来。打的架多了，陈军更是认定了“狠”就是制胜的法宝，只要你够狠，所有人都会怕你。

不敢招惹陈军，或者在他那里吃了亏，有人就去拿弟弟陈二兵出气。陈二兵比陈军小4岁，打小就是个软柿子，胆儿小，身子骨儿也单薄。别人欺负他，只会哭着回家找哥哥告状。陈军人狠，但他这狠是要付出代价的，属于伤敌一千，自损八百，有时还损得更多。他只能保证，陈二兵跟他在一起时，没人能欺负他，但要说为弟弟出头，找人报仇，他也自怯没这个实力。而且，他挺烦这个弟弟，觉得他就是个累赘，能躲就躲，根本不想带他玩。

后来陈军长大了些，闯了祸，会出门躲上十天半月，再回来，陈二兵眼也青了脸也肿了，被人欺负得不敢出家门。父母虽然脑子不好使，但还知道疼儿子，回来，母亲就抓着俩兄弟的手，往一起搭，嘴里不停地念叨着：“你们是兄弟，一根藤上结的瓜，你们是兄弟，根都连着……”再看陈二兵，不再哭哭啼啼向哥哥告状，像个受委屈的小媳妇，自己缩在角落里，拿仇恨的目光瞪着他。

陈军心软了，他知道，弟弟受的苦遭的罪，很多都是因为他。

他想帮二兵，可以领着他去找那些欺负他的人，可这样的后果，就是招惹更多的麻烦。他不在二兵身边时，那些人仍然可以随时欺负他。想了好久，终于有了主意，他问二兵，想不想往后不再被人欺负。二兵当然想，他心里对这个哥哥，重新燃起了希望。

后来的事，完全出乎他的预料。

陈军带他去了村后山上的树林里，见到树上绑着个欺负过他的人。二兵以为哥哥这是要让他亲自报仇，立马又开始㞞。他没料到，陈军上去就给树上那人松了绑，还恶狠狠地威胁他：“想走，就去把我弟打趴下。”

二兵蒙了，这算什么操作！陈军转回到他身边，凑到他耳边，低声道：“上去跟他打，把他放倒，往后，就没人能欺负你了。”

二兵吓坏了，他要能打，还用受这些罪吗。他撒腿想跑，却跑不了，陈军拦在他前面，身后那人，已经恶狠狠地冲了过来……

二兵再次被暴揍，他倒在地上，看着打他的人扬长而去。陈军站在边上抽烟，根本不看他。二兵破口大骂：“大军你个鳖崽子，帮着外人欺负我。”

陈军扔了烟头，冷冷地瞪着他：“往后，你会感谢我的。”

没过几天，二兵再次被带到小树林里，又被逼着跟人打。二兵简直死的心都有，心里不停地咒骂他那个挨千刀的哥哥。毫无悬念，二兵再次被打倒，这回，他不骂了，求陈军放过自己：“咱妈说了，咱俩是一根藤上结的瓜，根都连着，你就别再折磨我了。”

“我放过你，行，别人呢，也会放过你？”陈军冷冰冰瞧着这个不争气的弟弟，“我以前跟你一样，也想着求别人放过自己，可没人放过我。我就自己折磨自己，现在，我不用求别人放过我了，都是别人求我放过他们。”

二兵听得似懂非懂，隐约明白陈军并不是真的想折磨他。

变化一点点发生。终于，二兵开始还手，虽然最后还是挨了揍，但陈军看在眼里，挺开心。事后，陈军跟他说打架的经验，二兵全都记在心上。过了段时间，二兵就算打不赢，但也能让对手吃些苦头了。最后，他终于第一次把人打趴下，激动得哭了。

陈军知道，打现在起，这个弟弟已经不需要他来保护了。

后来，他组团干起了半夜劫道的事，二兵非要跟着。陈军想，哥俩年龄都大了，往后讨媳妇生娃，都得花钱。他要不带上二兵，二兵也得走别的歪门邪道，还不如看在身边，放心。陈军万事小心，没想到最后还是因为小胖之死，翻了车，哥俩全都蹲了大牢，二兵的刑期比他还要多好几年。

在监狱接待室里，看着瘦得没了人形的二兵，看他可怜巴巴的小眼神，仿佛又看到了少年时，那个被人随便欺负的弟弟。

二兵比他多出来那5年的刑期，跟小胖之死有关。虽然没有直接证据表明，小胖淹死跟他的殴打有关，但如果之前他不打小胖，不把小胖逼到水里去，那么小胖就不会死。

如果，小胖的死另有隐情，那么，二兵过失致人死亡的罪名便不能成立，他就可以回家了。

能做到吗？不知道。现在唯一的线索，就是当年陈二兵下山时，曾在涧沟里看到过刘春——其实陈二兵也不能确定看到的是不是刘春，毕竟只是骑车下山时的匆匆一瞥，案发后警方调查，他也根本没把那人跟刘春联系起来。后来到牢里，时间多，想起看到的人可能是刘春，越想越肯定。而在陈军眼里，只要刘春那天二次上山回到过知青点，那这事就存在多种可能性。刘春跟别的小孩不一样，小小年纪心机就很深，居然把每次劫道都详细记录下来。为什么要记？是不是他一直在等待一个合适的时机，把它交出去？他眼中合适的时机是什么？小胖出事当天，他二次上山回到知青点，为什么警方调查时，他没有提起？

这些在陈军眼里，都是疑点。但事情过去这么久，而且当时山上只有小胖和刘春两个人，到底发生了什么，刘春不说，也许这世上再没有人可以知道。

既然没有证据，那就创造一个证据，还有什么比出现目击者更好的证据？

其实，陈军口中那个疤脸驴友并不存在，陈兵那天下山时，也根本没有碰到过扎营的驴友。但有什么关系呢，只要刘春知道当年有人目击了山上发生的事，便够了。

陈军想，如果他是刘春，知道当年山上的事有人目睹，会怎么做呢？

现在，在老龙潭边，他把这个难题抛给了刘春，这也是他专门来大竹乡村找刘春真正的目的。接下来，他只要静等着看刘春表演就行。

他根本不需要回答刘春问的为什么。

下山，回村。途中俩人都没再说什么，各怀心事。陈军要去搭车回市区，已经走出去老远了，忽然手机响，接听，居然是刘春。回头，还能看到刘春站在老房子门边，正举着手机。

“我在市区，见到了一个你认识的人。”刘春说。

25

刘春记得那是2003年冬天，刘春放学，小胖在学校门口等他。俩人去了家小饭馆，马彪他们四个全在。看得出来，晚上又有行动。行动前，先吃顿好的。刘春也不客气，跟小胖埋头吃饭，他们四个在那里说些闲话。这中间，陈军接了个电话，大约过了半小时，他起身出了饭店，隔着窗玻璃，看到他站在饭店门边，还四处张望，显然在等人。没多会儿，有辆出租车停在他面前，车上下来个女人，还牵着个走路还晃荡的小娃娃。

卷毛管那女人叫大嫂，马彪和黄四宝管她叫红姑，刘春立刻就想到，女人是陈军的老婆，小娃娃是陈军的儿子。刘春心里有些好奇，就盯着红姑多看了会儿。红姑挺漂亮，穿着打扮也时尚，像个城里人。特别是她大冷天穿裙子配长靴，露出巴掌大一截大腿来，谁见了都会多瞄两眼。红姑性格也爽快，坐下后，马彪他们就争着找她喝酒，她杯到酒干，一看就是大酒量。吃饭过程里，马彪和黄四宝说的最多的就是让红姑给他们介绍姑娘，红姑大大咧咧地拍胸脯保证，肥水不流外人田，有姑娘，一定不会忘了他们。

红姑跟马彪他们说话，大嗓门，但跟身边的小娃娃说话时，就会轻声细语起来，后来还把小娃娃抱到腿上，喂他吃饭。陈军本来话就不多，红姑在边上，更是少语，看着红姑跟马彪他们插科打诨，只是笑。刘春发现陈军那次的笑跟以往见到的不同，有点傻乎乎的……

多年之后，马彪出狱后在市区找到刘春，有天晚上，他带了些卤肉凉菜去找刘春，说他今天看见了一个人，让刘春猜是谁。刘春摇头："猜不出。"

马彪直接说答案："过红绿灯的时候，瞧见一辆车里有个人，像是红姑。我怕看错了，盯着看，终于确定是她，车开走了，想追都追不上。"

马彪拍大腿，特别懊丧："大军明年就该出来了，出来第一件事，肯定就是找儿子……"

刘春来了兴趣，破天荒陪着马彪喝了几杯酒，从马彪嘴里，套出了陈军和红姑的事。红姑名叫周红，当年也是混社会的，经历坎坷，陈军遇上她时，她已经因为打架斗殴进过好几回看守所，还被劳教过半年。陈军一眼就喜欢上了她，为讨她欢心，没少花钱下功夫。周红终于被他的真心打动，跟他走到了一起，还给他生了个大胖小子。有了儿子，周红立马收了心，从此不问江湖事，一门心思在家带娃，还常教育陈军，老实找个工作，或者做点小生意，现在跟以前不一样了，凡事得多为儿子着想。陈军外头劫道那些事，全都瞒着周红，有了钱也不敢拿回去，偷偷攒着。后来出了事，他跑路时都没敢告诉周红，只是托人把这些年攒的钱都交给她。周红后来怎么样，没人知道。马彪出狱后，去过陈军家，现在那房子里住着陈军老舅家小儿子，说当年出事没多久，周红就带着儿子走了，这些年，没消息。

陈军托出狱的老谢来找马彪，特别叮嘱马彪去打听周红的情况。老谢说，陈军坐了十多年牢，红姑一次都没去看过他。

马彪还告诉刘春，陈军和周红当年没领证。

“没几个女人能带着儿子，守十多年活寡。我估摸着，红姑应该是带着拖油瓶娃嫁人了。当年大军很疼红姑，更疼儿子，这些年没老婆孩子消息，肯定特别难熬。出来后，第一件事，他就得去找红姑，找儿子……”

这些事，刘春全都记在了心上。他没有告诉马彪，其实，他早就在市区见过了周红。

刘春还是跟着北方人赵师傅混朝阳桥的时候，接到过一单活儿，有家装修公司的水电工家里有事请了一个月的假，装修公司便把手上的活儿，转包给了赵师傅。那是家坐落在振海路上的门面房，开发廊的，店主已经在这干了好多年，生意不错，重新装修，水电全得改。赵师傅领着刘春去干活，见到店主是个30多岁的女人。

刘春一眼就认出，她正是十多年前见过的红姑。

红姑的模样没怎么变，更有女人味儿了，说话也不再大嗓门，跟谁都挺客气。她显然已经认不出面前这个白净的小伙子，就是当年有过一面之缘的春娃。知道刘春也是驼峰乡人，周红立马热情地跟他寒暄了几句，但刘春看出来，这多少有点敷衍的味道。于是干活期间，他也不再跟周红多套近乎，干完活，什么都没说便离开了。

此后，隔上一两个月，刘春就会去周红的发廊剪发。周红当老板，带着两个徒弟，只在忙不过来的时候才亲自上阵，但每回刘春来，都是她来剪，费用还给他打折。看得出来，她对这个白净腼腆的小老乡，印象不错。

刘春没跟她说自己和陈军的关系，当年那些事，他一个字都没提。在周红眼里，他只是个混在市区的普通老乡。

有时候去发廊，周红不在，刘春便和她徒弟闲聊。俩徒弟一男一女，小姑娘挺喜欢跟刘春聊天。小姑娘说老板娘人特别好，待他们就像家人，生意好时还会主动给他们加薪。小姑娘话匣子打开就止不住，刘春从她那里，还知道周红的儿子已经上小学，成绩不错。老公叫张涛，一般了点儿，个子不高，挺敦实，看模样配不上周红。小姑娘猜测周红看他人老实，对她还特别好，这才嫁给他。刘春见过张涛两回，一回在店里，其貌不扬，确实是个普通人；还有一回他开着辆金杯面包车来接周红，周红让他等会儿，给刘春剪完头就走。张涛就带着儿子进到店里来等，刘春眼角余光看那小孩，心里想，这就是陈军的儿子吧。

看得出来，张涛挺疼这个儿子，就这点工夫，还去隔壁店里买了糖炒栗子回来，一粒粒剥了皮送到孩子嘴边。周红嘴上嗔怪着张涛老给孩子吃零食，但眼角嘴边盈荡的笑意，已经表明了她挺享受这样的时刻。

周红现在一定过得挺幸福，那一刻，刘春竟有些同情还在牢里的陈军。

刘春不知道马彪那天在路口车里见到的人，是不是周红，但马彪后来确实找过一段时间。海州虽然只是个三线城市，可市区人口小一百万，想找个人，没那么容易。马彪最终还是放弃了，那时候刘春已经到了乐知商务酒店上班，他发现了让他更感兴趣的事。

现在，陈军终于回来了，果真如刘春猜想的那样，他没有放过刘春，初次见面，便借着黄佳丽给刘春来了个下马威，甚至，他还追到了大竹乡村。

其实，在老龙潭边时，刘春就在犹豫，要不要把周红的事告诉他。当陈军离开时，他终于不再犹豫，在电话里说："我在市区，见到了一个你认识的人。"

那个人，当然就是周红。

王海鹏去医院，还在医院门口买了个果篮，他要去探望住院的方国良。

方国良好多了，脸色红润了些，意识也恢复了。医生说再观察几天，就能出院。小慧妈那边，几天前已经买好了车票，打算过来照顾他，但方国良一句话，就把她劝退了。

"你得在家守着，万一小慧回去，见不到人，多不好。"

"小慧会回来？"小慧妈立刻不冷静了。

方国良想了想，才说："差不多吧，不回家，她还能去哪儿呢？"

小慧妈退了车票，每天在家等着小慧回来。

方国良这边，派出所的民警打过电话来，嘱咐他安心养病，女儿的事，病好了再说。他继续给刘春打电话，还处于关机状态，思来想去，他只能打电话给白雪松。

白雪松听说他住了院，还是民警把他送医院去的，马上猜到他报了警。但警察没来找他问话，还有救。他立马火速赶来，拎了一堆东西，一个劲儿地装可怜，说到动情处声泪俱下，央求方国良千万不要跟警察说起他跟小慧的事。万一这事传开，他就完了，就算不开除公职，现在的副主任位置，肯定保不住。方国良对他没好印象，甚至还觉得他挺讨厌，但他是小慧在这城市最亲近的人，想恨，又恨不起来。他借机追问最后那几个月，他跟小慧的情况。白雪松仍然坚持他们已经分手了，又说自己的手机铃声就是手机自带的，满大街都是，方国良跟小慧最后一通电话里听到的，肯定不是他。说来也巧，话说到这儿，病房外走廊里就传来相同的手机铃声。

“您听，是不是这声音。”白雪松赶紧趁热打铁。

到这会儿，方国良也不能确定了。难道小慧打电话时，边上的人真的不是白雪松？

隔日，王海鹏到医院来看他，还带了个果篮。王海鹏穿着便装，首先自我介绍是派出所的民警，还特别提到，他认识刘春。方国良赶紧问刘春出什么事了吗，已经好多天联系不上他了。王海鹏告诉他，刘春爷爷去世了，他回了老家给爷爷奔丧。方国良这才明白过来，但还是闹不明白，回家奔丧，就得关手机吗？

王海鹏不想跟他在这事上多纠缠，直接问他怎么认识刘春的。方国良便把刘春跟小慧的事说了，王海鹏听了，放下心来。那傻小子喜欢上了人家姑娘，人家只把他当弟弟，现在，姑娘老爸来海州找姑娘，他热心肠，带着老人跑了几天。没什么事，王海鹏就放下心来，但方国良犹豫了好一会儿，还是给他看了小慧被殴打的视频，说了小慧跟白雪松之间的事。他怀疑给白雪松老婆寄照片的人就是刘春。

王海鹏愣了会儿，心里想这小子还挺会玩。凭着干公安快30年的经验，他立刻察觉出了这里头的关系不简单，可想想也没什么，年轻人嘛，有点情感方面的小纠葛，正常，他干公安这些年，什么事没见过。问题的重点，是小慧突然没了消息，会不会跟这俩人有关。

于是又问了小慧的情况，有些事方国良本来不想说，但架不住王海鹏问，最后一五一十全说了，包括小慧之前因为男朋友借了高息网贷，不得不退学回家的往事。王海鹏脑子里过一遍方国良的话，小慧既然之前有过惨痛教训，这次为什么还要去借高息网贷，除非碰到了什么难处。而借了高息网贷还不上，后面不管发生什么事，都不稀奇。

派出所这些年，没少碰到过涉及高息网贷的案子，报失踪和被人上门讨债的居多。失踪，大多是还不上钱躲了起来，家里只要把钱还上，用不了多久，人就会自己回来。至于上门讨债，现在还属于灰色地带。讨债人手续齐全，只要不打不闹不砸不抢，民警就算出警到了现场，也没办法。但王海鹏想，这种事，离治理的日子应该不远了吧。

王海鹏离开医院前，答应方国良替他联系刘春。他没想替方国良找女儿，毕竟这种事，他见得多了，忙活半天，最后人自己回来了，你出力还不落好。再加上他的腰还疼着，跑趟医院都挺费力，还是等刘春回来，问清楚再说。

就这样又过了两天，这天上午，王海鹏终于接到刘春电话。刘春回到了市区，开机后，跳出来一堆未接电话，仔细看，其实就两个号码，一个是王海鹏，一个是方国良。他先回电王海鹏，问是不是有什么要紧的事。王海鹏说自己腰扭了，行动不方便，让他中午到所里来一趟，他有点事，想问他。刘春答应了。

刘春再打电话给方国良，接电话的是个小护士，说方国良去做检查，手机落病房里。刘春本来以为方国良已经回了西部小县城，没想到还在海州，还住进了医院。忙问什么情况。小护士也说不清楚，只知道这个病号是民警送来的，听说病人去派出所办事，忽然晕倒。刘春没再说什么，问了医院及病区，便挂断了电话。

方国良去派出所，只能是报案。小慧失踪的事，还是捅到了警察那里。刘春没有耽搁，第一时间赶到医院，见到了躺在病床上的方国良。

“老家那边有点事，回了趟老家。”刘春上来先解释自己这几天没在海州的原因。

方国良挺激动，上来就抓着刘春的手，想说什么，急切间声音哽咽在喉间，竟说不出话来。刘春奇怪，什么事让方国良如此激动。

方国良示意刘春扶他起来，下床，抓着刘春胳膊就往外走。他身体恢复得不错，走路虽然还不太稳，但只要不着急，慢慢走不成问题。刘春跟着他到外面，到楼梯间，方国良才从兜里掏出折起来的一张纸递过来。刘春展开，看到纸上是打印的一行字。

——别报警，否则，永远别想再见到你女儿。

刘春惊住，他当然知道这句话意味着什么。

“昨天下午，有个快递小哥送来个快递袋，里面就是这张纸。”

方国良声音有些发颤。

熟悉的配方，熟悉的味道。刘春不久前，也收到过这样的快递袋，里面是手写的纸条。给他寄纸条的人是陈军。但陈军根本不可能知道小慧和方国良，所以，给方国良寄快递的不会是他。那么，这人是谁？难道他知道小慧在哪儿？为什么他说方国良报警，就再也见不到小慧？

“你说，小慧真的还能回来吗？”方国良紧张得身子都有些颤抖了。从接到这张纸条起，他的心就紧绷着，不能跟人说，只能自己硬撑着。见到刘春，他再也撑不住，身子一软坐到了楼梯上。

“不管这人是谁，咱们都要找到他，找到小慧。”刘春用斩钉截铁的语气说。

26

现在，刘春和方国良来到了医院的小花园，找个角落的长椅坐下。方国良忧心忡忡，他本来心里憋着些话想问刘春，收到快递袋里的信息后，又觉得刘春是唯一可以商量的人。

那就从头开始说起。

“白雪松说，小慧和他老婆，都收到过照片，摆明了是有人在搞他。寄照片的人，是你吧？”方国良问。

刘春知道有些事，已经瞒不住了。只有他，有寄照片的动机。

“叔，换了你，会看着小慧跟个结了婚的男人混在一起？”他反问。

方国良沉吟，摇头。

“你是小慧的父亲，知道这事，可以直接找小慧，找白雪松，阻止他们俩继续在一起。但是，我不行。我喜欢小慧没错，但我只是她的普通朋友，我根本没有权利干预她的生活。”刘春特别郑重地道，“没错，我不想小慧就这样下去，她跟白雪松混在一起，最后肯定没好结果。刚开始，我以为小慧被骗，不知道白雪松有老婆孩子，就给她寄了白雪松一家三口的照片，没想到小慧还继续跟白雪松在一起。”

方国良垂下头，一声叹息。现在，不用刘春说，他也知道了后面的事。

“我不甘心看着小慧继续这样下去，我必须阻止她跟白雪松在一起。怎么办？思来想去，我才想出了这主意，让白雪松的老婆知道这件事。”刘春又解释道，“但我真的没想到，白雪松老婆会带人去找小慧，我本来想，白雪松是吃公家饭的，他老婆应该知道，碰上这种事，最好就是管好自己丈夫，悄悄处理，没想到那女人能做出那样的事来。”

刘春看着方国良：“对不起，叔，这事怨我，是我害小慧遭了罪。”

方国良无语，事情虽然由刘春而起，想怪，却真的怪不起来。他也是为小慧好。

那就说说昨天收到的信息吧。

“最可疑的人，就是白雪松。”刘春说出自己的判断。

方国良稍微想一下，也觉得白雪松可疑。纸上那行字，目的就是阻止方国良报警，而报警后，警察调查，他跟小慧的婚外情便会曝光，而且他会被牵扯进小慧失踪的事件里，势必会对他的仕途造成影响。事实上，他还专程跑来医院，恳求方国良不要把他和小慧的事抖出去。

“如果不报警，真的就能见到小慧吗？”这是方国良心里最大的疑问。

没人知道，但刘春却有了主意：“白雪松心里有鬼，又在跟小慧分手这件事上撒了谎，那他真有可能知道小慧的下落。”

“小慧，小慧不会出事吧？”方国良小心翼翼地道。

想了想，刘春摇头：“白雪松没那个胆儿……”

刘春稍微犹豫了一下，还是说了自己的分析："如果我是警察，首先就会怀疑白雪松。他跟小慧交往这么长时间，有一天，小慧不甘心自己的处境，提出白雪松不能接受的要求，比如结婚。白雪松觉得小慧威胁到了他现在的生活，很可能会对小慧做出不好的事情来。"

这样的剧情合乎情理，也常见。方国良激动起来，问："会吗？"

"不会。"刘春直接给出自己的判断，"小慧已经打算离开海州，就算她有要求，也顶多问白雪松要点钱，不会是结婚这种事。小慧借了网贷，她问白雪松要钱的可能性也很低。这些，说明小慧已经打算彻底结束跟白雪松的关系，白雪松根本没有理由去伤害小慧。"

刘春稍顿，再道："我还是觉得，白雪松没那胆子。"

方国良怔怔地想，好半天，才点头："希望吧，小慧可千万别出什么事……"

接下来要琢磨的就是白雪松到底知不知道小慧的下落，问题又归结到小慧为什么好几个月没一点消息上。

"肯定是发生了什么事，也许，只有白雪松才能给我们答案。"刘春说。

"那派出所那边，还用报警吗？"方国良想到前几天，民警来说等他身体恢复些，再替他做报案笔录。

刘春琢磨了一会儿，摇头："这事，最好别让警察掺和进来。小慧这么长时间不跟家里联系，肯定遇到了什么麻烦事。报警，如果能解决问题，小慧一定自己早就报警了。"

"那咱们现在怎么办？"方国良显然已经没了主意。

“盯紧白雪松，我有预感，他一定知道小慧的下落。”刘春又安慰方国良，“我还是觉得，小慧只是遇上了什么麻烦事，躲起来了，等事情过去，她会回来的。”

这样说，方国良似乎觉得安心了些。

刘春还有事，得去趟派出所见王海鹏，他把方国良送回病房。方国良最后告诉他，王海鹏来过医院，还知道了他跟小慧和白雪松之间的事。刘春先是怔一下，随后表示没关系，就算方国良不说，他也会把这些事告诉王海鹏。

半道上，接到王海鹏电话，问他中午要能确定过来，他就在派出所边上一家小饭馆等他。刘春赶到小饭馆，王海鹏点的菜已经上桌，就等他来了。坐下，王海鹏先取了300块钱递给他：“年纪大了，搬桶水，腰就扭了，前几天特别厉害，走路都费劲。要没这事，我还打算去趟村里，祭拜下你爷爷。人没去成，这礼得到。”

刘春接过来，想了想，又推了回去：“咱这的规矩，丧礼礼金不能补。”

王海鹏笑笑：“你小子，会讲规矩了。现在我说了算，别管什么规矩，咱们之间，没那么些讲究。”

刘春这回没再推辞，把钱收下：“谢谢叔。”

“先吃饭，咱们边吃边聊，我这有好几件事要问你。”

刘春埋头吃饭，王海鹏先问了他跟小慧和白雪松的事，刘春就把跟方国良说过的那些话，再重说一遍。他喜欢小慧，不想看到小慧跟个已婚男混在一块儿，就做了点傻事。这跟王海鹏猜得差不多，虽然刘春做的事猥琐了点，但能理解。他又问知道那个叫小慧的姑娘在哪儿吗，刘春摇头，说只知道小慧离开了海州，去哪儿了，真不知道。

“姑娘她爸大老远跑海州来找闺女，这事不好说，没准那姑娘真出了什么事。”王海鹏表示了担心，“那姑娘借高利贷的事，你知道吧。这事再次给你们这些年轻人一个教训，高息网贷，千万别碰，沾上了不定能惹出什么麻烦事。”

这个话题到这里差不多就算结束了，但还没完，王海鹏忽然接到方国良的电话，简单说了几句，挂断后，冲着刘春苦笑：“我就知道会这样。”

刘春问什么事，王海鹏说：“这下放心了，就你喜欢那姑娘，有消息了。老方说刚接到闺女电话报平安，闺女这段时间忙点事，又新换了手机号，就没跟家里联系。”

刘春当然知道方国良根本没接到过小慧电话，这是他在医院跟方国良商量好的，这样，就不会再有人问起报警的事了。

“现在的年轻人，挺不容易的，特别是自己孤身在外闯荡，压力更大。但再有压力，也不能忘了家里的老父母，没事电话报个平安，啥时候都不能忘了。”王海鹏感慨，“医院那头，有时间常去看看。老方也挺不易的，这么大岁数，还为女儿东奔西跑，真是操碎了心。”

刘春点头答应。

接下来，话题便转到了陈军身上。王海鹏说你知道陈军去找过你了吧，刘春微怔，心想王海鹏消息也太灵通了吧。王海鹏接着说：“我去过你住的地方了，楼下邻居说你那天半夜被人带走，第二天回来伤得不轻，这事，是陈军干的吗？”

刘春想了想，摇头：“不是，跟他没关系。”

王海鹏奇怪：“那谁干的，你跟谁结过仇？”

刘春担心说出黄佳丽来，王海鹏过去找她，就会知道马彪要挟她的事，最后追查视频来源，会很麻烦。想了想，他只含糊地道：“是个误会，马彪当时惹了点麻烦，因为在我那里住过一段时间，所以他们才会找上我。”

“还会有麻烦吗？你回来怎么不报警？”王海鹏问。

“没事，过去了。”刘春笑笑，“其实他们也没把我怎么着，都是点皮外伤。”

王海鹏瞪着他：“以后再有这种事，就算不报警，也一定得给我打电话。还有，那个陈军，最近我得找他聊聊，别又像马彪一样，缠着你不放。”

刘春心里咯噔一下，但不能表现出来，只能悻悻地笑笑，继续埋头吃饭。

下午，回到派出所，王海鹏担心陈军再去找刘春，就给他打了个电话。那头陈军问谁啊，王海鹏说了自己名字，陈军回一句“不认识”直接挂断。王海鹏自顾笑笑，再拨过去，接通后，先说我这里是浦东派出所，那头果然不敢挂电话了。

“你去找过刘春了吧？”王海鹏问。

“那小子报警了？”陈军不太相信，“我可什么都没做。”

“没有。”王海鹏赶紧解释，“刘春没报警，我去过刘春住处，邻居说有人来找过他，外形跟你酷似，所以打电话问问。”

“就为这？”陈军还是奇怪，“警察不会这么闲吧。”

王海鹏说了自己当年在驼峰乡派出所工作，曾参与过小胖死亡案件侦破工作。因为那次的案子，认识了刘春。现在陈军刑满出狱，他不希望陈军去打扰刘春的生活。

陈军明白了，这就是个老好人，就是想给他个警告。

“刘春知道你打这个电话吗？”他问。

“不知道。”王海鹏强调，“你别因为我打这个电话，就去骚扰刘春。”

陈军笑笑：“不会，蹲这么些年大牢，好不容易出来，我肯定不会再做违法的事。王警官，我倒想问您一句，您了解刘春吗？”

“什么意思？”王海鹏有点闹不明白，“我当然了解他，他这些年的事，我全知道。”

“真的吗？”陈军的声音听起来怪怪的。

王海鹏让他把话说明白了，陈军却笑笑说还有事，改天他会约王海鹏出来坐坐，到时慢慢聊。还有，他知道王海鹏打这个电话的用意，让他放心，就冲他对刘春这份关心，刘春不会有事。

挂断电话，王海鹏隐约觉得哪儿不对劲。陈军是个聪明人，听他话音，应该不会去做伤害刘春的事。但王海鹏心里还是不踏实，总觉得自己好像错过了什么。

你了解刘春吗？这是陈军问他的话，他说了解，刘春这些年的事他全知道。现在静下心来想，他其实并不是真的了解刘春。出现在马彪死亡现场，跟小慧、白雪松之间的情感纠葛，半夜被人带走狠揍了一顿，这些事好像普通人很难遇上。而现在他所知道的，全都是刘春的一面之词，谁能保证刘春说的就全是真话？

王海鹏心中狐疑不定，忽然一下子不知道该不该相信刘春了。

27

振海路上的虹发廊，招牌上就有一道七色彩虹，它在陈军眼里，却像一座桥，他在桥这头，周红在桥那头，中间隔着12年的时光。

12年的时光，似乎并没有在周红身上留下多少痕迹，当她开车停在虹发廊门边时，不远处的陈军心跳加快，有种迫不及待冲到她面前的冲动——这就是那个他想了12年的女人，现在活生生出现在他眼前，还是那时的眉眼，还是那时的身形，丝毫未曾改变。

他大步向前，还没走几步，前面的周红已经进到了店里。陈军以为自己会毫不犹豫地跟进去，但经过店门口时，却迟疑了一下，还是径自走向了人行道的另一头。

再一次面对周红时，他居然胆怯了。

12年时间里，周红都经历了什么？她现在的生活是怎么样的？

在大竹乡村，他从刘春嘴里听到周红的名字，立刻便激动起来，但他还是竭力压抑住心情，不动声色地问起周红的情况。他不相信刘春说的只是偶遇过周红，没关系，只要刘春告诉他周红在哪儿，就够了。那时，他忽然觉得什么都不再重要，他唯一要做的，就是立刻赶去刘春说的地方，见到周红。

陈军赶回市区，立刻前往振海路，果真看到了有一道彩虹的招牌。那次，他没有丝毫犹豫，直接推门进到店里。店里有几个顾客，忙活的是两个年轻人，一男一女。陈军略显僵硬地站那儿，目光四下里看。

周红不在店里。

小姑娘热情地招呼他，说想剪发得等会儿。陈军悻然转身，离开。

走在街道上，冷风吹过来，满身的激情渐渐消散，他开始想，周红见到他会怎么样。毕竟这么些年过去，人都是会变的。但是，他仍然对见到周红无比期待。在那整个晚上，他辗转难眠，脑中所想，全都是周红。

他记得十几年前，县城有家曼哈顿迪厅，原本是间仓库，改装得也颇为简陋，但因为只收5元门票，所以每晚那里总会聚集众多年轻人，肆意在音乐与摇摆中宣泄无处释放的荷尔蒙。陈军和马彪他们四个，也常去那里混，马彪和陈二兵喜欢在舞池里调戏姑娘，陈军和黄四宝对跳舞没兴趣，只是单纯去那里喝酒混时间。

曼哈顿舞池很大，正中央是个圆柱形的台子，每晚都有人爬到台子上晃悠。是美女，大家就拍巴掌叫好，更多的时候，台上是些流里流气的街混子，喝多了酒，光着膀子，露出劣质文身，台下人尖叫吹口哨哄堂大笑，上面的人丑态百出却自我感觉良好。

陈军就是在台子上第一次见到周红。那天像往常一样，他跟黄四宝一人手上拿瓶啤酒，忽然听到场子里一阵欢呼声，随即就看到有个姑娘站到了台上。姑娘身着紧身黑色皮衣皮裤，身材曼妙。光影之下，面孔看不太清，一头短发也不知染成了什么颜色，看起来颇为张扬。音乐声里，姑娘扭摆起来，性感魅惑间，又带些神秘气息。

陈军那会儿只是盯着姑娘看，像看风景。看风景时，没人会想把风景揣兜里带回家，所以当那姑娘从台上下来后，他也就把目光落到了别的风景上，直到，那姑娘再次出现在他视野里。

满头汗的马彪和陈二兵从舞池里回来，四人喝着酒，聊着姑娘，开些猥琐的玩笑。马彪的手忽然搭上陈军肩膀，还拍了拍，示意他往后看。回头，就看到不远处，隔着两桌人，几个姑娘围坐在一起，特别嚣张地喝啤酒，其中就有刚才台上那姑娘。这回隔得近了些，可以看清那姑娘的模样，眉眼五官颇为俊俏，在那堆张牙舞爪的姑娘里，算是最安静的一个。她带些笑意，听同伴说，看同伴闹，没有了刚才台上的性感和魅惑，却依然神秘。

陈军目光再也离不开那姑娘，心底开始浮闪出些迷迷蒙蒙的小心思。风景没法揣兜里带回家，但你可以进入风景中去。如果愿意，可以让自己也成为风景。

有这种心思的人显然不少，一帮小青年凑过去，事先明显经过计划分工，恰好每人对应一个姑娘。曼哈顿里差不多每时每刻都在发生这样的事。马彪他们几个，也注意到了那边的情况，大家饶有兴味地瞧着，还有些惋惜，都说白菜今晚要让猪拱了。

猪没拱到白菜，却跟白菜打了起来。也就眨巴眼的工夫，根本没看清谁先动的手，两帮人已经厮打在一起。曼哈顿里打架不稀奇，男女混合打，就不常见了。看热闹不嫌事大，周围人嗷嗷叫着，把厮打的两帮人围在中间，起哄尖叫吹口哨。

陈军在那边从头到尾看得真真切切，正是刚才台上那姑娘，最先抓起个啤酒瓶，砸在跟前那小青年脑袋上。后来聊起那天时，才知道那小青年不老实抓了人家姑娘屁股。

那帮姑娘，个个不是善茬儿，厮打中居然不落下风。但这种群架，很难说输赢，都是我打你两拳，你踢我一脚，谁都不落好。看到台上那姑娘被人一脚踹肚子上倒地，然后直接抱住对手的腿，将他掀翻在地，随即脸上又挨了一巴掌，她不退反进，直接拿脑袋撞上去，对方随即鼻子开花，血溅到了她身上。打斗中，这姑娘就像头小兽，野性十足。

别以为会有英雄救美，抱得美人归的剧情，这曼哈顿里聚集着各类社会人，老板更是不用说，你要在这强出头，只会死得很惨。打斗其实没持续几分钟，一大群保安就冲了过来，围观的人群嗷嗷叫着闪开条道，场中两帮人，也立刻罢手，四下里逃窜。

这中间的过程就不说了，那姑娘逃出曼哈顿，后面跟着几个保安追。她跟同伴跑散了，孤身一人。保安没追几步回去了，关键她又遇上了那帮逃出来的小青年。立刻，她被围在中间，跑是跑不了了，结果可想而知，轻则被暴打一顿，重则被掳走，就不知道会发生什么了。那姑娘没得选，要么认命，要么硬扛。

终于轮到陈军出场了，他骑着摩托车疾冲过来，逼开那帮街混子，到那姑娘跟前，车头帅气地划出道弧线，车子停下。陈军冲着还有些惊愕的姑娘道："来吧，上车。"

姑娘犹豫了一下，立刻跨到后座上。那帮街痞嗷嗷叫着冲过来时，车子已经疾驰而去，他们很快被甩在了后面。

这是陈军与周红的初次相遇，印象里，那简直就是港片里才会有的情节。那晚，后座上的周红，不知道什么时候抱紧了他的腰，身子也紧紧地贴着他。风从耳边掠过，车子驶过光影，驶过漫漫时光，最终定格成心上最美好的回忆。

那时，陈军就认定了，他要跟周红厮守一生。

那个他打算厮守一辈子的女人，从他生命里消失了12年，或者说，是他丢下了她12年。现在，他回来，想找回女人，却发现，他跟女人之间隔着一道桥，他在桥这头，她在桥那头，中间隔着的，不仅是12年时光，还有12年的生活。

陈军终于决定，还是先给周红打个电话。虹发廊的招牌上留了个联系电话，应该就是周红的号码。电话很快接通，熟悉的声音。陈军能听到自己的呼吸变得急促，虽然之前准备了挺长时间该说什么，但一声“喂”过后，想好的词，一下子全都堵在了嗓子眼里。

那头随即也沉默了，好一会儿，周红的声音再度响起，居然很平静。

“大军吧，回来了？”

“回来了。”

“回来就好，抽空见个面吧。今晚要没事，请你吃顿饭。”

“行，听你的。”

电话挂断，陈军还在那儿发愣。周红怎么会那么平静，就好像早就料到他会打这个电话。但不管怎么说，这都是个好的开始，周红主动提出今晚见面，还要请他吃饭。他就知道，她还没有忘记他。

从中午开始，就在期待晚上的见面。他洗了澡，还去商场买了身新衣服。下午，他往约好的饭店去，比约定时间足足提前了一个半小时。那是家大饭店，楼特别高，招牌特别大，门口还站着四个穿制服的门童，进门先问好，弄得陈军有点手足无措。坐在订好的位子上，四处看，什么都觉得稀奇。他这辈子头回进这么高档的餐厅，心里想，周红这也太隆重了点吧。

周红如约而至，一看就知道精心打扮过了。精致的妆容，大波浪的长发，隔空飘来的淡淡香气，都让陈军心里泛起丝丝的悸动。对面的周红浅浅地笑："我就知道，你会找到我。"

"这些年，过得好吗？"话出口，陈军就知道这是句废话。

"还行吧，过得去，你呢，回来有什么打算？"

有句话就在嘴边，几乎要脱口而出，但忍住，想了想，陈军说："爸妈都走了，二兵还在牢里，我只能来找你，还有儿子。"

周红脸颊颤动了一下，陈军看到了，立刻便明白，周红的坦然，都是假象。

"咱们先好好吃顿饭吧，别的事，吃完再说。"周红依然平静，甚至还笑了笑。

陈军赶紧点头。

菜很丰盛，酒也是好酒。周红说她现在难得喝回酒，今天得喝点。喝酒，总得说点什么，那就说儿子吧。周红说儿子小宝今年上6年级，在市里一所重点小学，明年就要升初中了，成绩不错，年级里能排到前50。周红还从包里取出几张小宝的照片递过来。陈军看得贪婪，有那么一瞬间，眼里还含了泪。出事那年，小宝才1岁多点，现在，已经长成个半大小伙子了。眉眼之间，明显能看到自己的影子。

“辛苦你了。”陈军感慨万千，“当初，真该听你的话……”

周红摆手，示意他打住：“说好的，咱们好好吃顿饭，以前那些不开心的事，过去就让它过去吧。来，咱们再喝一杯……”

吃得差不多了，一瓶酒也见了底，觉得该说正事了，周红却叫服务员过来买单。服务员把账单递到陈军面前，周红急忙招手示意给她，但陈军已经抢过账单：“这顿，我请你。”

看账单，陈军傻了眼，有点无措，那边周红已经将一张卡递给服务员……

出了酒店，俩人并排走在街边人行道上，一时无语，就这么沉默着走了一条街。转角处，有个小花园，周红忽然叹口气：“到那边坐坐吧，有些事，躲不开，迟早得说清楚。”

陈军忽然有了些不好的预感。

进到小花园，找个长椅，坐下，周红不再闪躲，直奔主题：“我结婚了。”

早已想到，但陈军还抱着那么一丝希望。现在，希望破灭，还未说话，就已经听见自己粗重的呼吸声。

“你进去后两年，我就结婚了，拿证的那种。”周红这番话，想必已经准备了许久吧，“当判决结果出来那天，我就知道，我等不了你12年。那年我多大呢，23岁，还是24岁，我不可能把自己这辈子最好的12年时间，都用来等待一个人，不管是谁。”

“这12年，不管你经历了什么，我都不在乎，现在我回来了，你不用再等了。”

周红居然笑了笑，再看向陈军时，满眼无奈：“可这12年，我有了自己的生活，我靠着自己，活得很好，为什么你出来了，我就得放弃我这12年的生活。你知道你这话，有多自私吗？”

“周红！”陈军叫她的名字，“这些年，我唯一的希望就是回到你身边。”

“那是你的希望，不是我的。”周红神情变得冷峻。“当年，小宝出生时，我都不记得跟你说过多少回，找个工作，或者做个小买卖，咱们不求大富大贵，只要有吃有喝有点闲钱，守着小宝长大，这辈子就这样了。你不听，瞒着我跟马彪二军他们捞偏门，刚出事那会儿，我还想着，肯定没多大事，关个一年半载就能回来。可法院判了你12年，不瞒你说，判决出来后，我很快就有了决定，但你以为我做出那样的决定容易吗，你知道我带着小宝离开那个家，哭得有多伤心吗？”

陈军上前抓住周红肩膀，颤声说都是他的错，不管周红做了什么，他都不会怪她。

周红大力甩开他，愤然道：“你当然不该怪我，你凭什么怪我！你现在该做的，就是离我远远的，不要来打扰我现在的生活。大军，什么都变了，我们回不去了，认命吧。”

陈军赤红的眼睛瞪着她，嘴唇不停颤抖，却说不出话来。他是个聪明人，已然从周红的语气中听到了绝望。周红目光毫不畏缩地迎上他的，神情无比坚毅。俩人如此对峙了好一会儿，周红忽然有了些惊悸，她看到陈军的激动已经平息下来，眼神也变得冷漠。

她不知道，就在这短短时间内，陈军怎么会有这么大的变化。

陈军慢慢凑过来，再次轻轻抱住她，她全身僵硬，竟然未动，任由他抱着。

“我知道这些年你辛苦了，也知道你说的都是对的。”陈军在她耳边低语道，“但是，我回来了，你必须回到我身边。你了解我，比谁都了解，我想要做的事，谁也阻挡不了……”

陈军的话，摧毁了周红心里对他残存的最后一点情意。当陈军越抱越紧，手还在她身上来回抚动时，她知道，这个男人已经变成了恶棍，变成了魔鬼。

她拼命挣扎，扭动时，找准机会，胳膊肘重重撞向他的脸。陈军负痛，周红趁机挣脱开来，毫不犹豫地跑了。

鼻子出血了，他随手抹一把，脸上满是血渍。陈军抬头看着周红远去，隐忍的啜泣终于喷薄而出，他整个身子都在颤抖。周红现在一定把他当成了恶棍，但她哪里知道，她的任何质问，都让他无言以对，他只有变成恶棍，才能让自己继续留在周红身边。

变成恶棍，自然就不用再去讲什么道理，理会什么情感。可以承认你说得都对，但是，我仍然坚持我想要得到的。

陈军知道自己不能没有周红，所以，他必须把自己变成恶棍。

变成恶棍，他就能再无顾忌、再无所惧了。

28

方国良从医院偷跑出去，去找白雪松。这回，他进到办事大厅里找个位子坐下，给白雪松打电话。白雪松不敢怠慢，立刻从楼上下来，接了方国良，去到自己车里坐下。白雪松显然很反感方国良来单位找他，但又不敢表现出来。

“有事，给我打电话就行，不用大老远跑过来。”白雪松道，“您这还住着院呢，出来乱跑，万一出点事，麻烦就大了。”

方国良将在医院收到的那封信递过去，白雪松接过来展开看，立刻愣住了。

“哪儿来的？”他皱着眉头问。

“我还想问你呢。”方国良说。

白雪松立刻瞪大了眼：“不会怀疑是我吧？”

方国良不作声，就算是默认了。

白雪松哭笑不得的表情：“叔，您报警，我没意见，我只是不想让警察知道我跟小慧的关系。上回我去医院，已经把事都跟您说清楚了，我还有必要弄这神神道道的事吗？”

方国良想，好像是这么回事。白雪松担心的，只是他跟小慧的事，给他造成不好的影响。

“再说了，如果知道小慧在哪儿，我有必要瞒着您吗？我巴不得您现在就找到她，领着她回老家，我也就不用天天操心这摊子事了。”白雪松看起来挺无奈的。

方国良也知道自己往他单位跑，多少会让他不自在。

看方国良不说话，白雪松又道：“小慧没消息，您着急，我能理解。这人一着急，就会胡思乱想，怀疑上我，这我也能理解。可叔您好好想想，我跟小慧是有那么一段，可后来分开了，我有什么理由去做伤害小慧的事，要是知道小慧下落，我有什么理由还瞒着您？”

方国良想到刘春也说过，白雪松没有那个胆子。

“那你说，还能有谁给我寄这东西？”方国良道，“海州跟小慧有关系的，也就你跟刘春两个人。”

“那肯定就是刘春了。”白雪松斩钉截铁地道，“他想跟小慧在一块儿，小慧不搭理他，他就整出那堆破事来搞我跟小慧。有一就有二，有二就有三，他给小慧和我老婆寄照片，谁知道他后面还能做出什么事来，兴许就是他做了什么，导致了小慧的失踪。”

有道理。方国良锁着眉头，虽然不太情愿，但还是觉得白雪松的话有道理。

“可我收到这信的时候，刘春还在老家给他爷爷奔丧，根本不知道我住院。”方国良还是发现了疑点，接着，又把刘春这段时间不在海州的事说了。

“那就真有点奇怪了。”白雪松想了想，说，“您就确信刘春说的都是实话？他回老家奔丧不假，到底哪天回的市区？他当真一回来就去了医院？会不会提前两天回来，知道民警把您送去了医院，就给您寄了这封信？”

方国良怔住，自语道：“他会这样吗？”

“为什么不会？”白雪松接话道，“如果真是他后来做了什么事，让小慧没了消息，那么，最怕警察掺和进来的人是他，所以他才不想让您报警。”

白雪松再强调，“我只是不想警察知道我跟小慧的事，而他，是不想警察介入这件事里来，您一定得弄清楚孰轻孰重。”

方国良脑袋有些蒙，白雪松和刘春说的都有道理，他有点不知道该信谁了。

“那你说，我现在该怎么办？我都已经跟警察说接到小慧电话了，现在再去找警察，他们会相信我吗？”

“让您跟警察撒谎，这肯定是刘春的主意。”白雪松轻蔑地哼一声，“我就说最不想让您报警的人是他，没错吧。不过，这小子再阴险，倒还不至于伤害小慧。我觉得不如就按照这信上说的，再等等，兴许小慧真碰上了什么麻烦事，等事情过去自己就会回来。”

白雪松想起小慧借的高利贷：“小慧不是借了钱吗，说不定她的麻烦就是高利贷。您那边把钱还上，她知道了，也许很快就会跟您联系了。”

方国良叹口气：“希望吧……”

白雪松开车送方国良回医院，到门口放下他，叮嘱他别再乱跑，好好养病，便走了。方国良心事重重回病房，免不了被小护士抱怨一通，还说接下来几天，会重点盯着他，别再想偷跑出去。

到了下午，刘春来了，很快觉出方国良看他的眼神不对，就问怎么了，方国良犹豫了一下，还是说了上午偷跑出去找了白雪松。

“除了给小慧和白雪松老婆寄照片，你当真没再做别的什么事？”方国良问。

刘春非常肯定地点头。

“那小慧到底能出什么事呢？”方国良无限苦恼。

“姓白的，是不是说什么了。”刘春问，“他的话，您最好别信，标点符号都别信。小慧当初，要不是遇上他，肯定没有后面这么些麻烦事。小慧跟他在一块儿，说不准刚开始就是被他蒙骗，后来知道真相，已经骑虎难下。他表面上看起来人模狗样，实际上就是个卑鄙小人……”

方国良能理解刘春对白雪松的憎恨。

“您收到信时，我还在村里，根本就不知道您住院的事。我哪天回的市区，去村里一打听就知道，还有现在的大巴车上都有监控，这些，骗不了人。”

方国良想想，还真是这样。收到信时，如果刘春还在村里，那寄信的人肯定不是他。

还是白雪松的嫌疑更重些。

傍晚，白雪松下班后，来了趟医院，带了些牛奶八宝粥。方国良没忍住，又跟他说了刘春的话。收到快递时刘春还在村里，去村里问或者找大巴车的监控查，都能做证，所以，信不是他寄的。

白雪松沉吟了下，不禁感叹刘春年纪虽不大，却是只老狐狸。

“他说得没错，去村里问，肯定会有人看到他离开村子。去大巴车调监控，也能确定他回市区的时间。但是，您真的会去查吗？”

方国良又愣住。没错，刘春这样说，是知道他不会真的去他老家村里找人询问，也不可能去找他回城坐的大巴车查监控。

刘春跟白雪松这几个回合下来，方国良脑袋越来越蒙，根本不知道谁的话才是真的。

晚上，翻来覆去睡不着，方国良忍不住摸出手机来看小慧的照片。后来，不知怎么点开了小慧被三个女人殴打的视频，一时间，方国良看得老泪纵横。离家多年的女儿，在外面遭这样的罪，视频中那些女人的拳打脚踢，每一下都打在方国良的心上，他疼得心都在颤。

蓦然间，他想到了什么。打小慧的这三个女人里，哪个才是白雪松的老婆？来回看，反复看，无论年纪还是身形，都没法把她们跟白雪松联系起来。也许，她们只是白雪松老婆找来的帮手。方国良突然从床上坐了起来，为什么这么些日子就没想到白雪松的老婆呢？有动机去伤害小慧的人，就在眼前，竟然被他忽略了。

这事，只能找刘春商量。方国良想等到天亮再说，但实在憋不住，也不管已经是半夜，还是给刘春打去电话。刘春声音有些懵懂，显然已经睡了，但他听了方国良的话，立刻清醒了。

“没错，怎么把这个人给忘了。”刘春说，“如果咱们之前猜得没错，失踪前小慧还跟白雪松在一块儿，这事又让那女人知道，不定她能做出什么事来。”

越想越可疑，能带人上门打小三，就能做得出更激进的事。

“小刘，你说，咱们，咱们怎么办。那女人，会不会，会不会……”方国良说不下去了。

“我看这样，这几天，您还在医院安心养病，我想办法打听一下这女人的情况。等您病好出院，咱们一块儿去找她。”刘春说。

方国良赶紧一迭声答应：“好，听你的。”

又过了两天，刘春那边传来消息，方国良的老婆叫郭婷，原本也在一家事业单位工作，几年前辞了铁饭碗，去了家房地产公司，做了一个部门经理。

方国良沉默了片刻，心底竟然有些怯了。光看这段经历，小慧无论如何也没法跟这个郭婷相比。他很好奇，家里明明已经有了这样一个妻子，白雪松为什么还要找上小慧。

他不由自主地就对白雪松又多了些怨愤。

每天中午和傍晚放学时，新海实验小学门前那条解放路，都会被来接孩子的家长，挤得满满当当的。陈军混在人群里，盯着前面不远处的张涛，看他接过小宝的书包，再牵着小宝的手，顺着街道往东去。张涛的车停在东边数百米外的街边，是辆国产面包车。跟在后面，陈军看着一大一小俩人进到车里，车子艰难地在人流里蠕动，然后驶远。

陈军始终没能看清小宝的模样，这让他有种冲上去抱住孩子的冲动。但他忍了，知道还不到时候。陈军根本没把那个看起来路人脸的男人放在眼里，相信只要一拳就能将张涛打趴下，但陈军怕吓着孩子，怕头回见面给小宝留下不好的印象，更怕小宝以为他是个坏人。

他要重新夺回周红和小宝，这是场战斗，他必须计划好步骤，不能莽撞。就算是个恶棍，他也是个有头脑的恶棍。

第一步，他要让周红知道，他回来，所有事情都会改变，她再也不能像以前那样生活了。

他出现在振海路上，直接走向虹发廊，推开门，进到里面时，再无畏缩。不管周红在不在，不管店里人异样的眼光，他会坐下，玩手机，或者饶有兴趣地跟周红的俩小徒弟聊天，看他们干活，告诉他们，他跟周红十多年前的事。他坐了12年的牢，现在回来了，打算找回周红和儿子。俩小徒弟开始挺震惊，还到外面给周红打电话。周红匆匆赶来，问他到底想干什么。他倒很坦然，说话也不拐弯抹角，直接告诉周红，他要拿回他这12年失去的。周红又气又恼，再次重申那不可能，警告他别再来骚扰她的生活。陈军不想跟她吵，老老实实又坐回了沙发上，玩手机，还招呼那小姑娘给他倒杯水来。

张涛很快知道了这事，当年他既然能跟带着小宝的周红结婚，当然知道周红以前的那些事。虽然他对陈军多少有些顾忌，但想想陈军出来那得十多年之后，便也没太当回事。现在，已经来到十多年后，他必须和周红一起面对这个麻烦。知道陈军有事没事就会赖在发廊，他最先想到的就是报警。周红说没用，警察来了，最多把他赶走，给他个警告。他什么都没做，所以根本拿他没办法。陈军走了可以再回来，如果激怒了他，反而会让他做出更激进的事情来。张涛立刻便没了主意，还有些慌张。周红知道他毫无跟陈军这种人打交道的经验，对他也没抱有什么希望。有些事，只能她自己去面对。

她知道，这是道坎儿，不会轻易过去。

当初，带着小宝离开时，她就预感到会有这一天，但她那时要考虑的，不是12年后，而是该怎么带着小宝活下去。来到市区，她在这条小街上开了家小发廊，刚开始，不仅生意惨淡，还常会有人摸上门来，把她当成经营别的生意的女人。后来，她遇到了张涛，这是个极普通的男人，俩人之间从来没有经历过爱情，但从此后，她却过上了正常人的生活，那也正是她所需要的。这些年，俩人一块儿努力，日子越过越好。她的发廊终于有了些规模，再不会有人误会这里是别的场所。张涛也从单位辞职，开了家小工厂，专门加工几种自行车、电动车上的小配件，每年也能有几十万元的收入。周红和张涛的夫妻生活平淡且温馨，虽说没有让人特别难忘的记忆，但每日的柴米油盐，却让周红想起来便觉得心里暖暖的。

当初跟张涛结婚，她便想到总有一天要面对陈军，却还心生幻想。她对外宣称去了外地，切断了与以前生活中所有人的联系，就算跟张涛结婚，也没有通知任何人，包括家里。她常安慰自己，海州虽说不大，但要想在这百万人海里找到一个人，也并不很容易吧。

现在，陈军还是找上门来，她其实比谁都惶恐，不知该如何应对。但她却知道自己的决心，无论如何，她都要捍卫现在的生活。可是，如果陈军铁了心不放过她，她能怎么办？

知道陈军常去店里，她便减少去店里的时间，尽量躲开他。她每天晚上都会给店里俩小徒弟打电话，询问陈军的情况。小徒弟说，陈军在店里挺和气，跟他们聊天，还会带些吃的，或者点奶茶请他们喝。但他们还是替老板娘担心，这个男人，看来要打持久战。

更让周红揪心的是，陈军时不时就给她手机上发来照片，先是张涛的小工厂，没过几天，变成了张涛接孩子放学。周红沉不住气了，别的事，都能忍，唯独小宝不行。小宝是她的底线，别想打小宝的主意。

周红给陈军打电话，约他出来见面。这回，直接约在了龙尾河边的一块空地上。远远的，可以见到那座已经废弃的老铁桥。

再见到周红，陈军想自己已经是个恶棍了，恶棍就该有点恶棍的样，绝不能被周红的花言巧语打动。他上来就抱住周红，手还伸到了她的衣服里，嘴巴在她脖子上乱拱，完全就是副无赖的做派。

周红忍了，为了小宝。但陈军越来越放肆，最后时刻，她还是大力挣脱，反手一巴掌扇他脸上。陈军还没反应过来，一把刀子架在了他的脖子上。持刀的周红横眉怒目，仿佛又变身为十多年前那个不良少女。

“别逼我！”周红恶狠狠地道。

陈军笑了，居然一发而不可止，笑到全身都跟着晃动。

“跟我玩刀子，算你狠。不过，你敢扎吗？我倒是希望你敢，真扎进去，就轮到我等你了。你等了我12年，我也能等你12年，这样，咱们就扯平了。”陈军说。

周红怔住，忽然收了刀，闪到一边：“你到底想怎样！”

“我想怎样你能不知道？我要你带着儿子回到我身边。”

“不可能！”周红低声吼，“醒醒吧，大军，放过我，也放过你自己，行吗？”

“不行。”陈军回答得斩钉截铁，“我什么都没有了，除了你跟儿子。”

“你要不放过我跟儿子，你真的这辈子都会一无所有。”

陈军使劲摇头：“不会的，就算你铁了心要跟那个小工厂老板在一起，我还有儿子，儿子是我的，这是事实，谁都改变不了。”

“你能给儿子什么？”周红气急，“你对别人狠，没问题，但小宝是你儿子，你真打算亲手毁了自己亲骨肉？”

“小宝回到我身边，我会疼他，保护他，不让人欺负他，怎么会毁了他？”陈军不解。

“你能给他什么？”周红道，“你知道现在跟以前不一样了吗，你知道现在养大一个儿子要花多少钱？小宝现在上5年级，要我给你算算他一年的开销吗？你连跟我吃顿饭的钱都拿不出来，你拿什么养儿子？”

陈军呆住，周红的话他一时竟无法反驳。

“现在没有钱，但我会去赚。”他的语气已经软了下来。

“谁都说要赚钱，真正赚到钱的有几个？”周红继续给他洗脑，“现在跟以前不一样了，单纯想混口饭吃，没问题，只要肯劳动，肯定饿不死。但想攒下钱来，要么你有过人之处，要么有权有势有关系。就我开那店，看着生意好像还不错，累死累活忙到年底，刨除各种成本，也就比普通上班打工的人强点。估算着你快回来了，我也动过带孩子去外地的念头，这样就不用面对你和这一摊子破事。但我不敢，我不能放弃现在的生活，我根本没有胆子到一个陌生的地方再从头开始。”

周红情绪越来越激动，“你可以说我是个物质的女人，我这个物质女人靠着自己拥有了现在的一切，凭什么你一回来，我就要放弃十几年打拼来的生活。大军，你有脑子，你好好想想，你要真的为我们娘儿俩着想，就放过我们。如果你真把自己当个男人，就等你赚到大钱了，有能力让我们娘儿俩过上好日子了，再回来。

那时候，至少我还能敬你是个爷们……”

周红离开了，陈军独自在河边坐了挺长时间。他心里感慨，周红果然还是那个周红，头回见面在大餐厅吃饭，都是她计划好的，目的就是留着今天来刺激他。明知道是套路，他还是被周红的话给伤着了，这年头，没钱装恶棍是件特别丢人的事。

周红说的有错吗？没错，就算她现在带着儿子回到他身边，这一家三口往后靠什么生活？周红的店吗？那在外人眼里，他就成了吃软饭的。丢得起这个人吗？丢不起。那怎么办？得让自己腰杆硬起来，得赚钱，得自己先觉得有资格站到那娘儿俩面前。

陈军终于想明白了，今天这出戏，整个就是周红的绥靖之计。知道陈军要面子，倘若受了刺激真的开始一门心思赚钱，就顾不上去骚扰她和儿子。陈军会中计吗？会，深思过后，他想到了刘春。刘春一上来就告诉他周红的下落，多少让他有点意外。现在，他全想明白了。套路，都是套路。

他给刘春打了电话，让他尽快到这河边来。他要给刘春个教训，让他知道，什么叫偷鸡不成蚀把米。

29

接到电话，刘春不敢怠慢，打了辆摩的赶紧过来。远远看见陈军躺在河边草地上，心里的狐疑更重了些。他犹豫着，还是慢慢走过去。他不知道，陈军为什么约他在这见面。

听见动静，陈军爬起来，甩胳膊踢腿活动一下，也不寒暄，开门见山就问："知道叫你来干什么吗？"不待刘春反应，他直接给答案，"这么些年过去，你个儿长高了，就是身上没长肉，也不知道长力气了没。打一架吧……"

刘春傻了，这场面似曾相识。没错，去年在不远处的老铁桥，马彪也跟他说过差不多的话，也是找他打了一架。他打输了，然后就开始跟马彪一块儿"干活"。现在，陈军又玩这套，果真是一个团伙出来的，套路都一样。

刘春还是要问："为什么要打架？"

"真想知道？"陈军道，"别说我欺负你，先说再打，还是打完再说，你挑一个。"

"能不打吗？"刘春开始犯尿，陈军打起架来心狠手辣，马彪都怕他。

"不能。"陈军大声道，"大老远让你跑过来，就为跟你打一架，你可别这时候掉链子。"

“可你总得告诉我为什么吧。”

“那我就先说，说完你来评评理，咱们该不该打这一架。”陈军又是自信满满，好像已经忘了不久前刚被周红吊打过，“在大竹乡村，你跟我说见到过周红，我就留了个心眼，只是当时一门心思想着去找周红，没多想。刚才躺草地上，我算想明白了。”

陈军往前走两步，离得刘春近了些，“你给了马彪一段视频，马彪没几天命就没了。你告诉我你在市区撞见周红了，周红刚才拿刀抵我脖子上。你来说说，这都是巧合？”

刘春吃惊，不相信地道：“拿刀抵脖子？为什么？”

陈军叹气：“小鳖崽子，别这儿跟我装傻，你能不知道为什么？我现在怀疑，你知道周红下落，根本不是你说的在街上撞见。”

刘春点头：“这你猜得倒没错，我还真不是在街上撞见红姑。我在她店里干过活，她没认出我来，我也没敢跟她提以前的事。”

在街上撞见，和在店里干过活，没区别，这不是重点。

“这都是你计划好的吧？”陈军说。

“我计划什么了？”刘春哭笑不得。

“你给马彪视频，知道他肯定会拿视频去找棋牌室老板娘。你还知道老板娘的老公，在道上混，混得还不错。倘若这道上混的老公，知道自己老婆跟人鬼混，不难猜到他会做什么。马彪没脑子，人已经掉坑里了，还大嘴巴主动跟人说他那点风流事。不过我猜，就算他自己不说，你也会有办法，让那道上混的老公知道这件事。”

刘春摇头：“我要有这能耐，我就去桥头给人算命了。”

“你的能耐大了，现在我看你，心里都有点犯怵。”陈军摸出手机来，拨弄几下，“这新闻里说了，马彪死那天，还让人买了药给他送过去。那人就是你吧，你是马彪生前见到的最后一个人。我现在有点想不明白，马彪到底让谁给打死的。”

刘春极其无奈：“马彪让金三打死，警察都这么说。”

“所以说你能耐大，连警察都能糊弄过去。”陈军道，“我仔细琢磨过了，会不会有这样一种可能，金三把马彪给揍了，揍得还不轻。马彪回去让你给他买药送过去，你看马彪伤重，动不了，趁机补一刀。反正马彪真的让金三给揍了，隔上两小时再揍一顿，就算死后验伤，也验不出来。”

“疯了。”刘春叹气，“当年你们四个，你最聪明，现在我算知道了，你这聪明，过了头。换了我是你，就直接找警察了，把我交给警察，替马彪报仇。”

陈军摇头苦笑：“你能耐大，警察讲证据，拿你没办法。”

“没证据就别说这些没用的。”刘春瞪着他，忽然大声道，“你在牢里待的时间太长，是不是脑子坏掉了，出来后满脑子都是这些阴谋论。我告诉你，不管是小胖，还是马彪，他们的死都跟我没关系。你要真是个爷们，就去找警察，让他们来抓我，或者自己找出证据来，否则，别跟村里那些老太婆一样，背后乱嚼舌头。”

陈军笑了：“现在是不是觉得，咱们该打一架了。”

刘春脸憋得通红，沉默了一下，才道：“打架，解决不了问题。”

“但至少可以知道谁的拳头硬。”陈军说了这么多，显然已经不打算再磨叽了，晃着膀子往刘春这边靠近了些，“如果你连跟我打的勇气都没有，那就说明你心虚了，我说的这些都是真的，我也就当你默认了。”

刘春低着头，真是想死的心都有。打，肯定打不过，可陈军说的这些话，又逼得他不打不行。十多年前被迫加入他们团伙时，他跟陈军接触不多，只知道他是个话少心狠的人。坐了十几年牢，这话多了，心更狠了。刘春心头盘算，这一架，看来躲不过了。就算打不过，至少可以向他表明自己的态度。

想罢，刘春叹口气，既然躲不开，那就打。他猛然嗷地叫了一声，也没打招呼，直接向着陈军直冲过去。

然后，就没有然后了。片刻工夫，他就被陈军打倒在地，满脸是血，动弹不得。

陈军没下狠手，刘春倒在地上缓了会儿，身子就能动了。刘春耷拉着脑袋去河边洗了把脸，回来看到陈军特别兴奋的样子，心里特别纳闷，揍我一顿，他就这么开心?

“走吧，咱们别待这破地方了，找地方喝点。”陈军说。

怎么都一个德行，以前的马彪也是，这边打完，那边喝酒，他们这是活在什么年代，脑袋里除了拳头和酒，就没别的东西了？刘春当然不知道，陈军在周红那边吃了瘪，现在，又从他这里找到了信心。

回市区，要走挺远，陈军居然用手机叫了辆车来。他出来没几天，手机已经玩得熟悉极了。聪明人就是不一样，刘春记得马彪那会儿，光手机付钱就教了他好几天。

随便找了家小饭馆，喝酒。刘春坐那儿不动，干陪着，他看出来陈军还有话要说。

“今天周红刀架我脖子上时，我立马想到了马彪。你这小鳖崽子是一门心思要把我们老哥几个全都灭了。”陈军说。

“要我说几回，这都是你瞎琢磨出来的，根本没这回事。”刘春特别无奈。

“那你说，在村里，你为什么要告诉我周红在哪儿？”

知道不能瞒了，刘春说：“我就想着，你要找到周红，兴许就能忙点别的，没工夫再瞎琢磨我这边的事了。”

陈军笑：“我不信你就这点心思，不过你猜得没错，这几天，我光想着周红跟儿子，要不是今天周红把刀架我脖子上，我还真想不起你来。”

刘春听着，很想知道今天发生了什么。陈军也不藏着，把下午周红约他见面的事说了，然后一声叹息：“我想当个恶棍，可现在这社会，兜里没钱你当个恶棍腰板都硬不起来。”

刘春心思一动，忽然有了些不好的预感。

“周红丢下我走了，我躺在河边草地上等你那会儿，脑子里就一个念头，上哪能赚到钱，还得是那种天上掉馅饼式赚钱。”陈军苦着脸道，“想想自己，也挺悲哀的，打不了工，做不了生意，又在大牢里与世隔绝12年，出来发现啥都不会。你不知道那会儿我有多绝望，想死的心都有，但忽然间，我想到了一个老熟人，马彪。”

刘春垂下脑袋，已经知道他想说什么了。

“你说这马彪，不比我强多少吧，他出来这一年多，虽然混得不怎么样，却赚到钱了。他哪来这么大本事？不用说，这全是你的功劳。”陈军身子往前凑了凑，语气故作神秘，“你倒是跟我说说，马彪这钱，究竟是怎么赚的。”

他这是明知故问，刘春赌气地抓起一直没动过的筷子，夹菜往嘴里送。

“我有个号友，叫老谢，比我先出来两年。他出来时，我让他替我带几句话给马彪，后来，他跟马彪成了朋友，常在一块儿喝酒。咱们都知道马彪大嘴巴，跟棋牌室老板娘那点破事，都能主动往外说，但有人问他赚钱的门路，他却一个字都不往外露。他这事却没瞒着老谢，可能把老谢当成了我的人吧。”

不喝酒的刘春，这回给自己倒上，一仰脖子，干了。

那边陈军继续说：“老谢自打牢里出来，就成了老实人，去家里人替他找的厂子上班，还相亲娶了个媳妇，打算从此后老实巴交过日子。马彪的那些事，他没兴趣，等我出来后，他把马彪跟他说的，全告诉了我。”

陈军主动给刘春倒了杯酒：“我去过你现在住的地方，看来，马彪亏欠了你。这回，你跟着我干，我保证不会像马彪那样抠门……”

刘春腾地站起来：“我没帮马彪做过任何事，也根本不知道你在说什么。”

“不对呀，马彪跟老谢说，他逼着你在老铁桥跟他打了一架，打得你满地打滚，你这才答应跟他一起干。我这也跟你打了一架，待遇怎么就不一样了？看来是我下手轻了，效果不理想，要不，咱们抽时间再去重打一回？”

刘春快崩溃了：“别来缠着我行吗？我就想安安稳稳地过日子，放过我，行吗？”

陈军看四周，摆手示意他坐下说：“别那么大声，人都在看你。我这是为你好，你不想找点别的事，让我分心吗？只要咱们能赚到钱，也许我就能暂时忘了小胖和马彪的事。”

刘春瞪着他，显然气急，转身就走。他真的走了，连声招呼都不打。

后面的陈军起身，又坐下，给自己倒杯酒，冲着刘春的背影哼了一声，低声自语道：“小鳖崽子，不信我拿不下你。”

过了两天，下午，刘春忽然接到陈军的视频电话，脑门上立刻堆起几道褶子，知道他又来新花样了。不想接，可心里又不踏实，接通，没看到陈军，先看到健康棋牌室的招牌。

刘春纳闷，黄佳丽知道视频的事，已经教训过他了，陈军又跑去干吗？炒冷饭？

很快，陈军出现在画面中：“不用我说这是哪儿吧，你猜，现在进去，能不能见到老板娘？”

“你又想干什么？”刘春毫不掩饰自己的不耐烦。

“找老板娘，当然说马彪的事。”

“她已经为视频的事找过我……”

“谁说找老板娘只能说视频的事？”陈军抢着道，“这回要说的事，比视频可劲爆多了。”

刘春彻底崩溃，失声叫道：“你别乱说。”

“怎么是乱说，马彪怎么死的，让金三打死，还是有人后来补刀，谁也说不准。我没法找警察，警察讲证据，我没有。可老板娘跟金三手底下那些人，肯定不管什么狗屁证据，他们要知道金三让人算计了，你能猜到他们会做什么吗？”

刘春后背发凉，尿意袭来。上回他已经领略到了黄佳丽的手段，黄佳丽这回要是信了陈军的话，为救金三，天知道会怎么对付他。只怕在这城市里，他都没有容身之地了。

“你到底想怎样？”刘春又气又怒，偏偏又无计可施，“咱能别这么玩吗？”

“我想干什么你不知道？”陈军笑笑，“现在给你个选择，要么我去棋牌室找老板娘，要么咱俩找个地方，好好商量一下发家致富的事。”

刘春叹气，声音软下来：“我现在已经不在酒店上班了。”

陈军笑了：“只要你先答应，后面的事，咱们慢慢再商量……”

这天晚上，刘春又在擦拭栀子花的叶子。他擦得很仔细，一点污渍都不放过。不知道什么时候，他哭了。

“我只想安安稳稳地过日子，怎么就这么难？”他对栀子花说。

“撑下去。”栀子花鼓励他，“也许，别人也是这么撑过来的，只是你不知道罢了。”

“真的好难。”刘春哽咽，“好累，这一切，什么时候才能真的过去？”

栀子花无言。

这天，在栀子花茂盛的叶子间，他发现了一个花苞。春天早已经过去，开在春天的栀子花居然长出了花苞。神奇的花苞在这晚给了刘春些惊喜，他忍不住就要去想，难道这是种征兆，或者预示着些什么？

那晚过后，他便无比盼望着花开的时候。

他想，不在花季里绽放的花朵，肯定和普通的花儿，会有些不同吧。

30

方国良几次想溜出医院，都被小护士拦下。他已经成了重点关注对象，再想溜，难。好在医生早上查房时，告诉他，再观察两天，他就能出院。两天时间不长，对方国良来说却是煎熬。这两天刘春那边没啥消息，想打电话问，又觉得不能老这样麻烦人。不打，这心里又跟猴爪挠似的，痒得难受。白雪松倒是一天一个电话，方国良能听出他嘘寒问暖是假，探听他的口风是实。他唯一担心的，就是方国良会不会报警。

方国良越来越烦白雪松，他不明白小慧怎么会跟这种人扯上关系。

出院那天，刘春早早来了医院，跑上跑下好多趟，终于办完出院手续。领着方国良离开医院，先找家小旅馆住下，本想让他再歇一天，但方国良已经迫不及待要去找郭婷。

下午，刘春跟方国良去了家正在销售中的楼盘，售楼中心的销售员以为他们来看房，热情接待，后来听说找人，脸立马拉得老长，把他俩扔一边自己溜了。俩人又去找接待员，终于打听到郭婷在二楼办公，前台帮他们打了个电话，没多会儿，郭婷就站到了他们面前。

这就是个极普通的女人，不管她在脸上怎么折腾，穿多昂贵的衣服，都改变不了这个事实。她的神情矜持冷漠，显然自我感觉良好。她上下打量面前的刘春和方国良，不耐烦的眼神一闪而没，却仍然硬挤出些笑容，问他们有什么事。

俩人都没吱声，方国良直接把手机推到她面前。手机播放的，正是三个女人殴打小慧的视频。郭婷立刻瞪大了眼睛，马上就要炸的样子，但她还没蠢到在自己上班的地方自爆，狠狠瞪着面前俩人，问："你们是什么人？"

刘春说自己是小慧朋友，又介绍方国良是小慧的父亲。

郭婷哼一声，丢下他们径自往外走。刘春知道她想找个没人的地方说话，便拉着方国良跟在后面。

到外面僻静处，郭婷终于爆发了："你们这是什么意思，找我算账来了？打小三怎么了，告诉你们，打一顿，算是轻的，没把她给撕了，我都佩服自己的涵养，这涵养高了，真拖累人……"

方国良想发作，被刘春拉住胳膊，想想，忍了，这事，小慧终归理亏。

"小慧失踪了，好几个月没消息。"刘春说。

"失踪了？"郭婷挺吃惊，不像是装的，"失踪了好，死了更好。"

方国良脸憋得通红，还是一跺脚，闪到了一边。

"我们打算报警，还准备把这视频，交给警察。"刘春不动声色。

郭婷愣一下，又哼一声："报警就报警，跟我说几个意思？想敲诈我？没门。小三过街，人人喊打，她勾引我老公，我找人打了她一顿，这事说到哪儿都是我在理。她失不失踪，关我屁事。"

“这些话，你还是留着跟警察说吧。”刘春说，“本来，今天过来，只是想跟你聊聊，看能不能从你这里得到点小慧的消息，你不想说，就让警察来问你。”

“别拿警察吓唬人。”郭婷根本不吃这套，“我就问你，你们找人，怎么找我这儿来了。我要看到她，肯定直接上去手撕了她，我能知道她什么消息。”

“你的意思，打人那件事之后，你就没再对小慧做什么？”刘春已经问得很直接了。

“我还能做什么？杀了她？”郭婷负气道，“她还不值得搭上我这条命。”

说到这儿，她愣一下，彻底反应过来，掐着腰嚷嚷：“我说你们来找我干吗，她人没了，你们这是怀疑上我了是吧。明着告诉你们，我是没有机会，她要再撞我手上，不把她弄死，我起码取她半条命。”

郭婷言谈举止粗俗，跟她精致的妆容和身上得体的职业装不搭，简直就是个市井间的泼娘们。刘春挺同情白雪松，跟这老婆生活多年，肯定不容易。看郭婷气愤激动的样子，不像是对小慧做过什么，小慧失踪，跟她应该没什么关系。

那边的方国良心中失望，看来这趟又算白跑了。

“我们来找你，其实根本就不是怀疑你，我们怀疑的人是你老公。”刘春慢条斯理地道。

郭婷呆了好几秒，这才道：“我倒希望那个挨千刀的货，真能把小狐狸精弄死，可他就是一尿包，他哪有那胆子。”

“他要没胆，能在外面拈花惹草？”这回轮到刘春哼一声，

“他在小慧面前，可没少说你们家里的事。真想让你听听他是怎么说你的，我都替你不值。他说就你这脑子，哪儿转得过他，他骗你说他跟小慧分手，你就真信了……”

“我信他个大头鬼。”郭婷急了，“他跟那小狐狸精的事，我知道得一清二楚。他骗我说跟她分开了，可实际上还是三天两头往她那边跑，知道我后来为什么没再管吗？我算看清楚姓白的是什么货了，你就再真心对他，他也是个白眼狼，心跑了，就再收不回来了。”

郭婷居然显得有些伤心：“所以我也想好了，天要下雨娘要嫁人，随他去吧，再过几年，等孩子大些，就跟他离。跟他那种人过一辈子，我恶心，我当初瞎成什么样，才看上他这么个货……”

话说到这，差不多了，基本上可以确定郭婷跟小慧的失踪无关。郭婷说话时，方国良在边上如坐针毡，那一口一个狐狸精，句句刺在他心上。可能怎么办呢？小慧和白雪松之间的事，为人不齿，还要让老父亲蒙羞。

离开售楼处，方国良低头走路，情绪低落。刘春转头看他，有些不忍，但还是提醒他，来见郭婷，还是有收获的，郭婷的话，坐实了打人事件之后，小慧和白雪松其实并没有分开，方国良在电话里听到的手机铃声，一定就是白雪松的。

方国良回想郭婷说的那些话，一拍脑门，没错，想起来了。郭婷说，白雪松骗她跟小慧分开了——那一定是在打人事件之后，而实际上白雪松仍然三天两头往小慧那边跑。郭婷就算再暴脾气，也不会在这种事上撒谎，撒谎的人只能是白雪松。

那么，为什么呢？打人事件之后，小慧和白雪松之间又发生了什么？小慧失踪跟白雪松到底有没有关系？如果无关，那么白雪松为什么要撒谎？

方国良当即就要找白雪松问，刘春说不用咱们找他，他自己会找过来的。

到了晚上，白雪松果真打来电话，语气不善，问了方国良住的小旅馆位置，很快气冲冲地赶来。刘春也在，出乎他意料，他很快就把矛头指向了刘春。

“肯定是你出的主意，有什么事咱们自己不能解决，非得闹到我老婆单位去。你们俩这是存心想看我笑话是吧。这几个月我在家夹着尾巴做人，好不容易把老婆哄得差不多了，你们俩今天这一折腾，得，全完。”白雪松有点气急败坏，上来就嚷嚷。

刘春看到他脑门上有两道抓痕，猜到他肯定又让郭婷修理了。

“那你说，你为什么要撒谎，你明明没跟小慧分开，为什么要骗我？”方国良也不客气，上前反问道，“如果你说了实话，我们今天也不会去找你老婆。”

白雪松满脸无奈：“真是让你们害死了。不管我撒不撒谎，小慧失踪都跟我没关系。小慧走了，离开了海州，她究竟去了哪儿，我根本不知道。”

刘春冷冷地道：“那你这是承认，打人事件之后，你跟小慧并没有分开。”

白雪松狠狠地瞪他：“你别在这儿装好人，我们分不分，你能不知道？”

“你们的事，我怎么会知道？”刘春奇怪。

“那我问你，你给小慧寄的照片，就是我们一家三口逛商场的照片，哪来的？”白雪松问。刘春一时语塞，白雪松接着再道，“你寄给我老婆的照片，又是哪来的？”

刘春自知理亏，闭了嘴，转过头去，不想和他继续这个话题。白雪松得理不饶人，又冲着方国良道：“叔，您想，得多变态的人才玩偷拍。他不仅偷拍我一家三口逛商场，还偷拍我跟小慧。他就是个心理扭曲的变态，变态可什么事都做得出来。要我说，倘若小慧真有个三长两短，肯定跟他脱不了关系。”

“我偷拍，寄照片，都是为了让小慧看清你的真面目，不要再跟你扯到一块儿。”刘春忽然大声道，“要不是你当初蒙骗小慧，哪来后面这些事，小慧也不可能没了消息。”

“你怎么知道小慧被我蒙骗，怎么知道我跟小慧之间，不是你情我愿的事？”

“你结过婚，有老婆孩子的人，还有什么资格说你情我愿。”刘春也是急了眼，话赶话到这份上，有点口不择言，“你就是个衣冠禽兽！”

白雪松也是气急，怒骂道：“你就是个变态，还有脸说我……”

俩人说话间，身子越靠越近，开始只是互相推搡，后来不知谁出手重了些，很快便扭打在一起。小旅馆的房间小，根本施展不开，所以俩人的厮打看上去有点可笑，像两个小学生，明明都恨死了对方，动手却又畏畏缩缩。

方国良失神地看着面前这俩人，竟不上前阻止。俩人的话，他听得真真切切，他算明白过来，这俩人，都不简单，谁的心底，似乎都藏着那么点小秘密。白雪松不用说，始终在撒谎，而刘春，就算两次寄照片的动机确是出于善意，但想想，还真有那么点可怕。他跟在白雪松一家三口的后面，他偷偷窥探着小慧和白雪松的一举一动，谁知道他那时心里到底在想什么。看得出来，他是真喜欢小慧，但这世间很多事，岂非都是因爱生恨，爱到了极致，反而会让人觉得可怕？

“你们都走。”方国良忽然大声道。

撕扯的俩人住了手，一齐望向方国良，都没反应过来。方国良满脑门都是不耐烦：“走吧，换个地方吵吵去，我累了，想歇会儿。”

俩人面面相觑，还想说什么，方国良已经径自躺到了床上，背对着他们。这时的方国良，心里特别乱，他想到在海州，还指着这俩人找小慧，忽然特别绝望，也更加心疼小慧，怎么让她碰上这么俩人。现在，他只想静静，好好琢磨一下，接下来到底该怎么办。

刘春和白雪松，讪讪地说了几句客气话，便一前一后离开了房间。

出了小旅馆，俩人在门边站了会儿，谁都没说话。小街上路灯已经绽放，车子不多，人也不多，不远处，有个路边排档围着圈彩灯，几张桌子前坐着不多的几个食客。白雪松的车子停在路边停车位里，他慢慢走了过去，进到车里，发动车子，却不走。他打开窗子，叼根烟到嘴上，斜着眼看右侧后视镜，刚好看到刘春往车子这边来。

刘春走得慢，那根本不是走，而是在踱，但再慢，还是走到了车边。

如果这时方国良站到窗边，看到接下来的场景，一定会惊掉下巴。刘春没有犹豫，直接拉开车门，坐了进去。白雪松也一点都没觉得奇怪，斜了他一眼，一口烟喷出来，车里雾蒙蒙的，呛得刘春咳嗽了两声。

“去找郭婷，真有点过了。”白雪松道，“咱们互相怼，也得有个底线。”

“老爷子要去，我总不能拦着。”刘春语气冷冰冰的，“反正不管有没有这事，你在家里都没地位。在家里被骂几句，总比事情闹大了好。”

白雪松嘁一声，显然不想纠缠这个问题，叹息一声过后，说：“可是，这事哪天才是个头，哪天才能踏踏实实睡个安稳觉。”

刘春不吱声了，这个问题，谁都不知道答案。

俩人在车里沉默，头顶的阅读灯忽然暗下来，终于熄灭。仪表盘和中控屏的幽光下，俩人的面孔都在阴影里。白雪松忽然说：“我真怕哪天扛不住，到时，你可得给我做证。”

刘春摇头：“我做证管用吗？你能过得了自己那一关吗？”

白雪松语塞，继续沉默。

这一刻，俩人一定都想到了那一晚，他们飞奔到小慧面前。小慧倒在地上，血从嘴里涌出来，身子还在轻微抽搐，却已经没有了呼吸。

小慧，就这般死在了他俩面前。不管他们怎么后悔，怎么悲痛，都无法改变这个事实。

刘春嘶吼着，挥拳砸向身边这个害死小慧的男人，而白雪松像是被吓傻了，连挨好几拳后才反应过来。他也嗷嗷叫着，反扑向刘春。在他眼里，刘春才是真正害死小慧的人。

俩人打到筋疲力尽，都瘫倒在地，他们目光再次落到小慧身上。刚才还活生生的人，转瞬间变成了具尸体，他们的世界，也在那一晚，彻底坍塌了……

时间回到3个月前，那时距离小慧被三个女人殴打，过去了半个月。刘春走进一家摄影器材商店，从店员手里接过一台装有长焦的单反相机。他站到店门口，将镜头对准街道，左右逡巡一番，很快选定了一个衣衫褴褛的拾荒老人。

拾荒老人和城市的繁华极不相称，他站在垃圾箱前，仔细翻找。镜头推进，拾荒老人的身子越来越大，最后，只剩下他沟壑纵痕、满是污渍的脸庞。

刘春后来带着相机走出摄影器材店时，忍不住又看了眼那边的垃圾箱，拾荒老人已经不在了。刘春下意识地看向街道两侧，似乎想再看一眼那个拾荒老人。

拾荒老人消失在茫茫人海之中，此后，刘春再也没有见到他。

31

陈军计划让刘春再去找家酒店上班，可找工作比想象中难，再加上刘春对这事非常排斥，去了几家招人的酒店，回来都说没招上。陈军怀疑他是故意的，或者压根就没去应聘。他警告刘春，再这么敷衍，就别怪他不客气了。刘春被他逼得没了办法，承认实在不想再回酒店上班，但他向陈军提供了另一条思路。

“马彪用过的那些视频，用完一次，他会删了吗？”

陈军一想，还真是。马彪那有现成的，何必再费事找新的。那些视频，马彪基本上都只用过一次，或者还没来得及用，照他的尿性，不可能用完就扔，毕竟那都是宝贝，以后想起来，随时都能拿出来换钱。可马彪死后，警方那边根本没有提视频的事，也就是说，警方没有发现这些视频。

“马彪的随身物品，特别是手机，还有出租屋，警方肯定都搜过，视频要么被马彪删了，要么藏了起来。现在，只要找到马彪藏起来的这些视频就行。”陈军分析。

关键问题是，马彪究竟把视频藏哪儿了。世界这么大，他真要把视频藏到哪个旮旯，还真不好找。俩人继续分析，刘春当时把选好的视频，拷到U盘里交给马彪，马彪过后，再把U盘还给刘春，那么，视频内容肯定被他存到了电脑里。马彪有台笔记本电脑，出事之后，警方通知了他的家人，马彪在出租屋的私人物品，也都被家里人打包带回了老家。

陈军当即坐不住了，立刻去了大竹乡村，到马彪家，幸好笔记本电脑还在。给点钱，陈军带着电脑回市区，跟刘春一块儿在里头找了挺长时间，除了些小黄片，没别的视频。最后，刘春只能判断马彪根本没把视频存在电脑里。

陈军毕竟坐过十几年的牢，反侦查能力还是有点的。他想，马彪应该有个移动硬盘，用来存放视频。马彪家人拿回去的物品里，没有移动硬盘，也就是说，他把移动硬盘藏在了特别的地方。和刘春琢磨了好几天，都想不出，除了出租屋，马彪还能把硬盘藏哪儿——藏硬盘的地方，一定不能被人轻易发现，而且，自己用起来还得顺手，不至于太麻烦。

思来想去，得出结论，硬盘还得在出租屋里，只是被他藏了起来，不容易找到。他出事之后，案情简单明了，警察就算搜查过出租屋，也不会太仔细。也就是说，硬盘现在很可能还在出租屋里。

不管猜得对不对，都得试一试。

刘春和陈军去了菜市街，马彪的出租屋还空着，因为死过人，吓退了不少租客。陈军给门上留的号码打过去，联系上了房东。房东很快过来开了房门，领着俩人看房，过程中不停抱怨上回的租客晦气。俩人在屋里装模作样地四处查看，当然不可能一下子看出什么名堂，最后，跟房东签了租房协议，交了3个月的房钱。

现在，他们有足够的时间来找马彪的硬盘了。

屋里可藏东西的地方不多，肉眼可见之处，大多被人翻过，所以，陈军和刘春专找一般人不太注意的地方。床板背面，卫生间马桶水箱，墙上是否有洞，家具是否有暗格，反正能想到的地方全都搜一遍，最后，还真让他们找着了。

出租屋两室一厅的格局，屋里有三扇门，都是压缩板材，四周包边。马彪把卧室门上方的包边撬了一截，板材中间挖出个坑来，刚好够放巴掌大的移动移盘，再把撬下的包边卡上。这样，就算站在高处看，也不过是门的上沿包边有两道缝。反正是旧门，有缝没什么奇怪的，一般人根本不会想到这里头还藏着东西。一向大大咧咧的马彪，藏东西倒挺讲究。

捧着硬盘，陈军喜得合不拢嘴，刘春也松了口气。有了马彪存着的这些视频，他就不用再去酒店找工作了。后面怎么做，那是陈军的事，跟他没关系，他至少算是暂时得到了解脱。

马彪的笔记本电脑这会儿派上了用场，陈军满怀期待地点开移动硬盘，果然是心心念念想着的视频，而且，每个视频都建了单独的文件夹，文件夹里还有记事本文件，记录了视频中人的身份信息，如果之前已经找过这人，也都有专门标注。陈军不禁啧啧称奇，马彪这个大老粗，居然能做这种精细活儿，不容易。文件夹其实不算多，也就20来个，但它们此刻在陈军眼里，那就是钱包，就是宝藏。

随便打开一个文件夹，打开视频，陈军怔住了。倒不是说视频内容不对，只是跟他的预期差距很大。本以为香艳满满，实际上不过是些宾馆大堂走廊监控视频。陈军很想骂刘春一句，但他是聪明人，很快就想通了，这些监控视频在实战中的作用足够了，它足以证明视频中的人做了些什么。

但陈军仍然要问："就这？"

"就这。"刘春回答。

"你就没偷偷在房间里偷装点啥，就没点更刺激更有劲的货？"

"刚开始，买过一些器材，装上，又拆了。"刘春老老实实回答，想到了那次客人诬赖保洁阿姨偷拿金链子的事，"现在人的防范意识都挺强，网上也出了挺多教人检查摄像头的文章，只要被发现一次，那就彻底玩儿完。我胆小，刚装上就全拆了。"

陈军想想，挺有道理，点头："真不知道你小子到底是㞞，还是狡猾。"

"马彪后来怎么做，我就不知道了。"刘春意思很明显，有了这些视频，就不需要他了，能不能发家致富，得看他的本事。

陈军挺满意，马彪能做的，他肯定也没问题。至于刘春，想脱身，没那么容易。但现在，还得稳住他，不能把他逼得太急。陈军没忘记小胖和马彪，跟刘春打交道，他得打起十二分精神来，千万不能打一辈子鹰，临了让鹰啄了眼。

盯着那些文件夹，陈军忽然发现里头有个没名字的。没名字的意思就是名字是"新建文件夹"，下意识地双击点开，文件夹里一堆照片，是照片而不是视频。他有点奇怪，随手点开一张，一男一女，女的挽着男的胳膊，正往一个楼栋里走。因为是背影，看不清那俩人模样。陈军这还奇怪呢，忽然听到边上的刘春喘粗气，转头看，刘春死死地盯着照片，特别紧张的样子。当时陈军就想，这照片难道有什么故事？

他想往下翻，刘春忽然一把抢过电脑，飞快地返回上一步，将那个没名字的文件夹删除。陈军不乐意了，伸手去抢电脑，同时大声斥责："犯什么病，好端端照片，删了干吗？"

刘春不撒手，还抓着电脑："别的视频你都能用，就这个不行。"

他越是这样说，陈军越感兴趣。刘春用了全力，他一时还真抢不过来。抢不到电脑，那就拿人开刀。反手一巴掌扇刘春脸上，刘春猝不及防，下意识撒了手，电脑终于回到了手上。陈军一手抓着电脑，一手指着刘春："小鳖崽子，再抢弄死你。"

刘春怔怔地站那儿，仍不甘心，却拿陈军一点办法没有。

陈军点进回收站里，将删除的文件夹复原——别问为什么会知道回收站，当年他也是混过网吧的人。照片逐一翻下来，发现都是同一对男女，有正面有背影，时间大多是晚上，场景不多，无非是街道小巷或者车里，还有几张在个不算大的店堂里。光看照片，没什么特别的，俩人也几乎没有什么过分的举止。但看照片角度，像是偷拍，照片中这对男女，应该不是夫妻或者正常恋人。

照片最后，还有一个视频文件，因为在最下面，刚才一时间竟没发现。

点开视频，夜里，没看到光源，却并不算很黑，隐约看到是个废弃的空旷大房间，墙边的几扇大窗户，窗棂和玻璃都没了，只留下几个大洞。外面的月光落进来，可以看到两个人在争吵，看身形，正是前面照片中的那对男女。离得远，听不清他们在吵些什么，却能感觉出俩人都挺激动，女的几次想走，都被男的拉住，最后，女人还是大力甩开男人，飞快朝着一边奔去。

视频到这里还算正常，但随后却让陈军捏了把汗。画面中传来女人一声尖叫，男人立刻疾奔过去。画面随后抖动着向前，应该是偷拍视频的人跟过去想看个究竟。停下时，地板居然少了一截，也可以说地面上露出一个方形大洞来。可以想象，刚才的女人就从这洞口掉了下去。画面向下，穿过洞口，可以看到倒在地上的女人，还有刚奔到她身边的男人。

视频结束，陈军怔怔地说不出话来。再看那边的刘春，已经无力地瘫倒在椅子上。

陈军心中却窃喜，刘春的表现，说明照片中的两个人，对他有着特别的意义。而且，视频中死了人，这事就没那么简单了。他隐约预感到，这将会是刘春真正的软肋，只要弄清楚事情的来龙去脉，就能拿住刘春，就算他再能折腾，也翻不出自己的手掌心。

“说说吧，怎么回事。”陈军不紧不慢地道，“不想说也没事，这里反正有这男人的信息，我拿上视频，自己去问他。”

刘春还是耷拉着脑袋，蔫巴得像根腌黄瓜。

陈军脑袋往电脑屏幕前凑了凑，故意刺激刘春：“我瞧瞧这男人叫什么，白雪松，这名起得讲究，像个文化人。”

刘春的心情沉重。没错，那男人正是白雪松，死去的人，是小慧。

小慧死了，她的死只是场意外，但促成这场意外的，却是两个男人。刘春叮嘱过马彪，把关于小慧和白雪松的所有照片视频全部删除，死了人，事情就大了，留下照片和视频，只能惹麻烦。马彪当时答应了，他也想跟小慧的死撇清关系，但他还是骗了刘春，保留了照片和视频。

马彪死了，这世上知道这件事的，只剩下他和白雪松，现在又多了陈军。刘春心里很乱，他知道就算自己忍住不说，而白雪松呢，只要拿视频要挟，他就会把那晚的事一五一十全说出来。

陈军知道这件事，只怕再也不会放过他了。

时间依然回到3个月前，刘春喜欢上了摄影，白天，带着大块头的相机上街，他会觉得不好意思，所以，他都是晚上出门，他去桃园路，去拍小慧和白雪松。

经历过上回的殴打事件，白雪松和小慧行事更加谨慎，白雪松再没来过奶茶店，小慧见他，也会穿越大半个城市，去郊区一些较为偏僻的宾馆。极偶尔的时候，白雪松也会去小慧的出租屋。不管他们如何小心，刘春认准了小慧，盯紧她，自然就能发现他们俩的行踪。当然，等待是件非常辛苦且枯燥的事，常常是盯上好多天都没有收获，而且，可以想象，等待时，刘春的内心是何等的煎熬。

马彪很快发现了刘春的异常，苦口婆心劝他："你就不是认死理的人，干吗非得在那姑娘身上吊死？她就是个小三，甭管她看上去跟别的小三有什么不同，她不值得你为她花那么些心思。老老实实安心赚钱，只要有钱了，什么样的姑娘找不着。"

刘春当然不能告诉他那个冬天的夜晚，他在车库里对小慧生出的遐想。小慧就是他的天使，在他最无助的时候，用她周身泛起的淡淡光华，温暖了他。而现在，天使折断了翅膀，堕向深渊，他终于有机会来拯救他的天使了。

马彪很好奇他究竟打算做什么，刘春犹豫了挺长时间，还是把自己的计划告诉了他，这计划还需要马彪帮忙。马彪对刘春多少有些同情，在他眼里，刘春就是个被感情蒙蔽了双眼的傻小子。傻小子现在把心思都放到了小慧身上，严重影响到了他的发家致富大业，因而，他也非常盼着这事能早点结束。听了刘春的计划，他顿时来了兴趣，在他眼里，这更像场游戏，他像刘春一样，都特别好奇游戏的结局会是什么。

又过了差不多一个月，刘春告诉他，可以开始了。马彪挺兴奋，他等这一天，已经等了很久，都有些不耐烦了。

当天傍晚，他便拦下了白雪松的车。在白雪松还没反应过来时，钻进了车里，将一沓照片摔到了他的脸上。白雪松抓起那些照片，一张张看，脑门上出了汗，神情也变得沮丧。然后，他可怜巴巴地盯着马彪，颤巍巍地问他想怎么样，想要钱吗？

马彪笑了，他知道，白雪松真正的考验，即将开始。

32

方国良还住在小旅馆里，小慧妈每天都要打电话来问小慧的事。方国良不知道怎么说，只能安慰她，应该快了吧，小慧应该快回来了。安慰小慧妈的话使他自己很心虚，他忍不住会想，万一小慧回不来呢？

这天中午，他自己去小超市买了瓶酒，又弄了点花生米，关在小旅馆房间内喝闷酒。刘春和白雪松相继打来电话，他都挂断不接。这俩人，都不是啥好东西，小慧认识他们，也算倒霉。方国良还预感到，小慧失踪，这俩人都脱不了关系。

午后，喝得有点迷瞪的方国良，手机忽然传来信息，随手打开看，愣住了，那是条收到钱的通知短信，钱的数量，和他让小慧妈替小慧还的网贷相同。方国良抓着手机发呆，想打钱的人会是谁。知道网贷的人有几个，但知道数额的人，应该只有小慧吧。

方国良精神一振，想了想，还是打电话给刘春，让他过来一趟。刘春很快赶来，听方国良说了钱的事，也挺纳闷，要过方国良手机，登录软件，很快就查找到了汇款人。

“是小慧。”刘春说，“打钱的人名字是个慧，一定就是小慧。”

方国良其实已经预感到了这结果，听刘春说出来，还是瞬间惊喜交集，湿润了双眼。小慧没事，小慧一定已经知道小慧妈替她还了网贷，所以，她才会把钱转给方国良。钱的数额不算小，别人不可能做这样的事。方国良惊喜之际，最先想到的就是给小慧妈打电话，告诉她这个好消息。

刘春木然地站在他后面，听他跟老伴通电话，心里只能徒留一声叹息。

这天，刘春临走的时候，方国良收到小慧发来的一条信息，小慧让方国良不要着急，她很快就会回来……

小慧已经死了，她永远回不到方国良身边了。

刘春心情沉重，不忍再看方国良开心激动的样子。他随便找个理由，离开了小旅馆。走在街上，从身边过的每个姑娘，看着都像小慧。他使劲揉眼睛，却揉出了泪水。

给方国良打款和发信息的人，当然不是小慧。

昨天晚上，白雪松开车到他出租屋不远处，给他发消息。刘春本不想搭理他，但想想，还是出门，进到他车里。

“怎么办，老爷子留在海州，终归不是办法，时间久了，肯定又得生事。”白雪松说。

这确实是个问题，刘春也想到了这点，所以，他从兜里取出个手机来，交给白雪松。

“明天，把小慧网贷的钱，还给老爷子。”

白雪松立刻明白过来，有了这笔钱，方国良就会觉得小慧还活着。

“收到钱，老爷子会让我过去，我跟他见面之前，会给你个消息。你等半个小时，再用小慧的号给老爷子发个消息，安慰他一下，说很快就会回去……”

白雪松觉得这办法行，至少可以暂时稳住方国良，但他还有点不服气：“老爷子收到钱后，为什么会打电话给你，而不是打给我？”

刘春瞪了他一眼，没说话，直接下车离去。

虽然跟白雪松坐到了一起，但他仍然认定了他是个猥琐卑劣的人，打心眼儿里憎恶他，不愿跟他有过多的接触。是他害死了小慧，如果那晚他拉住小慧，小慧就不会从地板上的洞口摔下去，更不会死。再往前追溯，如果白雪松不是选择那晚带小慧去废弃工厂，所有人的结局都会不同。

他不仅害死了小慧，还害死了自己，害死了刘春和马彪。

想到小慧，他心里仍然痛，那个折翼的天使，已经坠向了深渊，再也不会回来。刘春的思绪，回到最后的那一晚，他跟小慧在公交车上。小慧在他耳边轻声说：“真是个傻小孩，再叫声姐，下车前，姐做你的女朋友……”

回忆中那晚星光璀璨，城市蒙尘的霓虹也在瞬间重新焕发了光彩。

他抱紧小慧，那一刻，成为他生命里最美好的瞬间。两站地的爱情，两站地的永恒。刘春哭了，不管是在公交车上，还是任何时候的回忆中。

如果小慧真的如她所说，离开海州，回西部小县城的家，或者去往任何一个城市，都不会再有后面这些故事。事实上，刘春真的在第二天接到小慧电话，她说她在车站，马上就要离开海州，这个电话，就算是告别。刘春在那瞬间，眼泪止不住地疾速涌出，他知道，她的离开，也许就是永远的分别。

他没有告诉小慧，挂断电话后，他疯狂地朝着火车站的方向奔去。穿过街道上的车流人潮，他在站前广场上弯腰喘息，听到了火车鸣笛声。那时，他真切地感受到了失去的痛，虽然，失去的，他从来不曾真正拥有过。

从此后，没有了小慧的城市，也变得越发空洞起来。刘春将照相机锁进了柜子，将电脑里偷拍到的照片全部删除。他重新走在街道的人流里，即将开始新的生活。

如果这真的就是结局，虽然略带些遗憾，也不失为一种美好。各人怀揣记忆重新踏上新的旅程，无论艰难困苦，喜悦幸福，那份记忆会是这一生的财富，永远珍藏心间。

小慧离开后，刘春试图跟她联系，无论电话还是网络，都得不到她的回应。刘春并没多想，也许离开海州，小慧想要一个新的开始吧。

时间过去了差不多半个月，刘春已经渐渐适应了没有小慧的生活。

那天，马彪来找他，问他为什么这段时间不接他电话。刘春说最近事多，马彪明知道是敷衍，但并不在这事上过多纠缠，他来，只是催着刘春继续干活。刘春嘴里应着，说最近没啥合适的人选，让他再耐心等等。他没告诉马彪，他已经在收拾东西，并打算向酒店辞职。海州没有了小慧，他便没了牵挂，他实在不想再跟马彪混下去。

马彪并不知道刘春的小心思，也不想再逼他，那天没再多说什么，便走了。但他临走前，忽然撂下句话来："今天看见小慧了。"

不可能，一定看错了，或者，他又想用小慧来玩什么花样。

马彪走了，刘春有些心神不宁，想了想，急忙追出去，在路边叫住马彪。“真看见小慧了？”他问。

马彪挺奇怪：“看到小慧，哪儿不对吗？”

当然不对了，哪儿都不对。接下来，刘春让马彪说清楚，什么时间在哪儿看到了小慧。马彪虽然狐疑，但还是说了。上午十字路口过斑马线的时候，看到小慧打对面过来，他还多看了她几眼。刘春再三追问他有没有看错，真的能确定看到的人是小慧？

“我要看错，你把我眼珠子抠下来。”马彪赌咒发誓。

刘春也觉得马彪没必要在这种事上撒谎，那么，只有一种可能，就是小慧根本没离开海州，或者离开又回来了。刘春心跳得厉害，打发走了马彪，赶紧给小慧打电话，提示音显示对方已关机。再从聊天软件找她，等了很久，也没有回话。

到底是怎么回事？马彪看错了？还是小慧就在海州，故意躲着他？

晚上，刘春去了马彪说的十字路口，明知道不可能在这里见到小慧，但他仍然忍不住要过来。站在斑马线的一头，他闭上眼睛，深呼吸，竟然真的在空气中闻到了些栀子花的清香。

于是，刘春便相信了，小慧仍然在这城市里，只是不知道什么原因，躲了起来。他也知道了自己接下来要做的事，不管小慧躲在哪里，他都要把她找出来。

第二天，他约马彪出来吃饭，先把他心心念念的U盘递过去，还告诉他，这里头有剪辑好的三段视频。马彪挺开心，拍胸脯保证他会把事情办得漂漂亮亮的，还说这回得多要点，这就跟薅羊毛一样，薅一把是薅，薅两把也是薅。

刘春郑重地让他这事再等等，反正煮熟的鸭子不怕飞走：“在这之前，你还得帮我个忙。”

“有事尽管说，跟我就别客气了。”

刘春直接说了自己的计划。之前买了单反相机偷拍小慧和白雪松时，他就跟马彪简单提起过。他的目的是让小慧认清白雪松的真面目，所以，他计划用照片来要挟白雪松，条件不是钱，而是小慧。人性都是经不起考验的，不管白雪松在小慧面前如何花言巧语，当小慧和他的个人命运起冲突时，他会如何选择？现在，这个计划不变，但目的显然又多了一项，就是让白雪松主动把小慧带到他们面前。到时候，再把整个事情的来龙去脉告诉小慧，小慧自然会明白，她在白雪松的心里究竟有多大的分量。

“你想让那姓白的，把小慧带到哪儿呢？”马彪提出问题。

这是个问题，刘春想了想，很快有了主意。

吃饱喝足，刘春让马彪骑摩托车，载着他去了郊区的废弃工厂，带他参观了废弃车间，叮嘱马彪，到时就让白雪松把小慧送到这里来。

“这地方，够荒的，不怕把人姑娘给吓出毛病来。”马彪感慨，他还有些疑问，“那万一，万一小慧真的不在海州呢？”

“那姓白的就交给你了。”刘春说。

“好嘞。”马彪眉开眼笑地答应。他当然明白刘春的意思，如果小慧真的不在海州，他就能趁机狠敲白雪松一笔了。反正左右都不吃亏，这种事，他喜欢。

计划安排妥当，第二天，马彪就去了白雪松的单位，等到他的车出现，毫不犹豫地上前拦下车，进到车里。看到那些偷拍的照片，白雪松明显有些慌张，再看马彪凶神恶煞的嘴脸，他哆哆嗦嗦地问马彪想怎么样，想要钱吗？

马彪笑了笑，说："钱，想要，但我更想要人……"

后来，刘春还是从白雪松那里，知道了小慧"离开"海州的真相。

小慧其实没有走，只是白雪松细思两次寄照片的事，觉得不安全。"咱们这是让人给盯上了，有人要搞我。"白雪松对小慧说。得出这样的结论不奇怪，甚至白雪松的反射弧还有点长，都过了这么长时间才反应过来。他给出的应对办法有两个，要么跟小慧分手，要么小慧消失在别人视线里，躲上一段时间。小慧奶茶店生意失败，刚把店盘出去，有点心灰意懒，不知道前路在何方。跟白雪松分手，她不愿意，毕竟两年多的感情，分开，她便真的一无所有了。她选择了躲上一段时间，这不困难。她本来生活圈子就不大，接触的人也不多，只要搬个家，跟有限的几个人告个别，就能"消失"在这城市里。人都已经走了，想搞白雪松的人，自然也就拿他没有办法了。

这主意好不好先不说，至少在当时，白雪松觉得挺高明。

海州是个狭长的城市，四个区横向依次排开，小慧新租的房子，在最东端的云新区，跟市中心隔着20多千米。这些日子，小慧就住在东区，深居简出，出门大多是购买些必需的生活用品。白雪松跟她见面也极少，见一次要跑20多千米，不太方便。

这期间，小慧只到市区来过一次，还是瞒着白雪松。也没有什么重要事，就是觉得闷了，想来找白雪松。到了市区又觉不妥，突然出现一定会让他生气，于是逛了一圈，便回去了。哪承想就这一次，居然就让马彪给撞见，当真是鬼使神差。

后来，白雪松肠子都要悔青了，如果小慧真的离开海州，那就没有后来那么些麻烦事了。

那个满脸恶相的中年男子——也就是马彪，实在嚣张，任何一部敲诈勒索的电影里，都没他这样大摇大摆走到人面前的。可越是这样，白雪松心里越觉得怕，嚣张那得有资本，得绝对自信才敢这么干，就算他再不服气，再气恼，除了按照敲诈者说的做，根本就没别的选择，除非，他不惧和小慧的事曝光，搭上自己的前途和整个人生。

他无比痛恨自己，守着老婆孩子过日子，虽然苦闷了些，但平平安安，多好。为什么要学人出轨找小三，为什么老婆知道这事后，自己不跟小慧断绝关系？

世上没有后悔药，否则，就不会有那么多心碎的人，那些让人心碎的事。

事发当天，白雪松下午请了假，开车去找小慧，当时并没告诉她晚上的事，只说闷了这么些日子，带她回市区散散心。小慧很开心，化了妆，换上漂亮的裙子，心上积攒多日的阴霾也散了许多。俩人先去家酒店的小单间里吃了饭，白雪松紧张的神情，还是让小慧看出些异样。追问之下，白雪松说了实话，还把那些照片给她看。小慧倒不像白雪松那么紧张，却对白雪松有些愧疚，终究还是因为自己，给他惹出了事端。

她问敲诈者提出的条件，听说只要两万块钱时，觉得奇怪，对方费了那么些事，花了那么多时间，偷拍这些照片，难道就为了区区两万块钱？

“他还有个要求。”白雪松特别为难的样子，“他指名道姓要你把钱送过去。”

“为什么？”小慧这回锁起眉头，觉得这要求有点莫名其妙。

“我不想勉强你，如果你害怕，那就我去。”白雪松看起来有些悲壮，“我想过了，搞敲诈勒索的这些人，盯上你，肯定不会轻易罢手。摆脱他们最好的办法，就是先把他糊弄过去，我回去想办法办离婚。离了婚，跟你在一起，咱们就不怕这些照片让人知道了……”

小慧还能说什么，她立刻就被白雪松的真情打动，觉得自己有责任也有义务，和白雪松共渡难关。而且，她隐约已经猜到了敲诈者是谁，只是不能确定，既希望是他，又不愿是他，心内无比纠结，又因为那点希望，她对白雪松说：“我去……”

白雪松无言，只是将她抱紧。有那么一些时候，白雪松真的觉得自己喜欢上了小慧，只有跟小慧在一起时，他才能意识到自己的存在。在外人眼中，他混得不错，年纪不大，当上了副主任，再混上十几二十年，没准就能混成个部门领导；婚姻生活也算美满，妻子泼辣能干，又会挣钱，女儿漂亮聪明，学习成绩也不错；白雪松自己名牌大学毕业，模样斯文儒雅，与人相处热情谦逊。以上种种，他简直就是个完美男人。实际上，只有他自己才知道自己的处境。单位里处处小心，刻意迎合领导甚至是所有人，才能营造出自己的好人设。回到家里，又时刻被强势的郭婷压制，就连女儿都知道妈妈才是家里的“一把手”。回想当年初出校园时的意气风发，恍如梦境，有时半夜醒来，想着自己的美好人生，他常常会有想哭的冲动。

直到遇到了小慧，他才觉得，她是自己唯一真正可以把握的人。

郭婷收到照片，带人打了小慧，回到家里，自然少不了一通闹，简直就是天崩地裂。女儿也帮着郭婷批斗白雪松，娘儿俩商量过后，直接把白雪松关在卫生间里，逼他写了一夜的检讨。夜深人静时，白雪松在卫生间里抹眼泪，他不知道自己怎么成了这样，成了连自己都要鄙视的人。那一夜，他想得最多的人居然是小慧，他多希望自己有勇气，能够逃离眼下的一切，带着小慧，去往一个陌生的地方，开始新生活。

郭婷越是高压打击，他越是不能离开小慧，他把小慧当成了他最后的坚守。他甚至真的开始憧憬有一天，跟小慧一起逃离的壮举。而当马彪从他车上离开后，他才意识到，他远没有自己想象中那么坚强，逃离因为只存在于憧憬中才有诱惑力，现实中，他根本不敢去改变任何现状，失去对于他，绝对是件不能接受的事。失去家庭，失去工作，失去十多年努力经营的生活，他会彻底沦为失败者。

他根本不需要选择，便已经在心里抛弃了小慧，抛弃了他以为是自己真爱的女人。

那天晚上，从酒店出来，他开车带着小慧，跟着导航，来到了郊区那家废弃工厂门口。他把装了两万块钱的纸袋递给小慧时，还关切地问："要不要我陪你？"

小慧看他畏缩的眼神，勉强笑了笑，说："等我回来。"

“到里面，你会见到一个亮灯的地方……”白雪松说，还动情地再次抱住了小慧。

看着小慧走进厂区，慢慢消失在黑暗中，车里的白雪松哭了。他知道，这一夜过后，他会真正失去这个女人。回想马彪在他车内，说到小慧时露出的邪恶笑容，他已经知道了小慧今晚的结局。

同时，厂区内的小慧抬头，真的看到一幢废楼的三楼窗口亮起的灯光。

她的心怦怦跳，犹豫了好一会儿，终于还是向着灯光处，慢慢走去。

33

放学时，陈军又守在新海实验小学外面，他来看小宝。学校外面，照例被人堵得满满当当的，陈军踮着脚尖张望，终于看到小宝背着书包，跟几个同学一块儿走出校门。陈军在人堆里逡巡一番，没见到张涛。也许有事耽搁了吧，这是个机会。他迎着小宝的方向去，小宝也正往他这边来。离小宝越来越近，陈军心跳加快，有点紧张。这是他离小宝最近的一次，他能清晰地看清小宝的模样，还有他的表情。一刹那，他有种上前抱住孩子的冲动。

离小宝越来越近，陈军想，如果能跟小宝说上几句话，那就更好了。

就在他跟小宝即将相遇的瞬间，身后忽然疾步窜出来一个人，抢到他前面，一把抱住小宝。陈军怔住，停步，看清那人正是张涛。张涛牵着小宝的手，慢慢和他擦肩而过，同时，狠狠瞪了他一眼。

陈军完全就是懵懂状态，张涛恶狠狠的目光里，带着特别重的戒备，就好像他是洪水猛兽，随时都要扑将过来。

陈军非常恼怒。就是这个男人，挡在他和小宝中间。他是小宝的亲爹，这个男人有什么资格插手他和周红之间的事。

恼怒归恼怒，这天，陈军还是悻悻然穿过人流，看着面包车带着小宝离开。他心里已经有了决定，既然周红这么无情，他要给她点颜色看看。算这个男人倒霉，敢动他的女人，敢霸占他的儿子。

当然，那是以后要做的，今晚，他还有更重要的事。

天黑后，他赶到盐河巷口，跟刘春碰头。盐河巷夜市在海州非常有名，大多是各种小吃排档，每天晚上人山人海。刘春不知道陈军让他来这儿的目的，以为只是找他吃顿饭。事实上，陈军也真的跟他找了家烧烤排档，吃喝起来。这期间，刘春感觉陈军好像有心事，果然，没多会儿，他借口上厕所，走了，再回来时，手上多了个黑色尼龙袋。

陈军凑到刘春边上，得意地把袋子打开一条缝，让他看里面的几沓钞票。

刘春愕然，这才知道陈军趁着上厕所的工夫，完成了一次交易。没想到他动作这么快，拿到视频才几天时间，已经有了收获。他不想问陈军怎么做到的，只是闷头吃烤串。

吃饱喝足，找个没人的地方，陈军要分钱给刘春，刘春拒绝："你更需要钱。"

陈军想想，也不坚持，将袋子夹在胳肢窝下面，点上一根烟，忽然问他："那视频，怎么回事？"

刘春愣一下，立刻想到他说的那视频是哪个视频了。

他沉默，摇头，说不知道。

陈军笑笑："还想骗我，你要不知道，那天你能着急忙慌删视频？"

"那都是马彪干的事，跟我没关系。"

陈军略显不耐烦，一口烟喷过来：“你觉得，我会信吗？”

他当然不会信。刘春知道他迟早会问这事，还没想好该怎么回答他。告诉他实情，那就等于把刀子塞到他手里，不说，他又肯定不会罢休。

“我得知道这里头藏着什么事，你不说，信不信我把视频放到网上？”陈军威胁道，“你放心，咱俩现在是一条绳上的蚂蚱，如果这里头有你什么事，我肯定不会害你。”

看刘春还在犹豫，陈军又来了一句：“你不说，我可以去找那个姓白的，不知道他的嘴，是不是也像你这样严实。”

刘春耷拉着脑袋，神色沮丧。陈军是多聪明的人，这事，肯定瞒不过他。

那晚究竟发生了什么呢？对于刘春来说，他觉得是场意外，比小慧失足摔下楼栋更大的意外。谁能想到，这场意外的罪魁祸首是马彪。

刘春事后总结，还是大意了，马彪因为有求于他，那段时间对他态度极好，甚至还有些巴结他，这让他失去了起码的防范和警惕。一个人心底的恶，可以藏得了一时，但它终会在你猝不及防时，再次杀将过来，杀得你体无完肤。

所有计划都是刘春想出来的，马彪用照片威胁白雪松，提出的要求是让小慧独自进到那个废弃工厂，找到亮着灯的房间。马彪会在那里等她，收了钱后，佯装要侵犯她。当然不能真让马彪伤害她，刘春会在暗中盯着，在最后关头，现身阻止马彪，并告诉小慧真相，坦白正是他在暗处策划了这些事，目的就是让她知道，白雪松骗她进入废弃工厂，其实就算是彻底抛弃了她，他宁愿牺牲小慧，也要保住自己的家庭和前途。

马彪找上白雪松，一开始提出的条件就不是钱，而是小慧。“只要你舍得那姑娘，那这事就好办了。”马彪说这话时，故意露出色眯眯的表情。

白雪松当然知道“舍得”在这里意味着什么，所以，一旦他亲手把小慧送进了废弃工厂，送到了马彪面前，便意味着他彻底背弃了小慧。就算小慧再愚钝，再一厢情愿地沉浸在他们的感情中，面对这样的事实，也会看清白雪松的真实嘴脸。

这就是全部的计划。

当然，刘春也考虑到了事情未必会按照自己预想的来，万一白雪松不愿背弃小慧，那么，就把这件事当成简单的敲诈勒索好了。马彪倒是非常希望出现这样的结果，在他眼里，有钱拿，任何时候都是件值得高兴的事。

对这计划，刘春反复推算过，自认为不会出什么差错。没想到，最后，还是发生了意外。白雪松还没有背弃小慧，马彪先背弃了他。

本来计划实施的时间为这个周六，周四的晚上，刘春忽然接到马彪电话。

“我在废弃工厂，小慧也在，你要来吗？”马彪说。

刘春傻眼了，没想到马彪竟然瞒着他，将交易时间提前了两天。也就是说，计划如果不出意外，现在小慧应该在废弃车间里，独自面对马彪。

刘春不敢想象马彪会对小慧做些什么，他大声呵斥马彪老实待着，什么都别做，等他过去。到外面，打了辆车，直奔废弃工厂，下车后，疾步飞奔向亮灯的车间。

灯是大功率的应急灯，马彪就在光影里，坐在把破椅子上，懒散地抽着烟。刘春顺着楼梯大步跑上来，还喘着粗气，四下看，没看到小慧，问马彪：“人呢？”

马彪笑，特别邪恶：“看把你急的，煮熟的鸭子，飞不了。”他指了指边上一个小点的房间，“菜在锅里，给你留着了……”

不等他说完，刘春已经冲进了小房间。果真，见到了小慧。小慧躺在地上，衣衫不整，眼睛闭着，不省人事。根本不用多想，刘春便知道发生了什么。血往上撞，他能听见自己心里的咆哮。他转身，冲回到马彪身边，毫不犹豫地一拳砸到他脸上，这一拳力道奇大，直接将马彪打翻在地。

刘春仍不罢手，拿脚继续踹倒地的马彪。马彪不是吃素的，猝不及防间被刘春打蒙了，很快反应过来，伸手抱住刘春踹下来的脚，反将刘春掀翻在地。

现在，轮到马彪拿脚踹地上的刘春了，刘春刚开始还企图反抗，后来直接抱着脑袋一动不动，任马彪的脚一次次落到身上。

过了会儿，马彪罢脚，观察了一下，蹲到刘春身边，拍拍他肩膀，说：“你这小鳖崽子，死脑筋不带转弯的。菜都给你装碗里了，不去吃，倒跟我这来劲了。”

刘春狠狠地冲他唾了一口：“你浑蛋！”

马彪一点都不生气，还是笑：“只要你高兴，随你便……”

白雪松再渣，终究还是个人，小慧进去后，他多少有点不太放心，所以没走，把车开到废弃工厂稍边上一点的杂草丛里，然后一直盯着工厂大门。等了挺长时间，没见小慧出来，却见到来了辆出租车，车上下来一人，慌张地跑进厂区。那时白雪松还没正式跟刘春见过面，但听小慧说起过这人，还给他看过照片。隔得远，看不太清，白雪松脑子过一遍，很快想到了刘春。他怎么会来，难道是小慧给他打了电话？小慧已经跟周围所有人说了离开海州，按说不会主动打电话给这些人。如果不是小慧打的电话，那么，就只剩下一个可能，这个刘春跟那天钻到车里的人是一伙的。想通了这一点，剩下的事，白雪松很快就全想明白了，背后搞他的人，就是这小子。

小慧虽然说得含蓄，但多少能听出来一点，这小子喜欢小慧，那么，他就有了做这些事的动机。知道背后搞鬼的人是刘春，白雪松悬着的心稍微放下来点，听小慧说，这小子跟她相识多年，关系不错，一直姐弟相称，有他在，至少小慧不会受到什么伤害吧。

坐在车里又等了挺长时间，还不见小慧出来。白雪松又犯嘀咕了，这么久，到底在搞什么名堂？他终于决定壮着胆子进去查看，那个刘春，应该不会把事做绝吧。

进到废弃工厂，很快发现了亮光的那幢废楼。慢慢走到楼底，蹑手蹑脚顺着楼梯往上去。这车间修得古怪，到了二楼，往三楼去的楼梯却在另一边。他摸出手机来打光，试探着穿过二楼车间，寻找向上的楼梯。就在这时，急促的脚步声传来，吓得他赶紧熄了光，身子猫到墙边暗处，屏气凝息瞪大双眼，随即看到前面有个人影一溜小跑往他这边来。月光透过本该是窗户的墙洞落进来，黑暗便没有那么黑了，白雪松一眼就认出，这人正是小慧。

白雪松赶紧跳出来，拉住小慧。小慧自然被这冷不丁窜出来的人吓了一跳，看清楚是白雪松后，没一点犹豫，随手就是一个大耳刮子甩他脸上去。

白雪松被打蒙了，还是赶紧拉住她。小慧挣扎，大声叫："滚开，我不想再看到你。"

声音很大，白雪松心虚地朝楼梯口看，没人出来，再看小慧，满面泪痕。他赶紧安抚小慧："这是怎么了，怎么花了这么长时间才出来。我不放心你，来找你……"

有样东西从小慧手里摔他身上去，是装了两万块钱的纸袋。

"你从一开始就在骗我，敲诈你的人，根本就没问你要这两万块钱，他要的是我。"小慧哽咽了，又是一串小巴掌飞过来。

白雪松故作惊讶："他把你怎么了，他要敢对你怎么样，我不会放过他。"

"他把我怎么了你能不知道，你亲手把我送给了别人。白雪松，你还是人吗？"小慧骂他，情绪已近失控，涕泪纵横——当她醒来，发现自己衣衫不整，立刻便感觉到了身体的异样，就算再愚钝的人，也知道在她昏睡时发生了什么。她立刻想到刚才见到的马彪，马彪逼她喝的那瓶矿泉水，水里一定下了药……

"小慧，我真不知道会是这样。"白雪松还想辩解，"小慧，听我说……"

再说什么都是枉然，她醒来后，马彪亲手将装两万块钱的纸袋还给她，明白无误地告诉她，跟白雪松提出的条件就是她，根本没要这两万块钱。白雪松只有假借让她给勒索者送钱，才能把她骗到工厂里。

一边信誓旦旦说着爱，一边亲手把所爱之人送给别的男人，这样的男人，还算人吗？

小慧只想着快点离开，但白雪松却智商下线，非要拉着她解释。小慧此时已是心灰意懒，看都不愿多看他一眼，大力甩开他之后，一溜小跑往楼梯口去。

白雪松心犹不甘，追下去。前面的小慧忽然消失在视线里，随即，他便听到一声凄厉的惨叫。

小慧从塌陷的楼板上摔了下去……

34

“这事纯属意外。”刘春再次强调。

“视频在这儿了，你不说，也知道是意外。”陈军说。

刘春刚才讲的那些事，道明了这个视频的前因后果。没错，小慧确实是失足摔死的，可如果追究起来，那天在场的三个人，都有责任。马彪和刘春不用说，敲诈勒索板上钉钉，弄不好还得加个过失致人死亡。白雪松更麻烦，明知道勒索者的目的，仍然亲手把小慧往火坑里推，就算法律制裁不了他，这种行为也势必引发舆情，唾沫星子就能把他喷死，更不要说他最担心的前途了。

“所以，人家姑娘死了，你们仨倒成了一根绳上的蚂蚱。”陈军很快抓住重点。

刘春神情黯然，但也不得不承认：“出事那晚，我冲上去跟白雪松打了一架。小慧的死虽然是意外，但我还是觉得是我害死了她，当时，我想死的心都有。平静下来过后，我知道自己死不了，还得跟他俩一块儿，商量后面的事。”

“死了人，这么大的事，你们居然没报警？”陈军揶揄地道，“胆儿够肥的。”

刘春无言。那一夜，至今他仍然不愿意回想。除了承受小慧死去的悲痛，还要面对小慧之死可能引发的一系列后果。没有人提出报警，这场意外，所有人都脱不了干系。不报警，就得隐瞒小慧之死，就得考虑怎么处置尸体。

“你们究竟把尸体弄哪去了？”陈军挺好奇，尸体到现在没被人发现，他们藏得挺好。

刘春想了想，不说话，使劲摇头，态度无比坚决。

陈军笑笑：“行，不想说，那就不逼你。但我还有个问题，你赶到废弃工厂，都做了什么？白雪松在工厂外头，看见你进去，等了挺长时间才进去找那姑娘。”

刘春愣了下，明显有些紧张：“什么都没做，我甚至都没敢让小慧见到我。”他忽然悲愤起来，“马彪是个畜生，他做的事，让我根本就不敢站到小慧面前。”

“真的吗？”陈军不信，“那你还在里头待那么长时间。”

刘春涨红了脸：“马彪给小慧喝了掺安眠药的水，她醒过来，需要时间。”

知道从刘春这里问不出什么来，陈军便不再问，他感慨道：“有时候吧，真得佩服你这小鳖崽子，一到关键时候，就只剩下你一个人，你说什么都行，就算别人怀疑也没办法。”稍顿一下，他再道，“马彪要还活着，就不用问你了。可惜，他死了。”

刘春瞪着他，听出他话里有话，但现在，他不想反驳。不管他说什么，陈军都不会信，就像死去的小胖和马彪。陈军有些日子没提小胖了，也许是周红和儿子分了他的心，也许，他有其他计划。刘春相信平静总是暂时的，平静后面，总会跟着暴风雨。

如果暴风雨一定会来，那么，他能做的，就是在暴风雨来临前，找一个可以藏身的地方。

盘算过后，刘春很快有了主意。

“红姑那边怎么样了，见过小宝了吗？”他问。

陈军愣一下，狠狠啐一口，没说话，脸色也瞬间阴沉下来。

“那个废弃工厂在哪儿，哪天有空，领我过去瞧瞧。”陈军说。

刘春马上紧张起来，问：“去那儿干吗，那儿啥都没有。”

陈军瞪他一眼：“就是啥都没有，才想过去看看。别担心，我对你们之间那点破事没兴趣，再说，你们肯定早把那儿弄干净了，就算警察去，都未必能发现什么。”

刘春闭了嘴，脑子里下意识又闪现出那晚的画面。他跟马彪在通往三楼的楼梯口，目睹了小慧和白雪松的争执，马彪还顺手摸出手机拍下了视频。接下来意外发生，小慧从塌陷的楼面摔了下去，他跟马彪面面相觑，全都惊呆了。

后半夜，他跟马彪坐在白雪松的车里，车子行驶在荒僻的乡间小道上。他的脸贴着玻璃，凉凉的，他流泪了，无声地哭泣，不知道是为了死去的小慧，还是自己。

第二天一早，他们又回到了废弃工厂，处理小慧摔落后留下的血迹。清洗是件费力且麻烦的事，而且谁都没法保证清洗得干净，所以，他们找来了一把大铁锤，直接将已经斑驳的水泥地面砸开，将碎裂的水泥块，装到麻袋里带走，丢到老铁桥下的龙尾河里。

从此以后，这世界上就再没有了小慧。刘春忽然间想到了十多年前的那个春娃，春娃拼命击打沙袋，拳头上已是血迹斑斑。后来，春娃精疲力竭，倒在地上。看到浓重的雾气，贴着地面向他快速涌来。雾气背后，站着冲他挥手作别的小胖。突然间，小胖变成了小慧，小慧一如往昔般冲他微笑，如同小胖一样，跟他挥手作别。

再见，小慧。永别了，小慧。

王海鹏没想到过了这么久，方国良还在海州。这天他刚出派出所，就见到方国良站在门边，过去跟他打个招呼，才知道他专门守在这儿等他。问有什么事，方国良笑笑说没事，就是在海州待挺长时间了，觉得闷，想找个人说说话。他在海州认识的人有限，除了刘春和白雪松，就只有去医院看过他的王海鹏了。

中午，俩人找家小饭馆，方国良说他请客，喝点。王海鹏说有纪律，工作时间不能喝酒。方国良就自己喝，喝着喝着，话就多了起来。先说了小慧给他打钱的事，再把小慧发来的信息展示给王海鹏看，刚开始他还挺开心，小慧有消息了，至少说明她没事，可这几天越想越觉得不对劲。小慧能打钱，能发消息，为什么就不能跟他通个话，报个平安呢？

王海鹏认真地看了手机上的转账记录和信息，也觉得奇怪。小慧要没事，干吗不跟家里人联系？不联系分两种情况，不愿和不能。小慧肯定属于后者，为什么不能联系？方国良想得没错，既然能打款，能发消息，就证明行动没受到限制，有条件使用手机，却始终关机，这里头到底藏着什么事？

王海鹏只能安慰方国良，孩子大了，有自己的生活，也许真的碰上了什么难解决的事。再等等，兴许过段时间，她就能自己回来了。

回到派出所，王海鹏把方国良中午说的这些事，跟同事们分享，大家纷纷开脑洞，各种猜测。身陷传销团伙失去行动自由，但不可能打钱和发消息；身患重病或者出了车祸，不想父母担心，这理由多少有点牵强。最后有人提出，小慧会不会跟个男人跑了，私奔，比如说哪个贪官污吏，或者犯了罪被通缉的人，所以才不能暴露自己行踪，这想法有点传奇。最后，还有人怀疑小慧会不会怀孕了，不想让人知道这事，包括父母，所以躲起来等生完孩子再回来……王海鹏虽然觉得这些猜测都不靠谱，但这也证明，小慧不跟父母联系，确实存在多种可能性，而且，他想到小慧生活作风好像是有那么点问题。

下午，忽然想到刘春，就给他打个电话，问他现在的情况。

“我挺好的，没什么事，现在忙着找工作。”刘春说。

王海鹏跟他说了方国良中午找他的事，让他没事多去陪陪方国良，一个老人家独自在海州等闺女，挺不容易的。刘春那边沉默了一下，说他会的。

王海鹏一时居然无话，忽然想到了陈军：“这段时间，陈军找过你吗？”

“找过。”刘春老实承认，“就让我带他去马彪以前租的房子，没别的事。”

“没事就好。”王海鹏想起陈军说过刘春不简单的那些话，有些莫名烦躁，再叮嘱两句，便挂断了电话。

现在，想起刘春，他会觉得哪儿怪怪的。难道真是因为陈军说的那些话？

他强迫自己不去想这些事。他的腰还痛着，下午跟个专治跌打损伤的老中医约好了按摩，时间快到了，他得赶紧收拾一下过去。

那边的刘春刚跟王海鹏通完话，便有电话打进来，没有名字，但看号码，知道是白雪松。

白雪松声音有点气急败坏：“在哪儿了现在，有事找你，重要的事……”

刘春出门，到街边，看到白雪松的车停在路边停车位里。他四处看看，慢慢靠近车子，进到车里，白雪松立刻就爆了：“怎么回事，怎么会出这种事？！”

“到底出了什么事？”刘春挺烦他，没给他好脸色。

白雪松把手机举到他面前，上面播放的，正是那晚小慧失足摔下去的视频。刘春也吃了一惊，问：“你这哪儿来的？”

“我还要问你呢。你跟我说实话，那晚，你是不是录视频了？”白雪松瞪眼道。

刘春沉默，已经想到是陈军拿这视频找到了白雪松。

“为什么要留着这种视频，还拿它来勒索我。”白雪松像要把刘春吃了，嘶声吼道，“你别忘了，这事爆出去，你也跑不了。”

知道瞒不住，刘春耐着性子，把这事的前因后果说了。拍视频的人是马彪，现在，马彪以前的同案犯回来了，无意中得到了视频。现在拿视频勒索他的人，正是这个人。

“我就问你，现在该怎么办。这人的胃口太大了，张嘴就跟我要100万元，我这种上班拿死工资的人，哪来100万元给他。”

“先别急，冷静点，咱们一块儿想想办法。”刘春只能先安抚他，免得他情绪失控。

白雪松喘着粗气，好一会儿，才平静了些。他告诉刘春，今天一早，刚到单位，就接到电话，对方说在他的车上，给他留了东西。他赶紧到停车场，果然在车前轱辘上摸到了一个U盘，回到办公室，插电脑里，就看到了这个视频。他当时就蒙了，脑子里一片空白，整个身子都是凉的。这时，对方电话再打进来，问他要100万元，给他3天时间准备。

“我拿不出100万元，视频曝光，警察找我，我肯定得把你供出来。”白雪松露出无赖相，“这事，反正你得想办法解决了。”

刘春很想冲他脸上来一拳，他的这副嘴脸，让他厌恶至极。

“是咱俩一块儿想办法。”他耐住性子说。

“我能有什么办法，视频是你们拍的，勒索的人你以前就认识，这事，就得你解决。”

“那我现在就告诉你，没办法。”刘春身子往后仰，“勒索你的人叫陈军，刚坐完12年大牢出来。在他之前那个犯罪团伙里，他不仅是老大，还是最聪明的人。他刚出来那会儿，我因为有件事惹恼了他，他自己根本没动手，略施小计，就有人替他把我揍个半死。你见过马彪，挺凶挺狠一人，但在他面前，就是个小跟班。”

白雪松慌了：“那怎么办，咱们不会真就这么玩儿完了吧。”

“完就完，我怕什么呀。”刘春学着他的语气，“我就是个农村上来的草根，无业游民，没有工作，也没老婆孩子。我就是一光脚的，啥都没有，我怕啥。”

“不行。”白雪松哭丧着脸，“那我呢，我怎么办，你可不能光顾着自己……”

刘春鄙夷地瞄他一眼，便把目光落到了窗外。他真心不明白，当初小慧怎么就跟了这么个㞞人。但现在，不能让他㞞，㞞了就没法应付陈军的勒索了。

“这样，我去找陈军，跟他说说看，能不能放过你。”刘春又补充一句，“放过咱们。”

“全看你的了。”白雪松像抓住了救命稻草，“只要这事能扛过去，我得好好谢谢你。我请客，海州最好的饭店，把那个叫陈军的也找来。”

“我也只能试试看，能不能办成，还不知道。”刘春白他一眼，“你回吧，等我消息。”

“你可得跟人好好说说，我哪儿有100万元呀，10万元我都拿不出。家里的钱全让郭婷管着，就算把我卖了，也卖不了几个钱……”

刘春不想听他念叨，直接下车走人。回出租屋的路上，刘春想陈军果然是个狠人，明知这事跟他有关，还是找上了白雪松。那么，他现在真的应该去找陈军，劝他放过白雪松。有用吗？没用。陈军会听他的劝吗？不会。但他没得选，还得去找陈军，勒索白雪松，其实就是勒索他，虽然不愿意，但那晚过后，他跟白雪松已经成了一根绳上的蚂蚱。

他去菜市街，找陈军。陈军现在住在马彪以前的那间出租屋里。

“白雪松来找我，说你问他要100万元。”刘春开门见山说明来意，“我想问你，这事有没有商量，他实在拿不出那么多钱。”

陈军不认识似的瞪着他：“小鳖崽子，当自己是个人物，觉得能来跟我谈条件了？”

刘春摇头：“算我求你，放过白雪松。”

“滚蛋。”陈军变了脸，“别以为给你几天好脸色，过去那些事我就忘了。也别觉得我现在腾不出手来对付你，你就没事了。迟早，我得跟你把账全算清。”

刘春沉默，知道陈军仍然怀疑他害死了小胖和马彪，只是拿不出证据来。现在，有了马彪的视频，便有了对付他的筹码，不管最后白雪松能不能拿出钱，视频他都会公开的。

“回去告诉那姓白的，拿钱出来，还能再活几天，没钱，死定了。”陈军恶狠狠地道。

刘春等的就是他这句准话，待他说完，悻悻起身要走，陈军忽然又拦下他。

“看来，你挺在意这视频，我有个问题闹不明白，你到底在怕什么呢？”

刘春脸上的表情像是在画个问号，似乎没听明白他这句话。

“就算视频到了公安手里，那女的失足摔死，是场意外。姓白的害怕，能理解，他一个公职人员出这事，工作前途尽毁，老婆孩子也不会放过他。可你到底在害怕什么呢？就算有责任，又能关你几天？”

刘春愣一下，隐约有些凉意从心底升起。

“还有，那女的死后，你们仨全都没报警。姓白的怕毁了前途，马彪因为他对那女人做过不好的事，可你，究竟为什么呢，还跟他们一块儿处理尸体？”陈军逼近刘春，脸上又露出些邪恶的笑意，“我就想问你，你那晚，到底做过什么？”

刘春惊愕过后，立刻摇头，大声道：“我能做什么，我什么都没做！”

陈军再笑笑，冲他摆摆手，表示跟他已无话可说。刘春仓皇出门，疾步离开，走在街上，脑袋里还在嗡嗡响，久违的尿意又涌了上来，赶紧把手伸裤兜里抓住，才勉强抑制住。

你那晚，到底做过什么？陈军的话还在耳边，他下意识再次想起那晚。那晚，他进到车间边上的小房间里，看见倒在地上昏睡的小慧，慢慢靠近，蹲下身，离得她很近，又闻到熟悉的栀子花的清香。

马彪说：菜在锅里，给你留着了……记忆已经变得模糊，他重新走回马彪身边时，马彪讥笑他："没人知道你在里面做过什么。"他冲着马彪咆哮，辩解说自己什么都没做。马彪仍然笑嘻嘻地道："谁知道，你做没做，有关系吗？"

现在，刘春仍然坚信那晚自己什么都没做，但为什么，想到时，仍然会心悸不已？难道那就是他同意不报警，并跟着马彪和白雪松一块儿处理尸体的原因？

刘春重重地摇头，再次坚信了自己那晚什么都没做。

为了不去想那些乱七八糟的事，他在路边，摸出手机来，忙活一番后，给白雪松打去电话。白雪松紧张兮兮地问怎么样了，刘春什么话都没说，只给他放了段录音。

"回去告诉姓白的，拿钱出来，还能再活几天，没钱，死定了。"陈军的声音。

不等白雪松反应过来，刘春便直接挂断了电话。

35

放学时间，陈军又混迹在等孩子的家长中间，只想远远看上小宝几眼。没承想，孩子们还没放学，张涛却突然站到了他的面前。

“别打小宝的主意。”张涛瞪着他，“离我们一家远点。”

陈军有点蒙，心说自己可什么都还没做，这人居然先找了过来，而且气势汹汹。

“这儿也算你们家地盘？”他反问。

“我不怕你。”张涛不跟他讨论具体问题，故意做出恶狠狠的表情，显得有点夸张，“我当过兵，最喜欢的就是跟人打架，别逼我跟你动手。”

陈军“哈”一声，心想这人真是个憨憨，刚想逗他两句，结果人家说完，转身走了，根本不给他出声的机会。陈军又蒙了，想了想，有了主意。

小宝出来，张涛很快迎了上去，领着孩子往停车的地方去。陈军不远不近地跟在后面，就算张涛回头瞪他，他也一副若无其事的样子，该跟还继续跟。看得出来，张涛挺生气，却又没办法，只能开车带着小宝走。车停在十字路口等红灯时，车边停了辆摩托车，张涛下意识看去，居然正是陈军——没错，陈军买了辆摩托车，他跟马彪，对摩托车都有情结，手上有点儿钱，最先想到的，就是买辆摩托车。

张涛气急，这摆明了就是挑衅，可又不便发作，如果质问，陈军肯定又会来上一句，这十字路口也是你家地盘？

幸好，过了这十字路口，张涛看两边后视镜，没看到陈军，猜想应该走了，悬着的心这才放下来。他不知道，陈军是走了，但去了振海路的虹发廊，去剪头。

虹发廊里，周红在里屋看电视，俩小徒弟在外面忙活，长椅上还坐着三个顾客排队。陈军大大咧咧进来，俩小徒弟手上活没停，热情地跟他打招呼，说想剪头，得等。

“我这有事，等不了。”陈军探头朝里屋看，“老板娘闲着，让她来剪吧。”

小徒弟还没回话，那边周红已经听见声音，从里屋出来，见真是陈军，脸色立马就变了。她示意小徒弟们去忙，随手拿起一套叠好的围布，示意陈军坐过来：“那就来吧，我帮你剪。”

陈军呵呵笑，坐过去。边上排队那男的不乐意了，起身过来：“我这等半天了，还有没有个先来后到。”

周红赔着笑：“实在对不住，这是自家一亲戚。您受累，再等会儿，那边马上好。”

这人嘀咕两句，也没太较真，本来这事就算过去了，偏偏陈军扭头冲他恶狠狠地道：“滚一边去。”

男人年纪不大，也正血气方刚，哪儿受得了这个，立马又折回来，开口就骂：“让谁滚一边去，再说一个，老子今天弄死你。”

听话音就知道这也不是善茬儿，周红赶紧搭着他肩膀往边上拉：“别听他的，他就这臭脾气，听姐的，咱不跟他一般见识……”

她这样说，陈军那边不乐意了，腾地站起来，大声嚷嚷："说清楚了，弄死谁。别㞞，过来弄死我试试！"

"我今天就成全你……"那男人也直接硬刚，一把推开周红，往前冲。

在那边干活的俩小徒弟赶紧冲上来，分别拉住俩人。俩人撸袖子掐腰隔空骂，排队那俩女的直接出门溜了，正做着头发的两位也赶紧闪到一边。周红又气又恼，忽然抓过一把吹风机，大力摔到地上，"啪"的一声响，让陈军和那男人闭了嘴。

"你俩成心的吧。外头天大地大，真有本事，外面打去，谁把谁打死算谁能耐大。在我这儿吵吵算什么呀，演戏给谁看呢。"周红冲目瞪口呆的俩小徒弟吼，"还愣着干吗，报警。"

小伙子答应一声，真的摸出手机来。

那男人愣一下，扭头就往外走，出门前不忘回身指着陈军再骂一句："你等着，再撞我手里，弄死你。"

陈军呵呵一笑，居然又回身坐回了剪发椅上，目光瞧着镜子里的周红："终于清静了，现在，你能好好给我剪个头了。"

周红哼一声，别过脸去呼呼喘粗气，但过会儿，还是慢慢走回去，把围布给系上，默默拿起了梳子和推子……

发廊里气氛特别怪，陈军老冲周红笑，说些不咸不淡的话，周红绷着脸，沉默到底。俩小徒弟收拾完地上摔碎的吹风机，接着干活，目光不时往周红那边瞟，还互相眼神交流。没过一会儿，头发刚剪了一半，张涛就打外面火急火燎地冲了进来，看到坐那儿的陈军，脸都气白了。周红赶紧拉着他到里屋，嘀咕了几句。周红很快出来继续剪发，张涛在里屋待了会儿，还是没憋住，气呼呼地出来，站在后面，拿眼瞪镜子里的陈军。

刚才，小伙子徒弟偷偷给他打了电话，说店里差点打起来，现在，那个奇怪的男人还在店里，红姐正在给他剪发。张涛的心立马又悬了起来，把小宝安排到熟悉的邻居家，自己赶紧赶过来。果然是陈军，他这是从学校那边，直接来了发廊。张涛心里那叫一个气，虽然从周红口中，他知道陈军是个心狠手辣的人，但被人欺到门口，事关妻儿，他就算豁出命去，也要挡在这个人的面前。

陈军不时也看镜子里的张涛，嘴角还会挂上一缕戏谑的笑。

“你们俩都出来了，小宝怎么办，就放他一人在家？”他跟周红拉家常。

周红就没当听见，根本不搭理他。

“你什么时候学的这手艺，我怎么不知道。”陈军也不在意，自说自话，“以后我头发可就全交给你了。要不，我在你这儿办张卡吧，不是说发廊来人就推销卡吗，你也不跟我介绍介绍。凭咱们的关系，给我打个折，总没问题吧？”

周红倒没什么，后面的张涛涨红了脸，像是要发作，周红及时冲他使眼色阻止了他。

陈军这会儿就像个话痨，有一搭没一搭的，嘴就是闲不住，周红越不搭理他，他越来劲。好容易头发剪完了，他晃着脑袋端详半天：“真不错，这手艺，没得说。”

陈军起身，摸出手机来到收银台前付了钱，再慢慢踱到周红边上，笑笑说：“走了，下回剪头，还来找你。”

又经过张涛身边，陈军还是笑笑，却笑得诡异。张涛涨红了脸，干着急使不上劲，眼睁睁看着他扬长而去。

拉着周红到里屋，张涛说："咱们得想个办法，不能老这样。"

周红叹气："只要他不做过分的事，忍了吧。你都想不到，把他惹急了，他会做出什么事来。"

张涛不服气："法治社会，我就不信没人治得了他。"

周红又是一声叹息，活了这么久，张涛还是太单纯。陈军去学校看小宝、来发廊剪头，目的就是告诉她，他就在他们身边，他不会放过她跟小宝。

张涛头回在周红眼中，看到惶恐，这让他非常不安，他觉得身为男人，这时候应该做点什么。第二天，他在他的小工厂里，找了几个身强力壮的小青年，跟他们说自己遇到点麻烦事，想请他们帮忙。小青年觉得为老板分忧，义不容辞，何况这老板还说，出事他担着。

当天傍晚，张涛继续去学校门口接小宝，果然又在人群里看见了陈军。张涛不动声色，接了小宝上车，车上还有厂里的一个小伙子。通过后视镜观察，趁陈军取摩托车时，飞快下车，小伙子换到驾驶座上，他还不忘安抚小宝："爸爸有点事，让小哥哥送你回家。"

陈军的摩托车跟在小宝那辆车后面，张涛则跟厂里那帮小青年在后面一辆面包车上。前面的小车拐上条小街，摩托车仍然跟在后面，面包车突然加速，别了摩托车一下，猝不及防，陈军反应稍微慢了点，连车带人摔在路边。他爬起来，冲着面包车嚷嚷："怎么开的车，眼瞎了还是家里有急事！"

面包车上下来一堆小伙，个个摆出凶狠的表情，把他围在中间。

陈军愣一下，意识到处境不妙，想走，晚了。几个小伙子围过来，不由分说，上来就是一顿拳打脚踢。陈军战斗力不弱，照他以往的性子，就算被你们打死，也得拉上一个垫背的。这回也不例外，他奋力扑倒了一个小子，就要往死里捶。转念之间，目光恰好落在面包车上，似乎看到里头有个人影一闪而没，他立刻就把这事想明白了。

陈军放手，被扑倒的小青年爬起来，加入殴打他的队伍。他则双手抱头蜷缩身子，由着他们打——不就是打一顿吗，又不是没让人打过。这帮人看着凶神恶煞似的，其实都是菜鸟，拳脚虎虎生风，落下来就软了。但就算这样，这帮人打完丢下他回车上时，他的鼻子还是出血了，眼角也裂开道口子，脸上都是血。

陈军坐在地上，冲着面包车笑，异常诡异。

面包车从他身边过，很快就驶远，没了踪影。到这会儿，瞧热闹的人才过来围着他，七嘴八舌给他出主意，有让报警的，有让去医院的，有人问记住车牌号没，还有人义愤填膺地指责面包车上那帮人。陈军不太习惯被人围观，默默起身，推起摩托车，还好，能正常启动，跨上车，赶紧溜了。

再说张涛领着那帮小年轻，本想办完事，找家饭店吃一顿，脑子里却不时冒出陈军那张满是血的脸，还有诡异的笑容，让他觉得有点瘆人。他心里空落落的，不踏实，给了点钱，让小伙子们自己找地方吃饭，自己打车去了振海路虹发廊。

他担心陈军再去虹发廊生事。

幸好，没见到陈军，周红问他这会儿怎么来了，没去接小宝？他说让厂子的人帮着去接了，他忙点事，刚结束，过来瞧瞧。

周红知道他担心，便安慰他："没事，你说得对，法治社会，咱们不用害怕。"

犹豫好半天，张涛还是没说今天带人揍了陈军的事，怕周红怪他。现在，其实他已经开始后悔，不该主动去招惹陈军。这天店里正好不忙，周红嘱咐小徒弟几句，自己跟张涛一块儿回家。

晚上，一家三口吃完饭，周红陪着小宝做作业，张涛在客厅里看电视。张涛右眼皮直跳，更觉不安，坐那儿半天，也不知道电视里到底放的啥。突然电话响，他接听，还真是怕什么来什么，打电话来的人，正是陈军。

"是个男人，就出来谈谈。"陈军说。

张涛赶紧到卫生间去，关上门，压低了声音问他想干什么。陈军声音听起来挺平静："咱们之间这点事，老拖着也不是办法，出来聊聊吧，看怎么解决这些事。"

张涛不知道他说的这些事究竟是哪些事，是今天带人揍了他，还是和周红的关系。他想起周红说过，陈军是个心狠手辣的人，心里瞬间有点㞞，一时拿不定主意。

"你不出来，那我就只能上门找你了。不想周红跟小宝担心，就别㞞。"

张涛心一横，答应了。他想陈军再狠也就一个人，瞧他那小身板，真动起手来，谁把谁揍趴下还说不准。而且，这事既然躲不过，那就只能硬着头皮上。

张涛随便编了个理由，厂里出了点事，得过去一趟。周红并没生疑，只随口嘱咐他早点回。张涛出门，开车，去跟陈军见面。

没约太偏僻的地方，在家小公园的停车场，找个位置停下，张涛在车里没下来，落下窗，探头朝外面看。他没看到陈军，估计还在路上，正想着要不要去个电话问问，冷不丁后车门被人拉开，赶紧回头，陈军已经坐到了后座上。

张涛是众多开车不喜欢锁车门的司机之一，他很快就要为这个习惯付出代价了。

“说吧，想怎么谈。”张涛故意粗着嗓子说话，听起来挺强硬。

“谈什么？”

张涛愣了一下：“不是你说要谈的吗？不谈我可走了。”

“急性子。”陈军笑了笑，“其实吧，跟你真没什么好谈的……”

话到这儿，张涛已经觉得不对劲了，但陈军根本不给他机会，直接从后面勒住了他脖子。张涛没料到他说翻脸就翻脸，拼命挣扎。陈军看起来干巴瘦，胳膊却硬得像铁，根本挣不开。张涛嘶声想叫，声音在喉咙里翻滚，却发不了声。他喘不过气来，气管里像被塞进块烧红的铁疙瘩，堵住了全身的气息，片刻之后，他便失去了知觉。

陈军挺满意，把人勒晕是个技术活，一般人掌握不了这分寸。他在牢里跟高人学过，还拿同监的号友练过手，这回，这手艺用在了张涛身上。

他下车把张涛挪到后面，坐到驾驶座上，发动车子，开车走人。

陈军忍张涛好久了，想到他每晚跟周红同床共寝，他就怒火中烧。加上今天张涛主动挑衅他，终于忍无可忍。张涛落他手里，肯定落不了好。

车子很快离开市区，向着郊区废弃工厂方向驶去。

36

第一次看小慧摔死那段视频，陈军就觉得废弃工厂不错，是个好地方。他跟刘春说过，抽空带他瞧瞧去，一直没得空。这天傍晚，他打电话给刘春，又提起这件事。刘春跟他碰面后，吃了一惊，陈军显然刚被人揍过，脸上的血都没擦干净。

看刘春发呆，陈军笑："是不是觉得又有机会了？"

"什么？"刘春没听明白。

"马彪上回找你，也是刚被人揍过，跟我现在，是不是特别像。"

刘春涨红了脸，已经明白他要说什么了。他叹口气："你要有想法，就去找警察。"

"警察也拿你没办法，你小子，太会挑时机了。"陈军像是笃定了自己的猜想，"不过没关系，总会有水落石出的那天。"

刘春闭了嘴，不吱声了。

"我给你个机会，你要有能耐，也把我弄死。"陈军继续说，"地方我都替你挑好了……"

挑的地方就是废弃工厂，他没去过，所以要刘春领他过去认认门。进到废弃工厂，四处转悠一圈，他对这地方赞不绝口，真是好地方，地形复杂，位置偏僻，怎么就没人再开发，白白让它闲置呢？

“你要在这儿把我弄死，就能把这屎盆子扣揍我那帮人身上了。”陈军打趣刘春。

刘春白他一眼，故意放慢脚步，离得他远远的。

俩人在几幢荒楼里转了转，特意在小慧失足的那幢楼里多待了会儿。刘春的情绪明显不对劲，眼里有竭力隐忍的慌乱。陈军看在眼里，偏偏故意刺激他，绕着二楼地板上塌陷的大洞来回兜圈子，还问，那姑娘就是从这里摔下去的吧。

刘春终于丢下他，转身跑了。蹲在楼前的空地上，刘春重重地喘息，仿佛又看见浓重的黑色雾气慢慢从地面涌来，雾气后面，小慧在冲他挥手……

陈军开着摩托车带刘春回到市区，丢下他急匆匆地走了。刘春看着他的背影，心中生疑。陈军今天让人揍了，一般人刚被揍完，要么想着报仇，要么回去歇着，为什么他会急忙去废弃工厂认门？再往深了想，陈军最近一直在折腾跟周红之间那点事，他被揍会不会跟周红有关？他想到周红现在的老公张涛是个退伍军人，模样孔武有力，看着不像软柿子。

刘春断定陈军肯定要做什么事，就在今晚，地点是废弃工厂。

天刚黑，刘春找了家面馆填饱了肚子，买了两瓶水，几个面包，用塑料袋装着，再带个应急灯，打了辆摩的，又回到了废弃工厂。厂里荒楼好几幢，他找了个位于边角的房子，倚墙席地而坐。他想知道陈军今晚到底想干什么。

当然，就算想错了也没关系，浪费的不过是一晚上的时间。只是，在这废弃工厂里，记忆会再次回到出事那天晚上，他又想到了小慧。小慧，心里念着这名字，他心里酸酸的，泪水又止不住地流下来。

半夜，还不见张涛回来，周红给他打了几个电话，全都无人应答。张涛在忙什么？连个接电话的时间都没有？周红隐约有些不安，给张涛的几个朋友打电话，他们今晚都没跟张涛在一块儿。最后，她想到张涛让厂里司机去接小宝的事，便打电话给那司机。司机支支吾吾半天，终于说张涛下午带了帮厂里的小青年，揍了一个人。

周红当时脸就白了，心里埋怨这张涛就是个榆木脑瓜，主动去惹陈军。这时候，她已经差不多猜到张涛这么晚还不接电话，肯定跟陈军有关了。她有点慌，陈军的手段，她比谁都了解，张涛要落他手里，不会有好处。报警吗？不能，现在什么还都没弄清楚，更不知道陈军到底有没有怎么着张涛，而且一个大男人，出门几个小时没回来，光凭猜测就报警，警察能搭理你吗？

周红正在这里着急，忽然接到个电话，打电话的人说他叫刘春。

刘春，她记得那个小伙子，个儿不高，有点瘦，皮肤白净，说话会脸红，挺腼腆。他在店里装修时来干过水电，跟她认了老乡，此后，便常来剪发。

他怎么会这时打电话来？很快，周红惊讶了，刘春告诉他，陈军和张涛俩人去了郊区的废弃工厂。废弃工厂？周红有点蒙，这大半夜的，那俩人去那儿干吗？

她赶紧问废弃工厂的位置，刘春简单描述了一下，并说自己就在工厂前头的马路上，周红到那儿就能看到他。周红一点都没犹豫，把小宝锁在家里睡觉，出门打了个车，就往废弃工厂去。

半道上，先打电话给徒弟小姑娘，让她赶紧来家里帮忙照看下小宝，又给刘春拨去电话，告诉他自己正在路上。

周红不是没脑子，趁着途中时间，开始追问刘春怎么知道陈军和张涛去了废弃工厂。刘春也没打算瞒她，就把十多年前，自己跟马彪那帮人的事说了。周红很震惊，原来刘春就是当年那个小孩。刘春还说了马彪和陈军刑满释放后，都没放过他，继续逼着他做些不太好的事——当然，这里刘春没有展开说，留给周红足够的想象空间。最后他才说到今天傍晚时，陈军找上他，专门去废弃工厂踩了点。他猜到晚上陈军肯定要做什么不好的事，又知道他最近心思全扑在周红和小宝身上，不放心，所以提前蹲守在工厂外面，果真，看到了陈军和张涛进入楼里。

刘春说的全是实话，周红也挑不出毛病来，但她还是想到了最重要的问题，刘春为什么会在废弃工厂外面蹲守。

刘春沉默了一下才说："如果陈军犯了什么事，我想他再进去。"

周红听明白了，比谁都明白，现在，这岂非也正是她的心思？

到路口，见到刘春，打发司机回去，周红顾不上跟刘春寒暄，直接让他前头领路，就往废弃工厂里去。路上，刘春详细说了他看到的情形，先是辆小车驶进了厂区，停下后，陈军从后座上把张涛拉了出来，背着他，进到楼里。看起来，张涛像是没了知觉。

"背进去？"周红眼珠子差点瞪出来，"你怎么不早说。"

"我怕你担心。"

当然得担心了，背进去，还没了知觉，这人到底怎么样了？周红马上想到报警，但想想已经到这儿了，先去看看情况再说。

周红进到工厂里，借着月光，可以看清厂区里处处透着荒凉。

顺着刘春指的方向，周红看到有幢楼上，亮着微光。俩人蹑手蹑脚进到楼里，踮着脚尖顺着楼梯上到二楼。已经能听到楼上有动静，刘春忽然停下，带些歉意，压低声音道："我就到这了，红姐你得自己上去。"

周红怔一下，随即便理解地点点头。她不再说什么，也不再隐藏行踪，直接大步冲上楼。楼上居然点着一堆小篝火，张涛被绑了手脚倒在地上，陈军正拿着根木棒，在抽打他——其实也不是一直打，而是打几下就坐边上歇会儿，喝口酒，塞几个花生米到嘴里，再骂两声。地上的张涛早就醒了，该骂的都骂完了，知道骂也没用，索性闭了嘴。

张涛肠子都悔青了，不该冲动之下带人揍了陈军，但他闹不明白陈军为什么要把他绑到这里来。若是想报下午的仇，打他一顿就完了，何必费这些事。他问过，陈军也没打算瞒他："我得让你长点记性，知道自己招惹了谁。"

稍微顿一下，陈军接着道："你这一晚上不回去，明天一早我再告诉周红你在我手上，她能不着急吗。能让她着急，够了。你说，这时候我跟她提出，我想见见小宝，她能同意吗？要是能再带小宝吃顿饭，玩上半天，那就更好了。"

"就这？"张涛难以理解陈军的心思，"你就不怕我事后报警抓你？"

"就这点事，你说吧，能判我几年？可别忘了，今天可是你主动招惹的我。我现在什么都没有，就剩下大把的时间，把我抓进去再关几年，这笔账全算你们头上。"陈军笑笑，"我倒霉，你们也好不了。咱们大家一起耗着，看谁耗得过谁。"

张涛这才知道周红为什么说陈军是个狠人，心里瞬间变得绝望。他后悔不迭，这种人，躲都来不及，他居然主动招惹他。

既然打算在这里耗一夜，陈军准备得挺周全，带了酒和些吃的。他喝着酒，就着花生米，手痒了再打张涛几棒子，倒挺惬意。

楼梯口忽然传来“咚咚”的脚步声，这出乎陈军意料，手中的棒子抡起来停在了半空，然后，就见到周红像阵风一样冲了上来。

周红上来之后看到的画面是，陈军拿着棒子正要打地上的张涛，她立刻急了，嗷一声冲着陈军就直扑过去。陈军没一丁点思想准备，一下被撞个正着。周红这一下到底用了多大力，看看陈军就知道。陈军直接被撞倒飞出去，摔在地上半天没爬起来。那边的周红已经弯腰捡起他掉落的棒子，朝着他砸过来。

周红真急红了眼，先是知道张涛没了知觉被背进楼里，现在又眼睁睁看着他被绑了手脚倒在地上，陈军还拿棒子打他。她心底对陈军残存的最后一点旧情，算是彻底没了。她下手毫不留情，瞬间变身回昔日放荡不羁、飞扬跋扈的街头少女红姑。

张涛连声叫着周红的名字，苦于手脚被绑动弹不得。陈军完全被这突发事件弄蒙了，接连被周红打了几棒子，居然笑了，看着周红歇斯底里的模样，他仿佛看到了十多年前那个让他心动的姑娘。陈军扛揍，在大棒攻势下，居然不退反进，扑上去抱住周红。周红死命挣扎，奈何陈军力气大，一时间竟挣不脱。这时，那边的张涛挣扎许久，终于让手上的绳子松动脱落，他赶紧解开脚上的绳子，随手摸起篝火边一根棒子，从后面照着陈军的脑袋就砸了下去。

场中局势瞬间变化，陈军负痛之下，只能舍了周红。脑袋上挨了这记闷棍，人开始犯晕，身子晃了晃，好不容易才稳住。那边周红本想拉着张涛跑，但张涛被折磨了好几个小时，终于脱困，心里憋着的那股气，让他忘了对陈军的恐惧，嗷嗷叫着向陈军扑过去。

陈军此时也收起戏谑之心，认真跟张涛打。没几下，张涛就挨了好几拳，拳拳到肉。他当过兵没错，但那已经是十多年前的事了，他哪里是经验丰富的陈军的对手。幸好那边周红眼见张涛撑不住，立刻加入战团。

打斗中，陈军免不了要对周红手下留情，动作起来有点束手束脚，吃了点亏，接连被打了好多下。陈军被打出火气，猛然发声吼，先是踹飞了张涛，再一巴掌打得周红转了好几个圈，身子软软地倒在地上。陈军的状态也不好，身上、脑袋上挨了几棍，晕乎乎的，身子也在打晃。就在这时，又生意外，黑暗里，突然窜出一个人来，以迅雷不及掩耳之势到了跟前，抱着他滚下了楼梯。

刚才打斗暂歇时，位置刚好在楼梯口不远处。

楼梯护栏早就没了，俩人翻滚着下了几层，到中间拐角处，去势不减，又从中间的空隙直直摔了下去。

陈军这回真摔蒙了，七荤八素，感觉满天小星星。陈军勉强用胳膊肘撑起半边身子，听到不远处另一个人的呻吟，虽然看不清脸，但听声，他忽然笑了。

那人当然就是一直躲在暗处的刘春。而笑，是因为陈军瞬间想通了今晚的这些事。

“小鳖崽子，当我是马彪，又玩这一手。”他吐出口带血的唾沫，“你把周红带来，还跟我玩偷袭，我要真死你手里，你这算什么，见义勇为？还得给你颁个好市民奖？”

那边刘春伤得更重，已经动弹不得。陈军强撑着起身，挪到他边上，冲他凄然一笑：“我的命硬，比马彪的硬，也比你的硬……”

周红和张涛这会儿已经相互搀扶着下楼梯，查看情况。陈军再冲地上的刘春哼一声，毫不犹豫地一脚踹过去，刘春刚抬起来些的脑袋，再次重重撞向地面。

那些慢慢涌来的黑色雾气，终于完全将他吞没。在黑暗中，他再次见到小慧。

刘春随后便失去知觉，晕了过去。

37

货车司机老郑，开了一天车，大半夜才回到海州。因为帮熟人带了点货，约好了在路边等，所以提前下了高速，走省道。卸完货回市区，途经临洪闸边上的一条偏僻公路时，隐约见到前面地上有东西。老司机都警觉，提前踩刹车，离着还剩五六米远，车停下，看清了，那好像是个人……

市局刑侦队接报警中心转来消息，临洪闸附近公路上发生命案。经过现场勘查，很快确认死者为陈军，39岁，郁林县驼峰乡中云村人，曾因团伙抢劫被判12年有期徒刑，半年前刑满出狱，目前暂住海州市区，无业。陈军的死因系后脑遭钝器撞击，致颅骨凹陷性骨折，颅内出血形成血肿后，颅内压增高引发死亡。死亡时间为当天夜里12点到2点之间。另外，陈军身体多处有徒手伤、棍棒伤和高空坠落伤，怀疑死前遭到过殴打，或者与人进行过搏斗。

警方很快锁定犯罪嫌疑人3名——振海路虹发廊的店主周红及其丈夫张涛，还有一个名叫刘春的年轻人。周红十多年前曾与陈军同居，还生了个孩子，就是现在由周红和张涛共同抚养的儿子。陈军刑满出狱后，为儿子的事，多次骚扰周红，并因此与张涛产生纷争。案发前一天，张涛带人殴打了陈军，当晚陈军约了张涛出来谈判，借机绑架了他，带至临洪闸附近的废弃工厂，折磨了他近3个小时。周红在家等到半夜，不见丈夫回来，接到刘春的电话，知道了陈军绑架张涛的情况，随即赶去废弃工厂。

刘春来海州多年，十多年前还是个孩子时，曾被犯罪团伙逼迫参与抢劫，后来向警方提供了关键性证据。出狱后的陈军对他怀恨在心，多次骚扰殴打他。案发当天下午，陈军曾向刘春打听过废弃工厂的位置信息，还带刘春去废弃工厂提前踩点。刘春察觉到晚上陈军要做什么，便提前蹲守在废弃工厂附近。此举的动因，据刘春自己陈述，是希望获知陈军新的犯罪情况，借此摆脱他的纠缠。当晚，他看到陈军背着失去知觉的张涛进到废弃工厂，便通知了正在家中焦急等待的周红。周红因之前与陈军的纠葛，没有选择报警，而是只身来到废弃工厂，与刘春会合后，进到厂区，打算救出张涛。随后，他们与陈军发生搏斗。周红夫妇及刘春之后在医院的就诊报告证实了这一点，特别是刘春，最后抱着陈军摔下楼梯，失去知觉，目前仍处于昏迷中。而陈军，摔下楼梯后，应该也受了伤，他丢下周红夫妇，独自离开了废弃工厂。

周红和张涛在陈军离开后，驾车送刘春去医院。他们说，途中并未见到陈军，或是他的尸体。警方据此猜测，陈军或是避开了他们的车，或者凶手杀人后，曾藏匿过尸体。

一开始，有人提出会不会在打斗过程中，陈军颅脑已经受伤，离开废弃工厂后，半道上伤重倒地死亡。法医验尸报告否定了这种观点。死亡现场存留大量血迹，明显是遭到重击后当场留下的，再加上颅骨凹陷性骨折，受了这么重的伤，不可能独自走那么远的路，到达死亡现场。因此可以断定，陈军在离开废弃工厂后，曾再次遭到过击打。

尽管这样，还是不能排除周红等三人的嫌疑，他们完全可以在驾车离开废弃工厂后，途中与陈军相遇，对他再次实施击打。

第二天中午，出现了现场目击者。此人在朋友圈发布照片，称昨天半夜开车途经浦河路临洪闸段时，见到有人手持硬物，砸在一个正要上车的人后脑勺上，那人当场倒地，只是不知道是否死了。警方当即与这个人取得联系，但他实际上并非现场目击者，而是从朋友处得到的这段视频，随手发了出来。警方再联系他的朋友，这回得到确证。此人当晚开车经过浦河路，刚下临港桥，便见到前面有人拿硬物砸倒一个人，当时他吓了一跳，根本不敢停车，直接一脚油门，加速驶离。行车记录仪拍下了当时的场景，因为光线和像素的原因，画面不是很清楚，而且，行凶那人被骤来的车前大灯的光亮吓到了，瞬间背过身去，只留下一个背影。车牌也模糊不清，但依稀能辨认出是辆白色的本田。

据此线索，刑侦队调取了浦河路临洪闸段前后两个交通监控点处案发时段的监控视频，很快锁定了一辆白色本田车。调取车主信息后，他们锁定了新的犯罪嫌疑人。车主叫白雪松，36岁，是某事业窗口单位一个部门副主任，住在滨湖路上的苍梧小区。警方一边试图用电话与白雪松取得联系，一边兵分两路，直扑白雪松单位和他位于苍梧小区的家。电话始终联系不上，那边两路人马相继扑空。从单位那里得到的信息，白雪松1个小时前，离开了单位。

白雪松具有重大作案嫌疑，且有外逃的可能。刑侦队立刻对他的手机实施追踪定位，结果还没出来，便接到110指挥中心传来新的警情。解放中路天桥上摔下来两个人，当时正值车流高峰期，那俩人当场被避让不及的一辆商务车碾压致死，并随后引发了多起追尾事故，现场一片混乱。根据目击者称，两名死者在天桥上曾有过激烈的争执，还有过推搡等过激行为。到场的交警判断这是一起刑事案件，所以指挥中心才将案子转到刑侦队。

这起案子相对简单，初步估计应该是在推搡过程中，有人情绪失控导致的意外事件。只要弄清楚两名死者的身份及他们之间的关系便能结案。两名死者随身都携带有证件，让人意外的情况出现了，其中一名死者正是白雪松。

如果昨晚杀死陈军的凶手就是白雪松，那么，这两起案子之间，是否存在什么联系？

跟白雪松一块儿摔下天桥的人名叫方国良，属外地来海州人员，已在海州逗留多日。方国良在案发前曾多次致电白雪松，都被白雪松拒接，直到当天下午4点10分，才与白雪松取得联系，这与白雪松离开单位时间吻合。警方判断白雪松接到电话后，赶去跟方国良见面，俩人在天桥上发生争执，并发生推搡等过激行为，最后二人一齐摔下天桥。

现场勘查中，警方发现了众多的目击者，最后，还有人提供了案发时拍摄的视频。视频显示，白雪松多次想离开，均被方国良拉住，俩人的争执也越发激烈。导致二人坠下天桥的原因，竟是年近六旬的方国良突然发难，抱住白雪松冲向天桥护栏。也就是说，情绪失控的人是方国良，很有可能他是故意抱着白雪松一起坠下天桥。因为俩人均当场死亡，他们之间的关系以及争执的缘由，还需要时间去查证。

最先得到证实的是白雪松确系杀死陈军的凶手。

警方对白雪松那辆白色本田车搜查之后，在后车厢里发现一点血迹，经查，正是来自死者。他们推测这是白雪松击打陈军头部使用的凶器留下的，根据尸检报案，那应该是把锤子。锤子不在后车厢里，或许已经被白雪松处理了。

白雪松的车在案发时段去过案发现场，加上被拍摄到的现场视频和车厢里的血迹，已经可以确证他就是杀死陈军的凶手，现在需要查明的，是他的杀人动机。

另一边，警方将方国良的死讯告知了他的老伴，老伴正在来海州途中，同时提供了非常重要的信息，他们的女儿方慧在海州生活多年，突然在3个月前没了消息，方国良便只身来海州寻找女儿。同时，方国良老伴还提供了刘春和白雪松的名字，称他们或跟方慧的失踪有关。

通过走访白雪松的妻子郭婷，得知白雪松与那个失踪女孩方慧有染，方国良还曾经跟一个年轻人，到她单位找过她，怀疑她跟方慧失踪有关。结合方国良老伴提供的信息，警方拿出刘春的照片，郭婷一眼认出他就是跟方国良一块儿找她的年轻人。

刘春与接连发生的两起案件都有联系，警方希望能从他那里得到些有用的线索。这时候，刑侦队的邵勇提议让自己的老丈人，也就是浦东派出所的民警王海鹏前来协助调查。刑侦队领导得知王海鹏与刘春的关系，以及他当年曾参与侦办陈军团伙抢劫案后，同意了邵勇的提议。

王海鹏已经知道这两起案件，对于方国良和陈军之死，非常震惊。他第一时间想到的，居然是陈军电话里问他真的了解刘春吗。他开始认真去想发生在刘春身上的事，觉得这个刘春真是挺不简单的。接到邵勇电话，他去刑侦队报到，邵勇向他讲述案情，告诉他，杀死陈军的凶手是白雪松，方国良抱着白雪松从天桥上摔下去，这些都有铁证，就算刘春跟这两起案子有关系，但他也不可能是凶手。

王海鹏心中狐疑，还是跟邵勇一块儿去医院找刘春。刘春已经醒了，还需要留院观察。医生说，他从楼梯上摔那一下子，摔出了脑震荡，还挺严重。

见到王海鹏，刘春耷拉着脑袋，不敢看他。王海鹏苦口婆心，从马彪说到陈军，多次让他有事就去找他。这中间发生了很多事，他一次都没联系过王海鹏。王海鹏也故意冷着脸，坐到他面前："说吧，到底怎么回事。我这腰还伤着，我可不想再来第二次。"

刘春低着头，说起事情的原委，中间省略了一些内容，但通过他讲述，已经大致可以将两件案子串起来。事情的起因，是他偷偷喜欢上了小慧，而小慧，却跟已婚的白雪松在一起。刘春为了让小慧离开白雪松，做了错事，给小慧和郭婷分别寄了照片，惹出一些事端。他没想到，马彪随后盯上了白雪松，要把他和小慧的事捅到他们单位去，对白雪松进行敲诈勒索。这事最后结果到底怎么样，没人知道，小慧失踪了，马彪死了，白雪松对此事也闭口不提，当方国良为寻小慧来到海州，找上白雪松时，他还隐瞒了遭马彪勒索的事。

没过多久，刑满释放的陈军也来到了海州，已经死去的马彪，生前可能通过特殊渠道向他透露过些什么。陈军回来后，租下马彪以前的房子，并在房内发现了一个U盘，里面有段视频，解开了小慧失踪之谜。小慧其实已经死了，跟白雪松在废弃工厂的车间里，争执过后，失足从塌陷的楼板上摔了下去。视频显然与当初马彪敲诈白雪松有关，但没人知道究竟发生了什么事。得到视频后，陈军再次要挟白雪松，这回，他开口就是一百万元，这应该就是白雪松杀死陈军的动机吧。

对于方国良抱着白雪松从天桥上摔落，刘春后悔不已。他在得知小慧已死后，憋了好多天，最后实在忍不住，将实情告诉了方国良。因为他和白雪松不和，在方国良面前还打过架，怕方国良不信，便偷偷从陈军那里拷贝了视频，用来证明这件事。方国良很伤心，看着要崩溃的样子，但刘春还是没想到，他最后竟然做出那么过激的行为。

王海鹏默默地听着，最后只问了一个问题："就算白雪松有杀死陈军的动机，他怎么会在半夜撞见已经受伤的陈军？"

刘春想了想，摇头："不知道。"

王海鹏什么都不再说，起身离开。刘春讲述的那些事，他能听出很多不对劲的地方，但就算他问，刘春的回答也一定不能让他满意。而且，所有证据都证明，他跟这两起案子没有直接关系，三名死者，都在他昏迷之后死去。

至于白雪松怎么会在那种情形下撞见陈军，因为俩人都已经死去，真相或许永远无法知晓，只能凭猜测，推算出可能存在的多种可能性。比如白雪松在压力之下，跟踪了陈军，又或者他跟陈军约好了当晚在废弃工厂见面交易，当然，还有可能是有人将陈军的行踪，悄悄告诉了他。

很多细节，因为当事人已经死去，只能从刘春嘴里获取真相。

那真的是真相吗？王海鹏对此持保留意见，但这丝毫不会改变这两起案件的侦破进程。

王海鹏跟邵勇离开时，恰好遇上来看刘春的周红夫妇。他们虽然脸上还带着伤，但看起来气色红润，精神头十足。陈军死了，困扰他们的问题也就消失了，此后，他们又能过上以前平静的幸福生活。就算他们把开心写在脸上，也没人能够指责他们吧。

他们拉着邵勇和王海鹏，一个劲儿地替刘春说好话。如果没有刘春，事情现在还不知道会怎么样。他们信誓旦旦用生命担保，刘春和这件事，没有任何关系。

邵勇还在应付他们，王海鹏独自默默走了。

他走路时腰还板着，动作不敢过大，生怕触到痛处。他想到自己年纪大了，这些事本来就不归他管。他只是派出所的民警，日常工作就是解决辖区内居民鸡毛蒜皮的民生问题，就连打架斗殴这种事，都轮不着他，自有所里的年轻人出马。杀人这种恶性刑事案件，就更和他扯不上关系了。

离开医院，坐在车上，他决定，从今天起，便将刘春这名字从脑子里划去。

38

老谢出狱后，家里人替他找了份工作，在一家汽修厂当修理工。干了1年多，老板老家出了点事，得回去，可能以后不会再回来，就打算把汽修厂给盘出去。老谢跟家里人商量，决定把店面盘下来。他东拼西凑，又把房子拿出去贷款，费了老大劲，才把钱凑够。自己当了老板，更得用心干，问题是厂里原来技术最好的师傅，跟老板是同乡，这次和老板一块儿回了老家。老谢就给自己报了外地一个汽车维修班，出去学习了一个半月。学完回来，他的全部精力都投入汽修厂的经营中去。这天，有个熟人来修车，闲聊时才知道，陈军死了。老谢心里一咯噔，立刻想到陈军交代过他的一件事。

修完车，老谢赶紧回了趟家，翻出个封了口的信封，出门找了家快递点，按照信封上的地址，把信寄了出去，收信人就是王海鹏。

王海鹏的腰已经好得差不多了，却又添了头晕的毛病，而且越来越厉害，有时候视线也会突然模糊。年纪大了，不能过度劳累，再熬几年等退休，他就打算回老家，回驼峰乡过田园生活。所里人知道他的身体情况，老同志在公安战线干了一辈子不容易，所以大多数时间让他留在所里，干些轻松的活儿。这天他正上着班，收到了老谢寄来的信，拆开看完，他随手将信放到抽屉里，尽量让自己不去想。傍晚下班时，已经出了派出所的门，他忽然停下，想了想，又折回去，从抽屉里把信装兜里。

他晚上翻来覆去睡不着，满脑子都是过往的一些人和事。天亮后，他发现自己还是放不下刘春的事，这个跟他本来毫不相干的人，却偏偏成为他的羁绊，想躲都躲不开。为什么会这样呢？他跟单位请了假，独自驾车回乡途中，终于为此找到了理由。有些事，如果他不去做，就永远不会知道真相。而真相重要吗？不知道，他只知道，这次，他必须要为真相去做点什么。

到了县城，去了县公安局刑侦大队，找熟人，想要查看当年王小明，也就是小胖溺亡案件的卷宗。他的熟人年纪也不小了，案子发生时，还是队里的普通刑警，现在已经做了刑侦大队的副队长。案卷当然不能随便查看，但有了副队长的关照，王海鹏顺利拿到卷宗，却被告知只能在县局档案室的电脑上查看，不能拷贝。

王海鹏在档案室耗了整整两天，终于有了发现。

离开县公安局，他驱车直奔大竹乡村。

离开市区前，王海鹏曾打电话找过刘春，得知他在案子结束之后，便离开市区回了老家。刘春说最近发生的事实在太多，他想让自己好好休息段时间。他还透露，也许过上段时间，他会离开海州，去别的城市打工生活。

那时王海鹏就在想，他为什么一开始不离开海州呢，那样，就不会有后来的那些事了。

到了大竹乡村，去刘春家老宅，门没锁，里头却没人。向邻居打听，刘春确实回来了，可好几天没看到他人。还有人说，刘春背了个大包上山了。上山？又好几天没见着他人，难道这几天，他都待在山上？王海鹏稍微犹豫了一下，还是开车上山。

山上防火道已经全部修好，水泥路面从山脚盘旋而上，途中有路标，指向知青点。王海鹏停好车，步行踏上条石板路。路况不错，但因为腰还痛着，王海鹏走得慢，差不多20多分钟，才远远看到知青点的石头房子，还有石头屋门前的空地上，坐着的刘春。刘春正将一架纸飞机扔出去，纸飞机晃晃悠悠地在空中盘旋片刻，落在前面的空地上。

王海鹏慢慢走过去，那边的刘春听见动静，回头往这边瞧，立刻起身一溜小跑过来，扶住王海鹏胳膊："叔，怎么上这来了？"

一个多月没见，刘春模样变化挺大，嘴边的胡碴儿多了，眼角两边多了几道纹，头发不仅长了，还夹杂着些白头发。现在的刘春看起来挺憔悴。

王海鹏顾不上说话，累，腰也疼，抬手示意找地方坐下再说。刘春把王海鹏扶到石头房子前空地上，居然有把户外折叠的帆布椅子。王海鹏坐下，刘春又变戏法般进屋取了保温壶和杯子，泡了杯茶："叔，咱们村产的云雾茶，春茶，还新鲜着。"

茶果然挺香，王海鹏歇了会儿，稍微恢复点体力。回头看，屋里搭了个帐篷，还有户外用的锅碗瓢盆。他有些奇怪："你这小玩意儿挺齐全，这是打算隐居，还是玩儿上户外了？"

刘春尴尬地笑笑，摸出包烟来，给王海鹏递过去一根，自己也叼上。王海鹏盯着他看，好奇道："啥时候学会抽烟了，这才几天没见，变化不小嘛。"

"没瘾，就是一个人待在这儿时，手闲着，找点事做。"

王海鹏又看边上折叠好的纸飞机，摞在一块，挺大一堆，瞧着至少好几十架。前面的空地上，小树林里，到处散落着扔出去的纸飞机。

王海鹏随手拿起一架，胳膊抡圆了扔出去，纸飞机歪歪扭扭飞了一圈，很快扎到空地上。

“挺会玩儿。”王海鹏又拿起一架来，再使劲扔出去。

“去你们家了，邻居说好几天没见着你人，不会就在这猫了好几天吧。”王海鹏问。

“突然间就想找个没人的地方。”刘春也拿起架纸飞机扔出去，“在外头混了这么些年，现在觉得还是村里好，种点粮食蔬菜，种点茶，闲了，就来山上转转，挺好。”

“这话可不像从一个年轻人嘴里说出来的。”王海鹏不想再寒暄，“怎么不问我，是不是专门过来找你的？”

“不问也知道。”刘春说，“您肯定有话要跟我说，只是，不知道您想说什么。”

沉吟了一下，王海鹏从兜里掏出了那封信，刘春接过来看，神色有些凝重。一目十行，很快看完，他又将信还给王海鹏：“这些事，刚出来那会儿，陈军就跟我说过。”

“你怎么回答他的？”

“他在牢里太闲了，就知道胡思乱想。如果警察破案跟他一样，全靠瞎胡猜，那天底下不知道得有多少冤假错案。”

刘春话说得轻松，心情却已经变得沉重。没错，陈军信里写的内容，上回在老龙潭边，都跟他说过，关于小胖，关于马彪。陈军在信末特意提到，他笃信自己的猜测，但苦无证据，这也让他在面对刘春时，隐约会有些恐惧。他称，他不会放过刘春，会一直守在他身边，但有马彪的前车之鉴，他不知道刘春会用什么法子对付他，担心自己哪天也会步马彪后尘。所以，他写这封信，算是买份保险。如果他哪天意外死亡，凶手一定就是刘春。

“杀死陈军的人明明是白雪松，证据确凿，你们警方已经结案了。”

“可这里面还有疑点，白雪松为什么会深更半夜，在那条路上撞见陈军？”

刘春苦笑，又扔出去一架纸飞机：“我就是个普通老百姓，有疑点，应该是你们警察去找答案，我只要证明人不是我杀的就行。”

“并不是只有动手的人才是凶手。”

刘春点头：“只要有证据，你们警察肯定不会放过一个坏人。”

王海鹏心里叹息，现在，他已经信了陈军的话，他真的不了解刘春。

“好吧，现在你别把我当警察，咱们就只是闲聊。当然，你也别觉得我会给你挖坑，玩偷偷录音这一套。我就想问你，假设，咱们假设陈军的死，跟你有关，那么，在这件事里，你究竟都做了些什么？”

刘春愣了一下：“我还从来没想过这问题。”

“如果我是你，我会在通知周红的同时，给白雪松打电话，告诉他废弃工厂这边的情况。当然，有个前提，就是你跟他之前已经达成了杀死陈军的共识。”

刘春很认真地听。

“那晚，会有两种情况：一种是陈军打倒周红夫妻俩后，你冲上去，杀死陈军。这种情况下，你顶多算防卫过当，结合陈军绑架张涛的犯罪行为，以及周红夫妻俩的证词，你会被判得很轻，但仍然会进监狱。另一种情况就是你没有杀死陈军，而是伤了他，给白雪松创造机会。你和白雪松都想摆脱陈军，但白雪松性格懦弱，劝说他对陈军下手，一定费了不少心思。如果我是你，我会拿马彪的事情来举例，马彪和陈军同样都是重伤后死去，就算法医，也未必能检测出他们受到过二次伤害……”

“您还是相信了。”刘春叹息，“当一件事存在多种可能性时，很多人就会先入为主，坚持自己最初想到的。难道马彪就不可能真的被金三打破了脾脏？难道白雪松就不会因为别的原因遇上陈军？为什么您就一定要相信陈军的话呢？”

王海鹏有些失神，刘春的话，似乎也有道理。

“警察找我问话时，也许我会撒谎，但目的只是用来隐瞒被逼做过的一些不好的事。那些事，跟你们警察很难说得清楚，撒谎只是我用来自保的手段。但这并不意味着我就会去杀人，即便马彪和陈军，是我非常憎恨的人。”刘春的情绪有些激动。

这时，王海鹏心里居然有些动摇了，但他还是取出手机，给刘春看他从县局档案室翻拍的两张照片。第一张照片上是小胖的尸体，他的身体因为被水浸泡，有些肿胀变形。

刘春的眼泪瞬间溢了出来，他一把抹去，但仍然止不住有些哽咽。

王海鹏指着小胖的脚道：“你看这里。”

小胖脚上没穿鞋，左脚上穿着红色的袜子，右脚却光着。

“王小明落水时是穿着鞋的，他的鞋后来也在水里找到。但他脚上的袜子，为什么只剩下一只？”王海鹏问。

刘春深呼吸，尽量让自己平静，他还不知道王海鹏到底想表达什么。

王海鹏又换了张照片，是知青点石头房子里的地面，有啤酒瓶、食品包装等各种杂物。王海鹏问刘春：“看出什么没有？”

刘春摇头。

王海鹏指着一个被包装袋盖住一多半的红色物体道：“这像不像王小明脚上的袜子？”

刘春愣住，脑袋靠近手机仔细看，还是看不真切。

“如果这真是王小明的袜子，那问题来了，落水的王小明，袜子怎么会在石头房子里？”

“那您说，这是怎么回事？”刘春又露出无奈的表情。

“王小明落水后，等你们所有人，包括陈二兵，也就是卷毛走了之后，自行上岸，回到石头房子这里，把身上湿衣服脱下来晾晒。然后，有人哄骗他再次到老龙潭里玩水，淹死了他。去玩水，自然不会穿衣服，为了造成他是第一次下水溺亡的假象，那人必须给他穿上衣服，但因为疏忽或者别的原因，遗漏了一只袜子……”

刘春忽然笑了，又像是哭了，王海鹏一时间竟分不清他究竟在笑还是哭。

“小胖落水后，袜子就不能落到了水里？你们警察在搜证时，有没有可能只是没在水中找到那只袜子？这照片中的红色物体，为什么一定得是袜子而不会是别的什么？小胖水性好，难道就不能出意外淹死在水里？天底下那么多被淹死的人，难道都是不会游泳的人？”

王海鹏顿时语塞，他苦苦找了两天的证据，在刘春面前根本不堪一击。

“如果袜子真在石头房子里，这么明显的物证，你们警察当年难道就没发现？”

没错，没有人会犯这种低级错误。王海鹏摸出老花镜来仔细端详照片上的红色物体，竟然真的越看越不像是袜子了。但为什么在县局档案室，他发现红色物体后，一下子就认定了是袜子而不是别的什么？

“刚才您说，陈军死那天晚上，可能会出现两种情况。那么，我把小慧死亡的视频给方叔看，那结果就不止两种情况了。当然，我现在非常后悔把小慧死亡的视频给他看，但这是我的错吗？方叔在海州待那么久，无非就是想找到小慧，或者弄清楚她失踪的原因。知道小慧死了，他可以杀死白雪松为小慧报仇，也能报警。如果他报警了，会怎么样？”

王海鹏下意识就顺着他说的思路往下想。如果方国良报警，没有选择跟白雪松一块儿死，那么，白雪松因为坐实了是杀死陈军的凶手，必定会被警方抓捕，那么他势必会向警方供出与他合谋的刘春。如果刘春果真心思缜密，与白雪松合谋，又借方国良之手除去白雪松，那么这计划中的不确定性太高，最后成败完全取决于方国良的一念之间。这样的计划，实在算不上高明。

除非，刘春算准了方国良看过视频之后，一定会选择杀死白雪松为小慧报仇。

王海鹏一时间脑子里两种念头交替闪现，难道自己真的错了？难道刘春真的是无辜之人？恍惚间，他忽然一下子想开了，他跟刘春说的，仅仅是可能性中的一种，关键之处就在于证据。刘春现在还能够安好地坐在这里，岂非就说明，警方并无证据表明他跟这几起案子有关？而他是警察，他除了要遵循自己的内心，更要尊重身上的制服。

如此想来，他的心里便觉坦然。

那边的刘春仍然在扔纸飞机，他忽然说："叔，知道怎么样才能让这纸飞机飞得久、飞得远吗？"

王海鹏微怔，但还是去想，纸飞机怎样才能飞得久、飞得远。

他扶着腰慢慢站起来，大力将手中的纸飞机扔出去。纸飞机划出一道弧线，还是很快落到了前面空地上。

"站在悬崖上。"刘春说，"越高的悬崖，扔出去的纸飞机飞得越远……"

尾　声

王海鹏离开时，刘春问能搭他的车回去吗。

当然没问题。

刘春将自己的户外露营装备打包全背上，再扶着王海鹏，慢慢往防火道方向去。

“山上虽然清静，但也不能一直待在这儿。”刘春说，“回去后，我打算离开海州，去别的城市。世界很大，我想多去些地方看看。”

王海鹏这时忽然想到一个问题：“那你为什么不早点出去呢？”

如果早点出去，就不会被马彪和陈军找到，更不会有后面这么多事了。

为什么呢？刘春想到了出租屋里的栀子花，该回去浇水了。他想象茂盛的枝叶间开满白色花朵，空气中似乎便弥漫着花的清香。那个冬夜，他沮丧地即将走向黑夜，身后忽然有人让他等等。他回头，便看到了小慧……

生活里，总会需要些美好，这些美好在不经意间，成为你这一生的羁绊。

坐到车上，王海鹏觉得累，头也有点晕。这几天事多，累了。回去后，他打算在家里歇两天，再回所里上班。虽然事实证明，这趟驼峰县之行并无收获，但他也不算白来，至少，他让自己释然了。

车子驶在防火道上，王海鹏偷眼看身边的刘春。刘春目光落向窗外，年轻的面孔上，居然有了些与年龄不相称的沧桑。王海鹏心中，下意识就有了些酸楚。

这孩子，不容易。

蓦然间，王海鹏脑袋里像被扎进了好多根针，疼得要炸裂开来，该死的头晕症又犯了，视线也随即变得模糊。他想刹车，想把车停到路边，却不知道自己究竟做了什么。他最后听到的，是撞击声和刘春的惊叫，随后，感觉整个人都飞了起来。

似乎睡了一觉，睡了很久，醒过来时，头没那么疼了，他也看清了身处的险境。车子悬在崖边，一半挂在外面，还在轻微晃动。

他立刻明白过来发生了什么事，骤来的头痛让他失去了意识，车子失控，冲出了防火道，冲到这道崖边，方才停下。

他转头，看到刘春还在。刘春的神情特别平静，就好像根本没有察觉车子摇摇欲坠，随时都有坠落的可能。他的目光落在王海鹏身上，带些难以觉察的犹豫。

王海鹏忽然想到了什么，心里一凉，下意识伸手推开车门，解开安全带，但身子很重，竟然根本不能移动，并且，随着他的动作，车子晃得更厉害了些。

努力尝试过后，王海鹏放弃了，他叹口气，迎上刘春的目光。

毫无疑问，车祸是场意外，就算他死在这里，也跟刘春无关。他死了，会带走那些他曾经的怀疑，这世上便再不会有人把那些案子跟刘春联系到一起了。

如果他是刘春，会怎么做？

王海鹏冲着刘春凄然一笑，闭上了眼睛。

而刘春后来的举动，出乎他意料。刘春大力将他推了出去，车子在剧烈摇晃过后，终于坠下了山崖。王海鹏趴在崖头，还没从这变故中反应过来，事情便结束了。看着还在崖底翻滚的车，他想到，刘春还在车里。

泪水忽然就涌了出来，他冲崖底大声叫着刘春的名字："春娃！春娃！"

车子终于停止了翻滚，王海鹏紧张地盯着严重变形的车，希望能看到车门打开，看到刘春从车里出来。

时间一点点过去，山林间其实有各种声音，却仍然能让你觉得静谧。现在这份静谧却让王海鹏止不住地心慌。刘春还在车里，刘春还没有从车里出来，他本来能爬出车的，却在最后时刻，将王海鹏推了出来。王海鹏知道，这一刻，会深烙在他心中，他将用剩下的全部生命，来等待刘春从车里出来。

即使，他永远等不来他所等待的……

当救援车辆赶来时，王海鹏仍然趴在崖边盯着崖底的车。有人试图搀扶他离开山崖，却被他拒绝。他看着救援人员下到崖底，慢慢靠近坠毁的车时，忽然想到，自己被推出车外，车坠落前，好像听到刘春说了句什么。

他拼命想，那声音就在耳边，却仍然模糊不清。他想了很久，很久……

转眼间，到了第二年春天，王海鹏有天夜里又梦见了刘春，刘春对他说："叔，知道纸飞机怎么样才能飞得远吗？"然后，他张开双臂，纵身一跃，居然像架纸飞机，从山崖上飞起，绕着王海鹏盘旋。王海鹏便笑着，冲空中的刘春挥手。

刘春说："春天了，船石谷的花要开了……"

王海鹏蓦然惊醒，脑子里只剩下船石谷的名字。没错，他想起来了，车子坠落的那一瞬间，刘春跟他说的，正是船石谷这3个字。

第二天，他打电话给邵勇，让他请假陪自己去趟大竹乡村。邵勇开车带着他到了村里，向村里人打听船石谷在哪儿。村民说了半天，还是说不清楚方位，于是他们索性找了位村民帮忙，将他们带去船石谷。邵勇担心王海鹏的身体，但王海鹏坚持，他也没有办法。

车子仍然停在防火道边，村民领着俩人，在山间小道上走了好一会儿，翻过一个小坡，村民手指着下方说："那里就是船石谷了。"

邵勇搀扶着王海鹏，小心翼翼地下到谷中。

船石谷其实就是一个不大的洼地，因为其间有块船形巨石，因而得名。洼地内生满杂草和藤蔓植物，有条小道贯穿其中。王海鹏站在谷中四处端详，很快就发现了在靠近船石的地方，有一片花丛，那些白色的花朵，如白云萦绕在茂盛的绿叶间，靠近它，还能闻到些淡淡的清香。

王海鹏一眼就认出，那是丛栀子花。

王海鹏从来没见过野生的栀子花，村民上前查看后，也说这些花应该是被人种在这里的，时间还不算很长。站在花丛边，王海鹏陷入沉思，他很快便想到了，他唯一一次去刘春的出租屋，在那间昏暗狭小的房间里，在窗台上，他曾见过一盆栀子花盆栽。

难道，刘春告诉他船石谷，便是要他来看栀子花吗?

那天，王海鹏在船石谷的栀子花丛边坐了很久，他似乎想到了些什么，又似乎没有。他很享受坐在花边的这份宁静，甚至觉得这世界，因为这些花，而多了些美好。

生活里需要些美好，让这些美好成为你一生的羁绊，其实，是件很幸福的事。

栀子花开的春天，栀子花香弥漫在船石谷，弥漫在王海鹏的身边。

弥漫在刘春的生命里。

图书在版编目（CIP）数据

影子出没 / 成刚著. — 北京 : 现代出版社, 2025.
9. — ISBN 978-7-5231-1231-1

Ⅰ. I247.5

中国国家版本馆CIP数据核字第2025E8Q235号

影子出没
YINGZI CHUMO

著　　者　成　刚

责任编辑　赵海燕　马文昱
责任印制　贾子珍
出版发行　现代出版社
地　　址　北京市安定门外安华里504号
邮政编码　100011
电　　话　(010) 64267325
传　　真　(010) 64245264
网　　址　www.1980xd.com
印　　刷　大厂回族自治县彩虹印刷有限公司
开　　本　880mm × 1230mm　1/32
印　　张　10.75
字　　数　231千字
版　　次　2025年9月第1版　2025年9月第1次印刷
书　　号　ISBN 978-7-5231-1231-1
定　　价　58.00元
